Anna Hope
Der weiße Fels

Vier Menschen, vier Jahrhunderte, schicksalhaft verbunden. Im Frühjahr 2020 reist eine Schriftstellerin mit ihrem Mann und ihrer kleinen Tochter in ein mexikanisches Küstenstädtchen, dem ein weißer Fels vorgelagert ist. Es wird ihre letzte gemeinsame Reise sein. An denselben Ort flieht 1969 Jim Morrison vor dem Gesetz, vor fanatischen Fans und vor einem vom Vietnamkrieg gezeichneten Amerika. Zwei Schwestern des indigenen Yoeme-Stamms werden Anfang des 20. Jahrhunderts aus ihrer Heimat gerissen und an den heiligen Felsen verschleppt. Und 1775 sticht ein spanischer Leutnant von hier aus in See, um die Eroberung des Kontinents voranzutreiben.

Mit beeindruckender stilistischer Kraft erzählt Anna Hope von Welten, in denen sich westliche Überlegenheit in Gewalt und Zerstörung entlädt, und von einer Frau, die den Sprung in ein neues Leben wagt.

»Ein kraftvolles Porträt menschlicher Torheit und Verrücktheit. Faszinierend, einfallsreich und von subtiler Anziehungskraft.« *The Herald*

Anna Hope wurde 1974 in Manchester geboren und wuchs in Lancashire und im Süden der USA auf. Sie studierte Englische Literatur in Oxford und Schauspiel an der Royal Academy of Dramatic Art. Anna Hope lebt in Sussex bei London.

Eva Bonné, geboren 1970, studierte amerikanische und portugiesische Literaturwissenschaft. Sie übersetzt u.a. Rachel Cusk, Michael Cunningham, Audre Lorde und Sarah Perry. 2022 wurde sie mit dem Heinrich Maria Ledig-Rowohlt-Preis ausgezeichnet.

Anna Hope

Der weiße Fels

Roman

Aus dem Englischen
von Eva Bonné

dtv

Von Anna Hope ist bei dtv außerdem lieferbar:
Was wir sind

2024 dtv Verlagsgesellschaft mbH & Co. KG, München
Lizenzausgabe mit Genehmigung der
Carl Hanser Verlag GmbH & Co. KG, München
© der deutschsprachigen Ausgabe:
2023 Carl Hanser Verlag GmbH & Co. KG, München
Die Originalausgabe erschien 2022 unter dem Titel
›The White Rock‹ bei Fig Tree, London.
© Anna Hope, 2022
Illustrations by Josie Staveley Taylor
Umschlaggestaltung: dtv nach einem Entwurf von
Peter-Andreas Hassiepen, München
Umschlagmotiv: © Charles Simpson. All rights reserved 2023/
Bridgeman Images
Satz: Satz für Satz, Wangen im Allgäu
Druck und Bindung: Druckerei C.H.Beck, Nördlingen
Printed in Germany · ISBN 978-3-423-14913-6

Für meinen Vater
Tony Hope

(1945–2020)

INHALT

DIE
SCHRIFTSTELLERIN

2020

Mama?

Ja, Liebes?

Wusstest du?

Was denn?

Eine Milliarde ist viel mehr als eine Tonne.

Allerdings. Da hast du recht.

Mama?

Ja, Liebes?

Kann ich noch eine Folge sehen?

*

Hinten im Van ist es sehr heiß.

Die kleine Tochter der Schriftstellerin hängt unbequem verdreht neben ihr auf dem Sitz, sie trägt Kopfhörer und starrt auf den verschmierten Laptopbildschirm, wo ein Trickfilm mit drei als Superhelden verkleideten Kindern läuft. Sie haben einen geflügelten Totempfahl und ein fliegendes Auto, ihre Gegenspieler sind ein junger Mann mit grauer Haarsträhne und ein Mädchen auf einem Hoverboard. Die Kinder treten als Gecko, Eule und Katze auf. In dieser Folge verliert der Junge im Geckokostüm seine Stimme, oder er findet sie wieder. Obwohl sie die Folge unzählige Male mit halbem Auge gesehen hat, weiß die Schriftstellerin es nicht mehr. Fünf Trickfilmfolgen, vor zehn Tagen in einem stickigen Hotelzimmer in Mexico City hastig heruntergeladen – mehr blieb ihrer Tochter nicht als Ablenkung von der endlosen Straße, als die Ausmalbücher, die Kekse, der Saft und die Geschichten ihren Reiz verloren hatten.

Die Frau wechselt die Position, und von ihrem Schoß rieseln salzige Krümel in den Fußraum. Ihr Rücken fühlt sich steif an. Alles an ihr ist steif. Ihre Wangen sind trocken von der Wüstenluft, die Lippen aufgesprungen. Vergangene Nacht hat sie in der Sierra Madre Occidental hellwach zwischen den anderen Mitreisenden am Lagerfeuer gesessen, Tausende Meter über dem Meeresspiegel. Kurz vor Morgengrauen kickten sie Erde über die Glut, packten alles zusammen – Schlafsäcke, verstaubte Decken, Mäntel, Mützen, Taschen, die Kinder – und trugen es auf der anderen Seite des Bergs wieder hinunter. Und jetzt, nach fast sieben Stunden Fahrt durch Kiefernwälder und steile Schluchten, verändert sich die Vegetation. Auf einmal gibt es Palmen und Bougainvilleen, und die Außenmauern der kleinen Läden am Straßenrand sind mit Werbung für Pacífico bemalt, das Bier der Küste – munter, nautisch; ein Anker und das Meer in einem Rettungsring.

Sie sollte wirklich versuchen zu schlafen, aber die Trickfilmfolgen müssen einzeln gestartet werden. Wenn sie jetzt eindöst, wird sie in spätestens elf Minuten wieder geweckt, was wahrscheinlich noch schlimmer wäre als gar kein Schlaf. Abgesehen davon werden sie in ein paar Stunden, oder weniger, nicht mehr in diesem Van sitzen, sondern ihr Ziel erreicht haben, ein verschlafenes Nest, ein Überbleibsel aus der Kolonialzeit. Und dort, am Ende der letzten Etappe ihrer Reise, wartet ein klimatisiertes Hotelzimmer, ein Bett, ein kühles Pacífico, eine Mahlzeit. Und danach, vielleicht, etwas Schlaf.

Der Abspann läuft über den Bildschirm. Die Frau tippt auf Pause und will ihre Tochter zu sich ziehen, aber die Kleine windet sich. Sie fühlt sich heiß an, ihre Wangen sind gerötet. Ihr warmer, hefiger Atem riecht nach ungeputzten Zähnen.

Möchtest du etwas essen?

Die Frau beugt sich vor und wühlt in der Sitztasche. Die Ausbeute ist dürftig: alte Cracker, ein Apfel, scharfe Chips.

Ihre Tochter schüttelt den Kopf, die glasigen Augen wandern zurück zum Bildschirm. Milch, sagt sie. Mi-hilch.

Anscheinend trinkt sie jetzt gar kein Wasser mehr, sondern nur noch Milch. Wenn möglich Hafer, sonst auch gern Mandel, immer aus der Flasche und mindestens drei- oder viermal täglich. Was bedeutet, dass sie ständig bei einem der Läden am Straßenrand halten müssen.

Wir haben keine Milch, Süße. Aber bald machen wir Pause, und dann besorge ich welche. Versprochen.

Ihre Tochter verzieht das Gesicht. Sie sieht aus, als würde sie jeden Moment in Tränen ausbrechen oder um sich schlagen. Ich. Will. Mi-hilch, sagt sie.

Eigentlich hat ihre kleine Tochter während der ganzen langen Fahrt, während der vielen Stunden hier auf der Rückbank des Van und der vielen Kilometer auf dem mexikanischen Highway kaum einmal anders ausgesehen. Die Schriftstellerin kann es ihr nicht verübeln; im Grunde hat sie sich die meiste Zeit auf dieser Reise genauso gefühlt.

Ich. Will. Milch. ICH. WILL. MILCH!

Schätzchen. Wir haben keine Milch, das habe ich dir doch eben erklärt. Soll ich dir eine Geschichte vorlesen?, versucht sie es und greift nach dem Kindle.

Als ihre Tochter noch klein war, hatte die Schriftstellerin sich bei einer Eltern-Kind-Gruppe angemeldet. Die Kursleiterin hatte den anwesenden Müttern die Wichtigkeit klarer Ansagen eingeschärft.

Heutzutage, sagte sie, *werden den Kindern zu viele Entscheidungen überlassen. Das verwirrt sie nur. Woher sollen sie wissen, was sie zu Abend essen möchten? Wir bilden uns ein, wir wären gute Eltern, weil wir ihnen eine gewisse Wahlfreiheit geben und unsere Anliegen in Form von Fragen vortragen, aber in Wahrheit macht uns das zum genauen Gegenteil.*

Klare Ansagen statt Fragen, dann sind alle zufriedener.

Die Schriftstellerin hat den Dreh bis heute nicht raus.

Nein, sagt ihre Tochter kopfschüttelnd. Keine Geschichte! Lieber noch einen *Trick-film.*

Ihre Tochter ist erst drei Jahre alt, beherrscht die Kunst der klaren Ansagen aber jetzt schon. Die Frau zuckt mit den Schultern. An diesem Punkt des Spiels hat sie den Widerstand längst aufgegeben, und ihre Tochter weiß es.

Okay, sagt sie und bearbeitet die Tastatur. Wenn du meinst.

Sie klickt die nächste Folge an, und augenblicklich sind die Superheldenkinder aus dem digitalen Tiefschlaf erweckt, sausen durchs Bild und ziehen Kondensstreifen hinter sich her. Anscheinend wohnen sie in einer französischen Stadt, diese Superheldenkinder; im kalten Licht eines nördlichen Mondes toben sie über die Mansardendächer dicht gedrängter, grauer Häuser. Die Tochter der Schriftstellerin singt die Titelmelodie mit, ihre Unterschenkel schlagen im Takt gegen die Sitzkante.

Los in der Nacht ... PJ Masks, Pyjamahelden, PJ MASKS, da-da-da ...

Der schiefe Gesang bringt die Senegalesin in der Reihe vor ihnen dazu, sich halb umzudrehen und zu lächeln. Durch die Lücke zwischen den Sitzen ist ihre Tochter zu sehen. Das Kind schläft tief und fest an seine Mutter geschmiegt, sein Gesicht ist friedlich und entspannt, der Mund leicht geöffnet.

Es gibt so vieles über das Muttersein, was die Schriftstellerin gern wüsste. Beispielsweise, wie die elegante Senegalesin es schafft, ihr Kind während der anstrengenden Reise so still und ruhig zu halten, ganz ohne einen Bildschirm. Zuweilen ist sie streng, aber nie gemein, und ganz offensichtlich verliert sie nie, niemals die Nerven. Außerdem wüsste die Schriftstellerin gern, wo die Senegalesin bei jeder Pause und selbst an den unmöglichsten Orten einen Topf und heißes Wasser herzaubert. Sie gießt es in eine Schüssel, zieht ihre Tochter aus und wäscht sie darin.

Beim ersten Mal verschlug der Anblick des kleinen Mädchens, das da mitten in der Wüste knietief in einer roten Plastikschüssel stand, der Schriftstellerin die Sprache. Das Kind trug eine Lederschnur um die Taille.

Ist das ein Schutz?, hatte die Schriftstellerin schüchtern gefragt.

Die Senegalesin hatte bejaht und dann weiter ihr Kind gewaschen, mit sicheren Bewegungen und ohne jede weitere Erklärung.

Wovor?, hätte die Schriftstellerin am liebsten gefragt.

Und noch etwas hätte sie gern gewusst: *Wo bekomme ich so einen Schutz her? Für mein Kind, und für mich?*

Stattdessen hatte sie gefragt, ob sie sich die Schüssel kurz ausleihen dürfe, wenn die Senegalesin und ihr Kind mit Waschen fertig wären.

Später wurde die Tochter der Senegalesin mit einem süßlich duftenden Öl eingerieben und in saubere Kleidung gesteckt, während die Tochter der Schriftstellerin sofort wieder zum Spielen in den Dreck rannte. Die kompakte Wüstenerde – kein richtiger Dreck, eher ein Gemisch aus Staub und Sand – setzte sich überall fest, in den Haaren, der Kleidung, der Lunge. Ihre Tochter liebt diese Erde. Wenn sie abends rund um das Feuer ihr Lager aufschlugen, wollte ihre Tochter nicht bei ihnen im Schlafsack oder auf einer Decke liegen, sondern auf der Erde. Wenn sie ihren Willen nicht bekam, hat sie protestiert, geklagt, gejammert und geweint. Und so kam es jeden Abend vor den Augen der anderen Mitreisenden zu einem absurden Schauspiel, wenn die Schriftstellerin und ihr Mann versuchten, das kleine Mädchen vom Feuer wegzulocken und in den Schlafsack zu stecken.

Während dieser Szenen lagen die Senegalesin und ihre Tochter stets tief schlafend und aneinandergeschmiegt auf einer am Boden ausgebreiteten Decke. In dieser Position blieben sie scheinbar regungslos bis zum nächsten Morgen.

Draußen brennt die Sonne erbarmungslos, die Maisstängel auf den aufgeheizten Feldern werfen lange Schatten, die Straße zieht sich schnurgerade hin. Am Vormittag waren sie noch längere Zeit einem geschlängelten Fluss gefolgt, dem Grande de Santiago, doch in der letzten Ortschaft haben sie ihn überquert und dann seinem Weg nach Norden überlassen.

Vielleicht hätten sie anhalten und Milch kaufen sollen, aber ihre Tochter war endlich eingeschlafen. Alle schliefen zu diesem Zeitpunkt, alle außer der Schriftstellerin auf der Rückbank, ihrem Mann und den zwei Männern vorne neben ihm, ein Mexikaner und ein Kolumbianer. Die Männer unterhielten sich, und weil keine Musik lief, konnte sie alles verstehen. Es ging um einen Vorfall in der Nähe der Kleinstadt, durch die sie eben gefahren waren; angeblich hatten Mitglieder des Cartel Jalisco Nueva mit einem Raketenwerfer einen Polizeihubschrauber vom Himmel geholt. Die Männer hatten sich in einem gedämpften, nüchternen Ton unterhalten, während der Van über die Plaza rollte, vorbei an einer Kirche und kleinen Kindern in Schuluniform, die Hand in Hand vom Unterricht nach Hause liefen, mit hopsenden Ranzen auf dem Rücken.

La violencia, sagte der Mexikaner kopfschüttelnd, sobald sie wieder auf der offenen Landstraße waren. Es gebe einfach zu viel davon – zu viel Gewalt in den Schulen, zu viel Gewalt auf der Straße. Er spiele mit dem Gedanken, seine Heimatstadt Guadalajara zu verlassen und zusammen mit seiner senegalesischen Frau und der gemeinsamen Tochter nach Spanien auszuwandern.

Aber das ist nun über eine Stunde her. Inzwischen hat ihr Mann das Radio eingeschaltet und die Stimmung ist anders, irgendwie feierlich. Ihr Mann erzählt eine Anekdote und nimmt zum Gestikulieren immer wieder die Hände vom Lenkrad.

Die Schriftstellerin beugt sich vor und ruft: Kannst du bitte anhalten, wenn du einen OXXO siehst? Wir brauchen Milch.

Ihr Mann hat sie nicht gehört, denn die anderen lachen gerade über seine Geschichte. Der Mexikaner lacht, und auch die junge Französin, die direkt hinter ihrem Mann sitzt. Die junge Französin ist als Letzte zugestiegen und erst seit etwa vierundzwanzig Stunden mit von der Partie. Sie sind ihr im Gebirge begegnet, wo sie alleine unterwegs war, um für ein Buch über traditionelle Medizin zu recherchieren, das in Frankreich erscheinen soll. Jemand hat ihr eine Mitfahrt angeboten, möglicherweise sogar sie selbst, die Schriftstellerin. Sie weiß nicht mehr genau, wie es dazu kam, aber die junge Französin sagte sofort ja, warf ihren beneidenswert leichten Rucksack in den Van und setzte sich dann ganz nach vorn, wo der Fahrtwind angenehm kühl ist.

Die Schriftstellerin betrachtet den Rücken ihres Mannes, seine Schultern, den Winkel seines Arms im offenen Fenster des Van. Im Laufe der Reise hat er wieder mit dem Rauchen angefangen, und nun steckt ständig eine Zigarette zwischen seinen Fingern. An diese Version von ihm kann sie sich noch gut erinnern. So hat sie ihn vor zwanzig Jahren kennengelernt: aufgekratzt, übernächtigt, immer auf dem Sprung und Kette rauchend.

Sie werden sich trennen, sie und ihr Mann, nach zwanzig gemeinsamen Jahren.

Diese Tatsache ist neu.

Und erst ein paar Wochen alt. Davor war sie eher eine Möglichkeit, eine von mehreren denkbaren Optionen. Aber nun steht es anscheinend unwiderruflich fest.

Es gäbe viele Möglichkeiten, die Geschichte zu erzählen.

In einer davon trennt sie sich wegen einer Textnachricht, die er ihr letzten Herbst geschickt hat, zu Hause in England: *Wir müssen reden*. Als sie die Nachricht las, waren ihr zwei Dinge sofort klar. Erstens würde er ihr etwas erzählen, was sie nicht hören wollte, und zweitens wäre es etwas, was sie längst wusste.

Und genau so kam es dann auch.

Sie kann sich an ihre körperliche Reaktion erinnern, an ihren schnellen, flachen, fast hechelnden Atem. *Okay*, hatte sie gesagt. *Wer?*

Nachdem er mit seiner Aufzählung fertig war, rührte sie sich nicht. Sie saß da wie erstarrt und musste sich zunächst einmal sortieren. Ihr erster Gedanke war: *Es könnte schlimmer sein*. Es waren gar nicht so viele gewesen, und in keine davon hatte er sich verliebt. Keine davon war mit ihr befreundet oder schwanger geworden. Obwohl sie es sich früher immer so ausgemalt hatte, fragte sie nicht nach den Details. Dafür wäre später immer noch Zeit. In dem Moment glaubte sie tatsächlich noch, alles würde sich wieder einrenken.

Aber das wäre natürlich nur eine Version der Geschichte. Es gibt noch viele andere. Man könnte sie aus der Sicht der jungen Frau erzählen, die den Mann der Schriftstellerin in einer kleinen englischen Universitätsstadt gevögelt hat – von ihren Gefühlen, Sehnsüchten, Wünschen und Bedürfnissen. Die ganz Mutigen stellen sich die Sache aus der Perspektive des Ehebetts vor. Ein befreundeter Tischler hatte es angefertigt in dem Wissen, dass die beiden sich ein Kind wünschten. Man könnte das Bett zu Wort kommen lassen, es könnte von all den Nächten erzählen, von all den Formen der Liebe, der Traurigkeit, der Wut, des Kummers und der Abwesenheit, die es erlebt hat.

Oder man könnte einfach zugeben, dass die Sache kompliziert ist. Dass jede Geschichte mehrere Seiten hat, und fertig.

Die Schriftstellerin beugt sich vor und tippt der Senegalesin auf die Schulter. Kannst du meinem Mann bitte etwas ausrichten? Wir brauchen Milch.

Die Frau nickt, lehnt sich vor, tippt ihrerseits der Französin auf die Schulter und deutet auf den Ehemann, woraufhin die Französin den Arm ausstreckt und seinen Rücken berührt. Er sieht sich flüchtig um und lächelt, offenbar erfreut über die Berührung. Die Französin zeigt nach hinten, und das Gesicht des Ehemanns verändert sich, verdunkelt von einer Maske elterlicher Verantwortung.

Alles okay da hinten?

Milch, ruft die Schriftstellerin. Kannst du bitte anhalten, wenn du einen Supermarkt siehst? Wir brauchen Milch.

Klar.

Und würdest du bitte die Klimaanlage einschalten? Hier hinten ist es heiß.

Ihr Mann nestelt an der Einstellung herum. Der kühle Hauch erreicht die letzten Reihen nur knapp.

Danke.

Ihr Mann erzählt schon wieder. Er macht da weiter, wo er eben aufgehört hat, und sammelt die Fäden seiner Geschichte zusammen. Er redet ohne Punkt und Komma, macht einen auf Neal Cassady, hält Hof und lenkt dabei den Van.

Bei ihrer ersten Begegnung vor zwanzig Jahren in einem

lichtdurchschossenen mexikanischen Dschungel hatten sie sich unter anderem über Bücher unterhalten. Er erzählte ihr, wie sehr er Kerouac verehrte. *Der Teil von* On the Road, *wo sie nach Mexiko kommen und alles sich einfach … öffnet.*

Er war Psychologiedozent und noch keine drei Monate in Mexiko. Er wollte den Schamanismus studieren, was am Ende darauf hinauslief, dass er alle psychotropen Pflanzen ausprobierte, die er finden konnten. Entgegen aller Wahrscheinlichkeiten wurde aus diesem studentischen Zeitvertreib im Laufe ihrer gemeinsamen Jahre eine echte Karriere. Alle zwei Jahre lädt er zu einer Konferenz an seiner Universität ein, wo Fachleute aus Forschung und Lehre voller Ernst über die potenzielle Bedeutung psychotroper Pflanzen für die westliche Wissenschaft und Medizin debattieren.

Seine Gäste, ehrgeizige junge Männer und Frauen mit Forschungsaufträgen von weltweit führenden Universitäten, haben seriöse Anliegen. Sie schlendern über den Campus und reden über ihre Experimente mit Psilocybin gegen Depressionen, mit Ayahuasca gegen generationsübergreifende Traumata, mit MDMA gegen PTBS bei israelischen und US-amerikanischen Kriegsveteranen. Sie besitzen haufenweise Daten. Sie haben Labore, fMRT-Geräte und jede Menge Akronyme. Außerdem haben sie potente Geldgeber, darunter Tech-Unternehmer aus dem Silicon Valley und Ex-Goldman-Banker.

Nach den gescheiterten Experimenten der Sechzigerjahre, sagen sie, *erleben wir gerade eine Renaissance. Einen Goldrausch. Wir verschieben Grenzen.*

Vor zwei Jahren war ihr Mann Teil eines Teams, das in einer Universitätsklinik im Norden von London LSD an junge Forscher verabreichte. Die Versuchspersonen waren Doktorandinnen aus Oxford, renommierte Mykologen, Mitarbeitende des

CERN. Es handelte sich um eine leicht abgeänderte Versuchs-anordnung aus den Sechzigerjahren. Die Probanden bekamen eine geringe Dosis LSD, eine Augenmaske und Kopfhörer und wurden gebeten, sich auf das größte theoretische Problem ihres jeweiligen Forschungsgebiets zu konzentrieren. Danach hatten die meisten sehr interessante Sachen zu erzählen.

Doch die Schriftstellerin findet den zunehmenden Einfluss der Vermögenden und die unhinterfragte Grenzverschiebung beunruhigend. Nicht einmal die alten Griechen bleiben verschont, denn einige Geldgeber haben ihre Firmen nach antiken Kulten oder Initiationsriten benannt.

Im Moment befindet ihr Mann sich in einem Sabbatjahr, teilfinanziert durch einen englischen Milliardär mit Hang zum Göttlichen. Einmal hat sie ihn zu seinem Mäzen begleitet, auf einen Landsitz mit fünfzig Zimmern, eigenem Wildgehege und einem von Edwin Lutyens entworfenen Gartentempel. Der Milliardär hatte weltweit führende Fachleute auf dem Gebiet der Anthropologie, Kulturgeschichte, Neuropsychopharmakologie, Ethnobotanik und Psychiatrie eingeladen, um bei einem Symposion über den ontologischen Status der entheogenetischen Wesensbegegnungen zu sprechen.

Damals war sie in der sechzehnten Woche schwanger gewesen und hatte die Vorträge nach kurzer Zeit ermüdend gefunden. An den Abenden versteckte sie sich in ihrem Zimmer und las Jane Austen, während die renommierten Wissenschaftler Wein und Whisky tranken oder auf dem Anwesen spazieren gingen.

Die Unterhaltung über Kerouac war ihr erst vor Kurzem wieder eingefallen. Sie hatte einen Podcast von zwei schlauen jungen Frauen mit sexy Stimmen gehört, die in einem Studio im Londoner Osten saßen und über berühmte überbewertete Romane sprachen. In dieser speziellen Folge war es um die Frage gegangen, ob man einem Mann mit einer Vorliebe für Kerouac jemals vertrauen dürfe.

Nein, lautete ihr Urteil. *Auf keinen Fall.* Und dann lachten sie, wie um zu sagen: *Das war doch klar.*

Die Schriftstellerin hatte sich bloßgestellt gefühlt, gerade so, als wären ihre Emotionen und der furchtbare Liebeskummer, den sie auszuhalten versuchte, vermeidbar gewesen, hätte sie einfach nur einen besseren Männergeschmack bewiesen.

Aber in Wahrheit hatte sie damals nichts gegen Kerouac. Als sie ein Teenager war, hing in ihrem Zimmer sogar eine Postkarte mit einem Zitat aus *On the Road*:

Denn die einzigen Menschen sind für mich die Verrückten, die verrückt sind aufs Leben, verrückt aufs Reden, verrückt auf Erlösung ... die brennen wie phantastische gelbe funkensprühende Feuerwerksvulkane und wie Feuerräder unter den Sternen explodieren ...

Die Kinder auf dem Laptopschirm liegen im Bett. Sie haben den Tag gerettet, oder die Nacht, oder beides, und tragen jetzt Pyjama.

Mama?

Ja?

Kann ich noch eine sehen?

Ja.

Die Schriftstellerin startet die nächste Folge: »Catboy und das gestohlene Schwert.«

Nicht die. Die kenne ich schon, Mama.

Eine andere haben wir nicht, Liebes.

MI-HILCH!, ruft das Kind. ICH WILL MILCH!

Der schlafende Mann auf dem Fensterplatz schräg gegenüber bewegt sich und öffnet ein Auge.

Lo siento, sagt die Schriftstellerin. Verzeihung.

Der Mann antwortet nicht. Stattdessen sieht er aus dem Fenster und verschafft sich einen Überblick. Sie sind jetzt auf dem Highway, in der Ferne ziehen Strommasten vorbei.

Cerca, sagt er. Una hora. Más o menos.

Sí, cerca, sagt die Schriftstellerin.

Der Mann klappt das Auge wieder zu. Anscheinend schläft er weiter.

Er ist schon über siebzig, wirkt aber zwanzig Jahre jünger. Er hat breite, volle Lippen und leicht nach unten weisende Mundwinkel, die ihm ein dauerhaft spöttisches Aussehen verleihen. Seine Haut ist faltenfrei. Er trägt eine schwarze Daunenjacke und darunter ein weißes Baumwollhemd und eine weiße Hose. Die Hose ist mit Hirschen in leuchtendem Rosa und Lila bestickt. Sie scheinen über die Säume zu springen. An den Füßen trägt der Mann Huaraches, Ledersandalen mit Sohlen aus Reifengummi. In der Sprache seines Volkes, der Wixárika, ist er ein Mara'akame, ein Schamane. Doch er entspricht nicht den damit verbundenen Erwartungen. Anscheinend betrachtet er es nicht als seine Aufgabe, anderen ein gutes Gefühl zu vermitteln. Er liebt Witze; je derber, desto besser. Bei Tageslicht spricht er kaum ein Wort. Er ist auf keiner Webseite zu finden. Er braucht keine Fünf-Sterne-Bewertungen.

Nachts am Feuer ist er mit ihnen wach geblieben. Er wurde von Familienangehörigen aus mehreren Generationen begleitet: seinem Sohn, seiner Schwiegertochter und vier ihrer sieben Kinder. Am Ende der Nacht sang er fünf Lieder, wobei seine Stimme immer genau an den richtigen Stellen brach. Sie war tief, dann hoch, tief und dann wieder hoch, und zwischen den Liedern rückten die Reisenden aus Mexiko, Frankreich, Schweden, Deutschland, dem Senegal, Großbritannien und Kolumbien näher ans Feuer, beteten stumm oder im Flüsterton, sangen eigene Lieder, opferten den Flammen Schokolade oder Tabak, baten um Gesundheit oder bedankten sich. Überhaupt verhielten sie sich, als hätte es den Fortschritt der letzten fünfhundert Jahre nicht gegeben, keine Moderne, keine Wissenschaft, kein iPhone und kein Flugzeug, oder als wäre all das aus diesem geschützten, von Feuerschein und Sternenlicht erhellten Tal irgendwo in der Sierra Madre Occidental verbannt worden.

Beim letzten Lied des Mannes graute der Morgen. Als er mit Singen fertig war, ging er langsam um seine Mitreisenden herum und strich ihnen und ihren Kindern mit Federn über die Haut. Er zog die nach Tieren, Schweiß und Fett riechenden Federn über ihre Wangen, saugte sie dann der Länge nach ab und spuckte winzige Kristalle aus, die dem Feuer geopfert wurden. Danach, es war immer noch nicht richtig hell, sammelte er seine wenigen Sachen zusammen und führte die Gruppe den Berg hinunter, damit sie ihre Fahrt an die Küste fortsetzen konnte. Sein Sohn, seine Schwiegertochter und die Enkelkinder sind ihnen inzwischen weit voraus. Sie reisen mit dem eigenen Pickup, die Kinder auf der Ladefläche zusammengekauert.

Wenn man der Kohlenstoffmethode glauben kann, mit der die Aschereste ihrer Feuerstellen untersucht wurden, sind die Rituale des Mannes und seiner Vorfahren seit vielen tausend Jahren unverändert. Ihre indigene Gruppe gehörte zu den wenigen, die nicht von den Spaniern besiegt wurden. Ursprünglich waren sie Wüstennomaden, die sich später ins Hochgebirge zurückzogen, um dem Schießpulver, der Folter und den Schikanen der Kolonisatoren zu entgehen. Bei der Strecke, die sie während der letzten zehn Tage in dem weißen Van zurückgelegt haben – einmal quer durchs zentrale und nordwestliche Mexiko, von Zacatecas bis zur Wüste von San Luis Potosí –, handelt es sich um einen uralten Pilgerweg. Früher legten die Menschen ihn natürlich nicht als internationale Reisegruppe einem in Guadalajara gemieteten weißen Van zurück, sondern gingen zu Fuß.

Der Schriftstellerin ist bewusst, wie unglaubwürdig das alles wirkt. Die Reise. Die Pilgerfahrt. Sie verspürt den Drang, alles in Anführungszeichen zu setzen, denn sie weiß, wie lächerlich es vielleicht klingt. Wie ein postmodernes Rätsel, oder wie der Anfang von einem Witz:

Warum fahren an einem Frühlingsnachmittag zu Beginn der dritten Dekade des einundzwanzigsten Jahrhunderts ein Mexikaner, ein Kolumbianer, eine Senegalesin, eine Französin, eine Deutsche, eine Engländerin und zwei Engländer, ein Schwede, zwei Kinder und ein siebzigjähriger Schamane in einem Van über einen Highway im mexikanischen Bundesstaat Nayarit?

Die Schriftstellerin hat Gesprächsfetzen aufgeschnappt, Hinweise darauf, was die anderen hier suchen. Der Schwede arbeitet in einem Büro in Stockholm und hat schlimme Depressionen, wegen der er sich schon umbringen wollte. Die Deutsche ist Ende vierzig, sieht aber viel älter aus, weil tausend Sorten Schmerz ihr Gesicht entstellt haben. Die Senegalesin spricht in der Gegenwart von Männern kaum ein Wort, doch neulich abends beim Kochen öffnete sie sich plötzlich und erzählte der Schriftstellerin, was sie hierhergebracht hat. Sie erzählte, wie sie ihren mexikanischen Ehemann im Senegal auf der Straße kennengelernt hatte. Wie sie sich in ihn verliebte und alles zurückließ – das Land ihrer Familie, ihre Mutter, ihre Cousinen und Tanten –, um in einem kleinen Haus am Rand einer mexikanischen Stadt ein neues Leben anzufangen. Sie macht die Pilgerreise für ihre kleine Tochter und nimmt die tagelange Fahrt, die Unannehmlichkeiten und den Schlafmangel deshalb gerne in Kauf. Sie möchte Opfer bringen und um Schutz bitten.

Das konnte die Schriftstellerin sofort verstehen. Sie ist aus demselben Grund hier: Sie möchte ein Opfer bringen und um Schutz bitten. Ja, genau.

Sie hätte mehrere Erklärungen für ihre Anwesenheit auf der Rückbank des Vans, und ihre Geschichte hat viele mögliche Startpunkte.

Sie könnte bei der Wahrheit bleiben und einfach zugeben, dass sie eine Schriftstellerin ist. Dass sie nach Mexiko gekommen ist, um zu recherchieren und einen Roman zu schreiben, von dem sie immer noch nicht weiß, wie er anfangen soll.

Aber das wäre nicht die ganze Wahrheit, denn die eigentliche Geschichte beginnt schon viele Jahre davor.

Wollte man sie auf eine möglichst knappe und geradlinige Weise erzählen, könnte man sagen, dass die Schriftstellerin und ihr Mann versucht haben, ein Kind zu bekommen, sieben Jahre lang. In diesen sieben Jahren ließen sie nichts unversucht. Diagramme, Diäten, Medikamente, Apps und Injektionen, doch es klappte nicht. Dann eines Tages erhielt der Ehemann eine Nachricht von dem jungen Mexikaner, der jetzt vorn im Van sitzt. Damals arbeitete er mit Indigenen aus Nordmexiko zusammen. Sie wollten Großbritannien besuchen. Der junge Mexikaner hatte gehört, dass der Mann der Schriftstellerin vielleicht eine Einladung verfassen könnte, auf der Sorte offiziellem Universitätsbriefpapier, das einem Schamanen der Wixárika durch die britische Passkontrolle hilft. Wäre das möglich?

Und so kam es, dass die Schriftstellerin sich vor ein paar Jahren an einem Lagerfeuer wiederfand und für ein Kind betete.

Das Ritual – das *Gebet* – fiel ihr nicht leicht. O nein. Wie um alles in der Welt sollte sie beten? Und an wen sollte sie sich nach zweitausend Jahren Christentum und Patriarchat überhaupt wenden? Wer hörte ihr zu? Gott? Das Feuer? Der blaue Hirsch, der den Wixárika heilig, ihrer eigenen Kultur aber fremd war? Woher nahm sie angesichts von Kolonialismus, Gewalt und Vertreibung das Recht, neben einem indigenen Schamanen am Lagerfeuer zu sitzen und um etwas zu bitten?

Aber weil alles andere erfolglos gewesen war, machte sie mit und befolgte die Anweisungen. Sie versuchte zu beten. Später, nach der Zeremonie, lag sie in einem kleinen Raum, wo der Schamane Holzkohle abbrannte und sich dann über sie beugte. Er saugte der Länge nach an einer Vogelfeder und zog kleine Kristalle heraus, die anscheinend aus ihrem Unterleib stammten. Er betrachtete die Kristalle und murmelte leise vor sich hin.

Vor einem Jahr war die Schriftstellerin dann zum ersten Mal in der Sierra gewesen. Es hatte sich um einen Pflichtbesuch gehandelt. Sie hatten für ein Kind gebetet, das Kind war zur Welt gekommen, und nun mussten sie ihren Teil der Abmachung erfüllen. Das Ganze hatte nichts mit Geld zu tun, zumindest nicht direkt. Es ging vielmehr darum, ein Opfer zu bringen. Sie mussten mit ihrer Tochter nach Mexiko reisen und sich persönlich bedanken.

Kurz nach ihrer Ankunft im Dorf erklärte man ihnen, sie müssten ein Schaf kaufen. Als sie das hörte, lachte die Schriftstellerin. *Das soll ein Witz sein, oder?* Aber der Schamane und seine Familie machten keine Witze. Sie meinten es todernst.

Das Tier wurde bei einer kleinen Zeremonie unter dem Holzkreuz auf dem Dorfplatz geschlachtet. Die Tochter der Schriftstellerin war unvoreingenommen und neugierig. Sie saß auf den Schultern ihres Vaters, trug den rosafarbenen Sonnenhut mit Nackenschutz und schaute zu, wie das Schaf zuckend verendete. Das Blut wurde in einer kleinen Kürbisschale aufgefangen, die Männer tunkten Federn hinein und tupften die zähe rote Flüssigkeit auf Münzen, auf ihre Haut und auf alles, was sie segnen wollten. Als sie das sterbende Schaf mit den großen, schwarzen, himmelwärts verdrehten Augen sah, wunderte die Frau sich sehr. Sie hatte sich eine Opfergabe immer als etwas Abstraktes, Ungreifbares vorgestellt, aber nun schien es nichts Greifbareres zu geben als dieses sterbende Tier.

Das Schaf wurde nach Hause getragen, wo die Frauen es still und zügig zerteilten, das Fleisch mit Gemüse und Wasser in einen großen Topf gaben, ihn mit Teig verschlossen und für Stunden aufs Feuer stellten. Später am Abend kamen die Besucher. Alle hatten Kunststoffteller, riesige Flaschen mit Cola und Fanta und Unmengen von Tortillas dabei. Sie setzten sich und warteten schweigend auf eine Portion Hammeleintopf. Auf Fleisch vom dem Schaf, das zum Dank für das Leben ihrer Tochter geschlachtet worden war.

Trotz ihrer Daunenjacken, Pick-ups und Handys orientieren sich die Wixárika an einer älteren, ursprünglicheren Logik, die auf Gegenseitigkeit und Opfern basiert. An einer Sonne, die nicht von Natur aus aufgeht. Einer Sonne, die angesungen werden will und der man danken muss.

Im Seitenfach ihrer Reisetasche stecken mehrere kleine Kürbisschalen, Xukuri, jede so groß wie der Handteller einer Erwachsenen. An den Innenseiten kleben Figuren aus Bienenwachs. Am Vortag hatten sie im Schatten einer strohgedeckten Hütte gesessen und die Figuren eigenhändig hergestellt. Auf Geheiß kneteten sie das Wachs zu einem Hirsch, zu einer Korngarbe, zu einzelnen Figuren, die für die Mitglieder ihrer Familie standen. Die Schriftstellerin war unzufrieden mit ihrem Werk. Ihre Figuren waren unsauber und undefiniert, der Hirsch wirkte einfach nur schief. Sie wusste ja nicht einmal genau, wie eine Korngarbe aussah. Aber sie gab sich Mühe, das Wachs zu formen und in den ausgehöhlten Kürbis zu drücken.

In ein paar Stunden werden sie beim weißen Fels angekommen sein und ihre Opfergaben aufs Wasser setzen.

In der Reisetasche ihres Mannes steckt eine mit einem blauen Band verzierte Kerze, die dritte von insgesamt dreien. Die erste haben sie vor einer Woche in der Wüste zurückgelassen und die zweite auf dem Gipfel des heiligen El Quemado. Die dritte und letzte werden sie dem Meer darbieten.

Der Van wird langsamer und biegt vom Highway auf eine Tankstelle ein. Jenseits der Zapfsäulen befindet sich ein Laden. Kein OXXO-Supermarkt, aber vielleicht haben sie ja Glück.

Ihr Mann hält neben einer der Säulen, beugt sich aus dem Fenster und bittet den Tankwart vollzumachen.

Der Mara'akame öffnet ein Auge und sieht den kahlen Betonplatz. Muy bonito, sagt er trocken und schließt das Auge wieder.

Auf einmal taucht ihr Mann neben ihr auf. Er beugt sich durch das geöffnete Fenster herein und zieht eine Grimasse für seine Tochter. Die Kleine blickt entzückt zu ihm auf, hebt die Hände und legt sie ihm an die Wangen.

Papa!

Zwischen ihnen ein flirrendes Kraftfeld aus körperlicher Nähe, als hätten sie einander seit Monaten oder Jahren nicht mehr gesehen.

Wie ist es hier hinten?, fragt er.

Heiß.

Ja. Hat die Klimaanlage geholfen?

Ein bisschen. Kannst du hierbleiben und auf sie aufpassen, damit ich Milch kaufen kann?

Klar.

Die Schriftstellerin wühlt in der Sitztasche, findet ihr Portemonnaie und klettert über Füße, Taschen und verstaubte Decken auf den Asphalt hinunter. Die Zapfsäulen und die Ölpfützen am Boden reflektieren das gleißende Sonnenlicht. Die Hitze durchdringt alles. Ihr Mann ist inzwischen zur Fahrerseite herumgekommen, und als er sich streckt, wird ein Teil seines Oberkörpers sichtbar. Ein bleicher Hautstreifen, der in seiner Jeans verschwindet. Er trägt Stiefel, ein Halstuch, ein schwarzes, besticktes Hemd, wie es zu einem Cowboy passen würde, eine Baseballkappe und eine ironische Sonnenbrille, die er unterwegs an einem Straßenstand gekauft hat. Ein lächerliches, unpraktisches, verspiegeltes Teil, wie es eine Frau in den Achtzigerjahren getragen haben könnte, aber irgendwie nimmt man ihm den Look ab.

Jetzt ist es nicht mehr weit, sagt er und unterdrückt ein Gähnen.

Ja. Brauchst du irgendwas?

Er zuckt mit den Schultern. Wasser?

Okay.

So reden sie inzwischen miteinander. Wie Figuren in einem Theaterstück: verknappt, ein bisschen gekünstelt, immer auf den Punkt.

Sie zögert. Früher hat sie ihm die Hände an die Wangen gelegt, oder um den Nacken. Auf die Haut, wo sein Oberkörper in der Jeans verschwindet. Früher küssten sie sich manchmal stundenlang. Seine Berührungen machten sie fast wahnsinnig. Inzwischen nicken sie einander zu wie entfernte, freundlich gestimmte Bekannte.

Sie läuft über die Tankstelle zu den Toiletten. Sie trägt immer noch dieselbe Kleidung wie am Lagerfeuer: wärmende Leggings, langer Rock, langärmeliges Thermounterhemd. In der Kabine schält sie sich zuerst aus der dicken Leggings, dann aus dem verschwitzten, statisch knisternden Unterhemd. Sie geht aufs Klo und wäscht sich die Hände. Ihr Gesicht in dem kleinen Spiegel wirkt verschreckt: misstrauische Augen, strähnige Haare, rissige, fast blutig aufgesprungene Lippen.

Aus dem Spender tropft ein kleiner, leuchtend grüner Seifenklecks. Wie immer muss sie beim Händewaschen an den britischen Premierminister denken, an sein Clownsgesicht, das sie daran erinnert, zweimal Happy Birthday zu singen. Weil sie eine gute Bürgerin ist, hält sie sich dran.

Als sie vor drei Tagen zuletzt WLAN hatten, schaffte sie es, die Schlagzeilen zu lesen. Was bei ihrer Abreise aus Mexico City vor einer Woche noch beherrschbar erschienen war, hatte sich rapide gewandelt. Leere Supermarktregale in England, in Italien überfüllte Intensivstationen. Toilettenpapier und Handdesinfektionsmittel waren in den meisten Geschäften ausverkauft, und der britische Premier trat vor die Nation und wies die Leute an, sich zwanzig Sekunden lang die Hände zu waschen – *so lange, wie es dauert, zweimal Happy Birthday zu singen.*

Happy Birthday to you.

Happy Birthday to you.

Happy Birthday to yo-ou. Happy Birthday to you.

Vor ein paar Monaten war sie fünfundvierzig geworden. Sie hatte mehr als die Hälfte ihres Lebens hinter sich.

Im besten Fall.

Aber diese Seuche, das *neuartige Coronavirus,* ist nicht der apokalyptische Reiter, mit dem die Schriftstellerin gerechnet hat.

Denn im vorletzten Sommer hatte sie während einer Hitzewelle den Aufsatz eines englischen Forschers gelesen, der noch für das laufende Jahrzehnt eisfreie arktische Sommer prognostizierte – und damit eine weltweite Lebensmittelknappheit und *einen baldigen Zusammenbruch der Gesellschaftsordnung.*

Kurz darauf hatte sie in einem YouTube-Video eine Frau mittleren Alters gesehen, die in ihrem Wohnzimmer saß und einen Vortrag mit dem Titel »Heading for Extinction and What to Do About It« hielt. Die Frau besaß einen Doktortitel in molekularer Biophysik und zählte seelenruhig die Fakten auf – dass es in der Luft mehr Kohlenstoff gab als je zuvor seit dem Perm, an dessen Ende siebenundneunzig Prozent des irdischen Lebens durch Schwefelwasserstoff ausgelöscht wurden. Die Erde steckt mitten im sechsten Massenaussterben ihrer Geschichte, und der Auslöschungsvorgang beschleunigt sich ständig. Die Regierung hat alle Vernunft fahren lassen und vor einer Lobby für fossile Brennstoffe und kurzfristige Gewinnmaximierung kapituliert. Die Frau sprach von Hedge-Fonds-Managern und CEOs großer Investmentfirmen, die ihren unterirdischen Bunkern den letzten Schliff verpassen und sich jetzt fragen, wie sie das Kommando über ihre Sicherheitskräfte behalten sollen, wenn das Geld nach dem Zusammenbruch der Gesellschaft plötzlich wertlos wird.

Mit derselben Seelenruhe erklärte die Frau, die einzig logische Reaktion auf die kriminelle Untätigkeit der Regierungen sei der gewaltlose zivile Ungehorsam. Sie sprach von Aktionen, für die es Opfer zu bringen gebe. Von der Notwendigkeit, gute Vorfahren zu sein. Jetzt sei nicht Hoffnung gefragt, sondern Mut. Mut ist der feste Wille, ohne Aussicht auf ein Happy End das Richtige zu tun.

Sie sprach von den Suffragetten, von Gandhi und von Martin Luther King. Von der Bedeutung jener Menschen, die bereit sind, sich bei Massendemonstrationen und Störaktionen verhaften zu lassen und ins Gefängnis zu gehen.

Auf den wissenschaftlichen Aufsatz und das YouTube-Video hatte die Schriftstellerin genau so reagiert wie auf ihren Mann, als er ihr seine Seitensprünge beichtete: Ihr Atem ging flacher, und sie begann auf fast schon komische Weise zu hecheln. Ihre Handflächen wurden schweißnass. Sie meinte, sich selbst aus einer gewissen Entfernung zu sehen. Dieser Atem, diese Hände, dieser Körper – es fühlte sich an wie ein Schock und war zugleich eine Bestätigung dessen, was sie längst wusste.

Nacht für Nacht lag sie wach, folgte ihrem Twitter-Feed, las einen Artikel nach dem anderen und erfuhr, was bei einer Erderwärmung um zwei Grad, um drei Grad, um vier Grad passieren würde.

Am meisten erschreckte sie die Nichtlinearität des Ganzen, die Existenz feststehender Kipppunkte, ab denen die Welt sich mit verheerenden Folgen aufheizen und den Amazonas in eine Savanne verwandeln wird. Das weiße, lichtreflektierende Polareis – der Albedo-Effekt – geht zurück, während das dunkle Wasser immer mehr Kohlenstoff speichert. Alles wird verdreht und auf den Kopf gestellt, der Kohlenstoff erst gebunden und dann in die Welt gespritzt.

Sie und ihre Tochter gingen auf den staubigen Landstraßen rund um das Dorf spazieren und sammelten Brombeeren. Sie brachte dem Kind bei zu benennen, was es sah: Weißdorn, Haselstrauch, Kastanie, Amsel, Eiche.

Sie besuchte die Eltern-Kind-Gruppe und schaute zu, wie ihre Tochter und die anderen Kinder den Jahreszeiten mit Bastelarbeiten huldigten und sie im Liedkreis besangen, doch in ihr tobte ein Kampf um die Sinnhaftigkeit des Ganzen. Bald würde es keine Jahreszeiten mehr geben, kein Pflanzen, Blühen, Gedeihen und keine Ernte, keinen Rhythmus, an dem die Menschheit sich seit über elftausend Jahren orientierte, seit der Eisschmelze zu Beginn des Holozäns.

Wir brauchen neue Geschichten, sagten die Leute, *neue Erzählungen, die uns einen Ausweg aus dem Chaos weisen.*

Aber als der Sommer immer heißer und aus dem Herbst ein Winter wurde und die erschreckenden Nachrichten einfach nicht mehr abrissen (anscheinend waren die Insekten von den Windschutzscheiben genauso verschwunden wie aus den Wäldern, ganze fünfundsiebzig Prozent davon, ohne dass irgendwer dafür eine Erklärung hätte), fiel der Schriftstellerin, wenn sie nachts wach lag, nur noch eine Sorte von Geschichten ein, nämlich Horrorgeschichten. Immer wieder musste sie an diese eine Szene in Cormac McCarthys *Die Straße* denken, in der die Mutter begreift, dass sie zu schwach ist und sich mit einem Obsidiansplitter umbringt.

Weil der Papierspender leer ist, trocknet sie sich die Hände am Rock und tritt dann wieder ins Freie. Während sie über die Tankstelle zum Laden geht, schirmt sie sich die Augen mit einer Hand ab.

Der Schriftstellerin ist klar, dass sie und ihr Mann heute oder morgen – sobald sie die Reise geschafft, etwas gegessen und geschlafen haben – die Laptops aufklappen und sich einen Überblick über die Lage verschaffen müssen. Sie werden Entscheidungen treffen und Fluggesellschaften kontaktieren müssen, die sie nach Hause zurückbringen werden oder auch nicht. Falls es ihnen gelingt, sich einen Platz im Flieger zu sichern, werden sie Mexiko verlassen und ins graue England zurückkehren, wo sie ein trostloser Frühling, leere Regale und womöglich der Zusammenbruch der gesellschaftlichen Ordnung erwarten.

In den Kühlregalen kann sie keine Milch entdecken, weder aus Hafer oder Mandel noch von einer Kuh, stattdessen nur Wasser und Bier. Sie nimmt die größte Wasserflasche heraus und bezahlt am Tresen.

An einem Tag im vergangenen April, als es selbst im Schatten fünfundzwanzig Grad warm war, hatte die Schriftstellerin zusammen mit mehreren tausend anderen Menschen den Oxford Circus im Zentrum Londons besetzt. Sie hatte ganz vorn gesessen, neben einem rosafarbenen Boot, benannt nach einer ermordeten Aktivistin aus Honduras. Vier Beamte der Metropolitan Police waren an sie herangetreten und hatten ihr erklärt, sie verstoße gegen Abschnitt vierzehn des Public Order Act. Sie wurde aufgefordert, den Platz zu verlassen, und als sie der Bitte nicht nachkam, beugten die Beamten sich herunter, zwei über ihre Arme und zwei über die Beine, und trugen sie fort.

Sie wurde auf eine Wache in der Nähe der Victoria Station gebracht und musste die Nacht in einer Zelle verbringen, wo sie die unter die Decke gesprühte Nummer einer Drogenberatungsstelle anstarrte. Alle halbe Stunde kam jemand an die Tür und sah nach ihr. Sie bekam eine Decke und in der Mikrowelle aufgewärmte Kartoffeln mit Bohnen.

In jenen Apriltagen waren über tausend Demonstranten verhaftet worden. Im Herbst stand sie zusammen mit zwei anderen Frauen vor Gericht, einer Großmutter aus Swansea und einer Gärtnerin aus Oswestry. Die Großmutter saß auf der Anklagebank und weinte. Die Gärtnerin sagte aus, sie bekomme die Auswirkungen des Klimawandels jeden Tag bei der Arbeit zu sehen; außerdem habe sie zwei erwachsene Töchter, die sich weigerten, Kinder in diese Welt zu setzen. Die Veränderungen, riesengroß im Verhältnis zu ihrem eigenen, kleinen Leben, brachen ihr das Herz.

Die Schriftstellerin hatte ihr bestes Kleid angezogen und auf nicht schuldig plädiert. Sie sagte, ihr Verhalten sei der Bedrohungslage angemessen gewesen. Sie erklärte dem Richter, sie habe es für ihre Tochter getan. Dafür, dass es für ihr Kind überhaupt noch eine Welt gibt.

Während sie auf der Anklagebank saß, wurde ihr bewusst,

dass der ganze Vorgang etwas von einer Performance oder von einem Theaterstück hatte. Die Gerichtsschreiberin, eine Frau Mitte fünfzig, brach in Tränen aus. Der Richter hörte die Schriftstellerin an, nickte und verurteilte sie anschließend zu einer Geldstrafe. Als sie den Saal verließ, hatte sie das berauschende, schwindelerregende Gefühl, auf der richtigen Seite der Geschichte zu stehen.

Aber manchmal hatte die Schriftstellerin eine andere Sorte Gericht vor Augen, ein Zukunftsgericht der Generationen, wo sich ihr Jahrgang für Verbrechen gegen die Zukunft verantworten muss und sie sich abermals auf der Anklagebank wiederfindet.

Was haben Sie getan, als Sie realisierten, dass die Welt in Flammen steht?

Ich habe demonstriert. Ich wurde verhaftet und musste die Nacht in einer Zelle verbringen.

Und warum haben Sie demonstriert?

Ich habe es für meine Tochter getan. Sie soll eine Zukunft haben. Ich hatte keine andere Möglichkeit.

Keine andere Möglichkeit?

Um auf das Ausmaß der Bedrohung aufmerksam zu machen.

Und dann?

Dann bin ich Langstrecke nach Mexiko geflogen.

Verstehe. Können Sie das begründen?

Ich wollte mich bedanken und ein Opfer bringen. Ich wollte für meine Tochter um Schutz bitten, außerdem habe ich für ein Buch recherchiert.

Und dafür mussten Sie um die halbe Welt fliegen? Um zehn Kilometer über dem Meeresspiegel an einem Lagerfeuer zu sitzen und die Knochen eines tierischen Vorfahren Ihrer Tochter in die Flammen zu werfen?

Sie bezahlt das Wasser und geht zurück zum Van. Im Tank Dinosaurierknochen aus einer Wüste in Syrien oder Kuwait oder von einem Ölfeld in Venezuela.

Ungefähr zu der Zeit, als sie verhaftet wurde, fragte eine führende Schwarze Aktivistin in einem Tweet, ob die Leute in den Zellen sich wohl ebenso bereitwillig hätten festnehmen lassen, wenn ein Polizeigewahrsam in ihrer Geschichte zumeist tödlich geendet hätte.

Die Schriftstellerin hatte es gelesen und sich sofort in der Defensive gefühlt. Genau das war doch die Absicht dahinter gewesen – weiße Menschen aus der Mittelschicht, Großmütter und Pfarrer, Ärzte und Rabbiner, machten von ihren Privilegien Gebrauch, indem sie sich verhaften ließen.

Aber inzwischen ist sie sich nicht mehr so sicher, oder wenigstens ist sie sich mehr und mehr des eigenen Wunsches bewusst, selbst ein Teil der Geschichte sein zu wollen und irgendwie *den Planeten zu retten*.

Sie weiß ganz genau, dass sie dort in der Zelle nur eine Touristin war.

Manchmal beschleicht sie das Gefühl, in einer Escher-haften Umgebung festzusitzen. Jeder Schritt wird neue Komplikationen, neue Täuschungen, neue Konsequenzen nach sich ziehen.

Wäre es denn besser, gar nichts zu tun?

Fertig?, fragt ihr Mann.

Ja.

Sie klettert zurück auf ihren Sitz. Ihre Tochter sieht sie erwartungsvoll an und fragt: Milch?

Nein, keine Milch. Nur Wasser, mein Schatz.

Ihre Tochter verzieht das gerötete Gesicht. Ich. Will. Milch!!

Mäuschen, es tut mir leid, aber die hatten keine Milch.

ICH. WILL. MILCH!

Es tut mir leid. Ich habe … Wir sind fast da, versprochen. Du musst einfach noch ein bisschen durchhalten. Bitte.

Ihr Mann lässt den Motor an und die Musik setzt vorne wieder ein, offenbar eine Playlist des Kolumbianers. *Cuuumbiaaaa!*

Sie füllt etwas Wasser in die Trinkflasche. Das Kind nimmt einen Schluck und stößt die Flasche von sich weg. Die Schriftstellerin öffnet den Laptop und setzt ihrer Tochter die Kopfhörer auf. Die Superheldenkinder springen über die Dächer. Diesmal singt ihre Tochter nicht mit.

Als sie wieder auf dem Highway sind, lässt sie die Seitenscheibe herunter, und sofort knallt der Fahrtwind herein. Draußen ist statt der roten Erde auch Gebüsch zu sehen. Feiner Sandstaub. Hohe Palmen. Nun ist es nicht mehr weit. Auf einmal sind alle wach: die drei Männer auf der Fahrerbank, dahinter die Französin und die Deutsche; die Senegalesin, deren Tochter gurrend an einem Orangenstückchen nuckelt, der Mara'akame und die beiden Männer ganz hinten. Jemand dreht die Musik lauter. Sie alle können es spüren – das Ozon, das Meer, das nahende Ende der Reise.

Plötzlich haben ihre Handys wieder Empfang, Nachrichten trudeln ein. Mit verkniffenem Gesicht beugen sie sich über die Geräte. Die Senegalesin hört eine lange Sprachnachricht von einer Frau ab, ihrer Mutter vielleicht.

Sie tauschen sich über die Meldungen aus ihren jeweiligen Newsfeeds aus. Die WHO hat Corona zur Pandemie erklärt, Trump den nationalen Notstand ausgerufen.

Angeblich sollen Grenzen dichtgemacht werden, und nun fragen sie sich nervös, welche wohl betroffen sind.

Was, wundert die Schriftstellerin sich, wäre passiert, wenn alles zusammengebrochen wäre, während sie dort oben in der

Sierra Madre waren, kilometerweit von der nächsten Stadt und dem nächsten WLAN entfernt? Wie in einem dieser Zombie-Filme, wo das Virus binnen Stunden die Welt verwüstet und nur ein paar wenige Inseln menschlichen Lebens übrig bleiben, von denen aus es gilt, die Erde neu zu bevölkern. Wie hätten sie sich geschlagen?

In Gedanken legt sie eine Rangliste an – das Apokalypse-Quartett. Der Mexikaner käme prima klar – er kann Tiere schlachten und ganz generell mit einem Messer umgehen. Die anderen Männer sind weniger geschickt. Einige von ihnen haben eine Machete dabei, wissen aber nicht, wie man sie richtig benutzt; im Grunde handelt es sich bloß um Requisiten. Die Schriftstellerin würde auf die Senegalesin setzen. Sie kann auf Holzkohlefeuer kochen und aus kargen Resten eine Mahlzeit zusammenstellen. Sie schläft auf einer Decke am Boden. Ihr Kind ist stets sauber. Sie würde immer eine Lösung finden und jede Aufgabe meistern. Sich selbst sieht die Schriftstellerin eher unten auf der Liste. Ihr Wunsch nach Alleinsein. Ihre überwältigende, lähmende Bequemlichkeit, ihr Wunsch nach einem weichen Bett. Abgesehen davon sind Schriftstellerinnen im Krisenfall wirklich nicht gefragt.

Ihr Ehemann würde sich wahrscheinlich ganz gut machen.

Sie hat sich schon oft überlegt, dass ihr Ehemann mit seinen kräftigen, zupackenden Händen und seiner angeborenen Sorglosigkeit im Fall einer Seuche, eines Brandes oder einer Überschwemmung der ideale Begleiter wäre. Als sie während des vergangenen Jahres immer wieder von Zukunftsängsten überwältigt wurde, ist sie oft in sein Arbeitszimmer gegangen und hat sich dort auf den Boden gesetzt.

Wir sollten ein Grundstück kaufen, sagte sie dann. *Wir sollten alles abstoßen und nach Wales oder Connemara gehen, irgendwohin,*

wo es einen Brunnen gibt. Wir könnten lernen, wie man Sachen an-
baut und Löcher bohrt und so weiter.

Mit seiner ruhigen Stimme hatte er geantwortet: *Die Zeiten*
waren nie sicher.

Aber die Auflösungserscheinungen sind da, und sie kommen immer näher. Einer der Reiter löst sich von der Gruppe,
und auch ihre Familie droht zu zerfallen. Bald wird das Gewebe
ihres Alltags sich aufribbeln, und irgendwann wird der Faden
am Boden liegen, seine frühere Form nur mehr eine Erinnerung.

Sie greift hinüber, nimmt den Arm ihrer Tochter und spreizt
die klebrige kleine Hand. Pustet ihr in den Nacken. Die Kleine
hat die breiten Handflächen ihres Vaters geerbt. Sie ist noch
keine vier Jahre alt, kann aber jetzt schon alle Werkzeuge im
Werkzeugkasten benennen. *Inbusschlüssel*, sagt sie. *Schrauben-*
schlüssel. Wasserwaage. Das freut die Schriftstellerin; diese Fähigkeit, das Nützliche zu benennen.

Auf einmal hat auch ihr Handy wieder Empfang und beginnt, in der Sitztasche vor ihr zu brummen. Die gesammelten
Nachrichten ihrer Familie drängeln sich auf dem Display und
buhlen um ihre Aufmerksamkeit.

Ich hab es geschafft, Dad ist jetzt süchtig nach Schitts Creek.

JA!!

Oh SUPER

Das City-Spiel heute Abend wurde verschoben.

Oje

Guten Morgen

Arbeit gestern war ein Albtraum. Niemand darf sein Essen salzen oder pfeffern, es sei denn aus Tütchen, die wir natürlich nicht haben.

Das führt zu noch mehr Müll.

Ich finde das alles ein bisschen übertrieben

Ich glaube, das wird alles noch viel schlimmer

Oje. Ja, und die Fluggesellschaften sind auch bald insolvent

80% aller Leute werden es kriegen

Zwischen 250.000 und 500.000 Briten werden dran sterben

Glastonbury wird abgesagt

Der London Marathon wird abgesagt

Immer diese Schwarzmalerei

Das ist keine Schwarzmalerei Mum das ist die Realität

Himmel, das ist zu viel für mich

Dann darf ich jetzt also wieder Essen bestellen.

Aber ein Gutes hat die Sache. Die unangemeldeten Partys werden wieder losgehen. Illegale Raves in den Wäldern und so weiter

Bin dabei

In Italien schleichen sich die Jugendlichen nachts zum Feiern raus, und dann kommen sie zurück und stecken ihre Familie an.

Kannst du Dads Rezept bei Tesco einlösen?

Seine Schlaftabletten

Zeit für einen Gin!

TOM HANKS HAT CORONA!!

Er hat wahrscheinlich auch das Gegenmittel

Jetzt mache ich mir gleich weniger Sorgen, denn er wird uns alle retten

Mein Gott, ich hoffe nur, ich werde nicht zusammen mit den Kindern hier zu Hause unter Quarantäne gestellt.

Die größten Sorgen mache ich mir darum, wie sie jetzt aus Mexiko heimkommen

Sie sollten die Reise abbrechen

Hoffentlich halten sie es nicht für Panikmache.

Sie öffnet ihre E-Mails. Ihre Mutter hat ihr mehrmals geschrieben.

Dein Vater hat die Hörbücher wiederentdeckt, was gut ist. So hat er wenigstens eine anregende Beschäftigung, wo er schon nicht spazieren gehen kann. Ihn zu schieben, ist zu anstrengend für mich, aber manchmal wickle ich ihn in eine dicke Decke ein und er sitzt eine Weile draußen. Wir lachen darüber und sagen, er wäre in Marienbad.

Hallo, Liebes ... Wir machen uns alle große Sorgen wegen des grassierenden Coronavirus. Die Lage ist wirklich sehr ernst. Vielleicht machen sie bald die Flughäfen dicht ... Dads Hausarzt meinte gestern, dass die Krankenhäuser auf so etwas nicht vorbereitet sind.

Wir finden, dass ihr so bald wie möglich nach Hause kommen solltet. Alle zusammen. Die Situation wird täglich schlimmer. Die Regierung hält heute eine Krisensitzung ab.

Ich hoffe, du liest das bald und nimmst es ernst ... das ist es nämlich xxxx

Ich wollte nur mal hören, ob es euch gut geht und ob ihr WLAN habt? Die Leute hier drehen völlig durch ... Jet2 stellt den Flugbetrieb ein ... vielleicht solltet ihr mal bei TUI nachfragen!

Dad möchte, dass du bei Aeromexico anrufst und dich nach den Preisen erkundigst. Er treibt mich in den Wahnsinn.

Sie lässt das Handy in ihren Schoß sinken.

Ihr kranker Vater liegt in einem Haus am Stadtrand von Manchester. Er ist ein bisschen, aber nicht viel älter als der rüstige Mann auf dem Platz schräg vorne. Geboren im August 1945, am Ende eines Krieges.

Vor zweiundvierzig Jahren hat ihr Vater ihr zum ersten Mal den Westen gezeigt. Sie war drei Jahre alt.

Sie besitzt ein Foto von ihm aus jener Zeit. Er ist irgendwo in Nevada, stemmt die Hände in die Hüften und reckt das Kinn vor, als hätte er die Fragen seines jüngeren Ichs, das in Yorkshire in Armut aufwuchs, Hemingway, Kesey und John Dos Passos las, Dylan, die Byrds und Simon und Garfunkel hörte, nun endlich beantwortet: *We've all gone to look for America.*

Und so tat er es ihnen gleich.

Damals hatte er als Dozent in Manchester gearbeitet und beschlossen, das im nördlichen Moorland gelegene Dorf zu verlassen und samt seiner jungen Familie nach New Orleans umzusiedeln, wo er ein Jahr lang an der Tulane University unterrichtete. Danach gingen sie auf Reisen: Louisiana, Mexico City, Morelia, Kalifornien, Oregon. In dem Haus in Manchester gibt es Alben mit vergilbten Fotos, die die Familie vor Spielautomaten in Reno zeigen, am Rand des Grand Canyon und beim Reiten auf einer Ranch in Colorado.

Als sie acht war, nahm er sie alle noch einmal mit in den Westen, diesmal nach Tucson in Arizona. Sie wohnten am Stadtrand in den Ausläufern der Santa Catalina Mountains, wo das Straßennetz sich zwischen Schluchten und Bächen verlief.

Sie erinnert sich an die Schönheit. An die Gewitter, die den Himmel über den Bergen zusammenschnürten, ohne dass man je einen Donner hörte. Wie ihre kleinen Schwestern im Wüstenregen nackt durch den Garten rannten. Und auch an die Angst. Jeden Morgen beim Frühstück war auf dem Milchkarton ein weiteres Gesicht eines vermissten Kindes zu sehen. Die Klapperschlangen im Garten.

Damals fing sie an, alles zu zählen und regelmäßig unter dem Bett, im Schrank und hinter der Tür nachzusehen. Sie gewöhnte sich an, den Wüstenstaub von ihren Fußsohlen auf ihren Handflächen zu verteilen.

Kurz vor ihrer Abreise im vergangenen Dezember, es ist keine drei Monate her, war ihr Vater noch in der Lage, sich selbstständig fortzubewegen. Er hangelte sich an Haltegriffen durch das Haus. Wie sie weiß, wird er inzwischen von Zimmer zu Zimmer geschoben, vom Bett zum Sessel und wieder zurück. Er kann nicht mehr alleine essen.

Die Schriftstellerin kennt diese Geschichte, sie ist uralt, eine der ältesten überhaupt: die Geschichte vom sterbenden König und der Ödnis, die ihn umgibt. Durch die richtige Frage kann der alte König gerettet werden, und auch sein Reich. Es braucht nur die richtige Fragestellerin. Während ihr Vater in den vergangenen Jahren immer schwächer wurde, haben sie alle möglichen Fragen gestellt und um die richtige Diagnose gerungen. Und zum Schluss erhielten sie endlich eine Antwort: progressive supranukleäre Blickparese, eine neurodegenerative Erkrankung, die den Hirnstamm zerstört.

Ihr Vater hatte immer schon eine Vorliebe für Fragen – sie sind sein bevorzugtes Kommunikationsmittel. *Was liest du gerade?*, fragt er bei jedem Telefonat, und meistens stellt ihre Antwort ihn nicht zufrieden. Oft findet er ihre Auswahl zu begrenzt und zu unambitioniert. Was ist mit dem neuen Buch von Samanta Schweblin? Mit Laurent Binet? Hatte sie wirklich nie *Unter dem Vulkan* gelesen? Du meine Güte! Er hatte es schon zweimal durch!

In der Tat hat sie *Unter dem Vulkan* inzwischen gelesen, während dieser Reise und ihrem Vater zuliebe. Und für sich selbst. Beim letzten Telefonat vor ungefähr drei Wochen konnte sie stolz vermelden, dass sie schon mehr als die Hälfte geschafft hatte.

Seltsamerweise war ihr, als sie endlich mit der Lektüre begonnen hatte, etwas eingefallen – eine alte Erinnerung aus den Anfangszeiten ihrer Beziehung, die zwanzig Jahre lang geschlummert hatte.

Nach ihrer ersten Begegnung im mexikanischen Dschungel waren sie und ihr Mann nicht direkt zusammengekommen. Sie hatten sich kennengelernt und waren dann wieder getrennte Wege gegangen, sie zurück zu ihrem Studium nach London und er nach Mexico City, wo er Englisch unterrichtete. Neun Monate später hatte sie sich dann ins Flugzeug gesetzt und ihn besucht. Er hatte den Dozentenjob mittlerweile aufgegeben und lebte in einem kleinen Dorf in Morelos unweit von Cuernavaca. In der Nähe befand sich die Hacienda eines älteren deutschen Ingenieurs, mit dem sie lose bekannt war. Sie schrieb dem Deutschen und fragte, ob sie zuerst bei ihm wohnen dürfe, weil ihr das irgendwie angemessen erschien, gerade so, als bräuchte sie einen Aufpasser oder eine Sicherheitszone.

Sie buchte den billigsten Flug, den sie im Internet finden konnte, und landete in Cancún, tausendsechshundert Kilometer von der Hauptstadt entfernt. Sie nahm einen Nachtbus quer durch Mexiko, und als sie in Morelos ankam, war sie müde und erschöpft von der langen Reise. Der ältere Deutsche hieß sie herzlich willkommen und servierte ihr ein Abendessen, anschließend gab es Kaffee und eine Führung über sein schönes Anwesen. Auf der gegenüberliegenden Seite des Innenhofs befand sich ein großer, schummriger, mit Büchern und Kunst gefüllter Salon. An den Wänden hingen gerahmte Fotos, und eins davon stach ihr besonders ins Auge. Es zeigte einen Mann, der in einer lichtdurchfluteten, gepflasterten Gasse hinter einer Filmkamera stand. Er hielt die Hände in die Höhe und schien mit Daumen und Zeigefingern Maß zu nehmen.

Wer ist das?, fragte sie ihren Gastgeber.

John Huston, antwortete der Deutsche, und der Stolz in seiner Stimme war nicht zu überhören. Während der Dreharbeiten zu *Unter dem Vulkan* mit Albert Finney hat er hier gewohnt.

Sie wandte sich wieder dem Foto zu und betrachtete das faltengezeichnete, bärtige Gesicht des Regisseurs. Der Winkel seiner Hände erweckte den Eindruck, als orientierte er sich an den Sternen.

Kennst du das Buch?, fragte der Deutsche.

Nein.

Du solltest es lesen. Ein wunderbarer Roman.

Nach dem Abendessen zog sich der Deutsche zurück, und sie ging nach draußen. Sie setzte sich in die duftende Dämmerung des stillen Hofs und hörte zu, wie das Dorf sich auf die Nacht vorbereitete. Und während sie dort saß und auf den Mann wartete, in den sie möglicherweise verliebt war, spürte sie die Verheißung einer noch nicht entfalteten Zukunft in sich.

Nach einer Weile verzweigt sich die Straße vor ihnen. Ein kleiner Kiosk am Straßenrand verkauft Strandspielzeug und Bananenbrot, ein Restaurant wirbt mit frischem Fisch.

Sie biegen nach rechts ab, die Straße wird schmaler und dunkler und die Vegetation dichter. Mangroven, ein Sumpf – Rückzugsgebiet für Krokodile –, eine breite Flussmündung. Hohe Werbetafeln mit aufgemalten Mücken, Cartoontierchen mit fratzenhaft bösen Gesichtern, die den Reisenden dringend empfehlen, sich mit Spray vor Zika und Dengue zu schützen. Die Insekten sind übel hier – Moskitos und winzige Stechfliegen, die sich im Sand verbergen. Dieser Teil der Küste ist berüchtigt für seine Insekten, und die Feuchtgebiete und Sümpfe ziehen sich bis hinauf nach Sonora.

Ihr Handy vibriert. Ihre Mutter hat geschrieben: *Liebes. Kommt so schnell wie möglich zurück. Bucht noch heute einen Flug. Kommt nach Hause.*

Machen wir, tippt sie, *versprochen.*

Sie verschickt die Nachricht. Sie meint es ernst. Sie wird sich noch heute Abend darum kümmern, sobald sie ein stabiles WLAN gefunden hat. Denn nach Hause zurückzukehren, das weiß sie, ist das einzig Richtige. In Situationen wie dieser ist es das Richtige, in der Heimat und in der Nähe der Familie zu sein.

Obwohl es natürlich verlockend wäre, einfach hier zu bleiben, wo Mangos in den Bäumen hängen und das honigfarbene Licht der Nachmittagssonne einfangen, wo sich an Straßenständen die Avocados auftürmen, während der Rest der Welt den Bach runtergeht und sich in leergekauften Supermärkten um das letzte Toilettenpapier balgt.

Hey.

Sie dreht sich um. Der Engländer auf dem Platz hinter ihr hat sich vorgebeugt und will etwas von ihr.

Könnte ich vielleicht einen Schluck Wasser haben?

Klar. Sie bückt sich in den Fußraum, holt die Flasche herauf und reicht sie nach hinten.

Aus irgendeinem Grund macht der Engländer sie schüchtern. Vielleicht liegt es an seiner zurückhaltenden Art. An der Art, wie er in sich ruht. Von allen Insassen des Vans hält er seine Verletzungen am besten verborgen. Er ist Musiker und lebt allein in der kalifornischen Mojave-Wüste, unter dem Radar und kilometerweit von der nächsten Straße entfernt, wo er Film-scores schreibt und Bands aus L.A. produziert. All das hat sie sich aus aufgeschnappten Gesprächsfetzen zusammengereimt. Während der Reise haben ihr Mann und der Engländer sich angefreundet. Anscheinend kennen sie dieselben Leute – Leute aus dem Niemandsland zwischen Burning Man und Silicon Valley, Psychedeliker der ersten Stunde, Internet-Utopisten, die früher Texte für The Grateful Dead geschrieben haben und später in Harvard forschten. Solche Leute.

So richtig unterhalten hat sie sich mit dem Engländer nur ein einziges Mal, ganz zu Beginn der Reise, als alle einander noch mehr oder weniger fremd waren. Sie hatten in einer kleinen Stadt mitten in der Wüste angehalten, um einen Kaffee zu trinken und Eier und Tortillas zu essen. Ihr Mann war mit ihrer Tochter hinausgegangen, damit sie ein bisschen spielen und sich austoben konnte. Die Schriftstellerin, der Musikproduzent und der Schwede hatten an einem Tisch gesessen und sich über ihr Ziel unterhalten, die verschlafene kleine Stadt am Pazifik, die letzte Station ihre Pilgerreise. Sie hatte den Männern erzählt, dass sie schon einmal dort gewesen war. Sie kannte den weißen Fels, den die Wixárika Tatéi Haramara nennen, unsere Mutter Ozean, Ursprung allen Lebens.

Eigentlich hatte sie da zum ersten Mal überhaupt etwas gesagt, und die Männer hatten verwundert zugehört.

Sie erzählte ihnen, dass sie Schriftstellerin und unter anderem zur Recherche für einen neuen Roman nach Mexiko gekommen war. Die ursprüngliche Idee dazu hatte sie an einem Morgen vor einem Jahr gehabt. Sie, ihr Mann und ihre Tochter hatten in einem Fischerdorf auf einen mexikanischen Freund gewartet – derselbe Mann, der jetzt mit ihnen reiste –, mit dem sie in die Sierra fahren wollten. Irgendwann hatte er sich gemeldet und ihnen mitgeteilt, alles sei bereit; sie würden in den nächsten Tagen im Gebirge erwartet, und auf dem Weg dorthin würden sie die kleine Küstenstadt und den weißen Felsen besuchen.

Die Schriftstellerin erzählte den Männern, dass sie noch nie von der Stadt gehört und erst als Vorbereitung auf die Reise angefangen hatte, darüber zu recherchieren. Der Ort war nicht nur ein Heiligtum der Wixárika, sondern hatte den spanischen Kolonialmächten im achtzehnten Jahrhundert als wichtiger Außenposten gedient; von seinem Hafen liefen ihre Schiffe aus, um Kalifornien und den nördlichen Pazifik zu erobern. Das Schiff, das im Jahr 1775 die ersten Europäer in die Bucht von San Francisco gebracht hatte, war hier gestartet.

Sie hatte die digitalisierten Logbücher jener Seefahrer entdeckt und nachgelesen, dass einer der spanischen Leutnants im März 1775, als das Schiff am weißen Fels vor Anker lag und auf die Weiterreise nach Kalifornien wartete, angeblich den Verstand verloren und sich mit vier Pistolen in seiner Kajüte verbarrikadiert hatte, eine für jeden einzelnen Kommandanten der Expedition. Der junge Leutnant wurde noch in derselben Nacht vor ein Militärgericht gestellt. Seine Aussagen sind nicht überliefert, doch offenbar redete er »zusammenhangslos« daher und litt an einem »bedauernswerten Verlust seiner geistigen Kräfte«, weshalb er von seinem Posten entbunden und nie wieder irgendwo erwähnt wurde.

Die Schriftstellerin war fasziniert. Was hatte der junge Leutnant vor dem Standgericht wohl ausgesagt? Und warum war er zu ewigem Schweigen verurteilt worden?

Sie erzählte den Männern auch, dass der Hafen das unfreiwillige Ziel Tausender Yoemem gewesen war, die Porfirio Díaz Anfang des zwanzigsten Jahrhunderts aus Sonora deportieren ließ. Die Menschen waren gewaltsam aus ihren Häusern und Dörfern vertrieben worden, weil sie sich dagegen gewehrt hatten, ihr Land – das längste und fruchtbarste Flusstal in ganz Mexiko – mexikanischen und nordamerikanischen Investoren zu überlassen.

In Guaymas wurden Tausende Männer und Frauen, Kinder und alte Menschen auf Boote gepfercht und ins drei Tage südlich gelegene Nayarit gebracht, wo sie in Sichtweite des weißen Felsens an Land gingen. Man zwang sie zu einem dreihundert Kilometer langen Marsch durchs Gebirge, der an einer Bahnstation endete. Viele von ihnen kamen unterwegs ums Leben. An der Bahnstation sperrte man sie in Viehwaggons und karrte sie nach Mexico City, wo sie in die Sklaverei verkauft und auf die Agavenfelder im Tausende Kilometer östlich gelegenen Yucatán verschleppt wurden. Zehntausende von ihnen starben bei der Feldarbeit, die meisten binnen eines Jahres. In den Augen vieler kam dies einem Völkermord gleich.

Die Schriftstellerin erzählte, wie die Hafenstadt in der Mitte des vergangenen Jahrhunderts zu einem Badeort für die Reichen und Schönen wurde. Im Jahr 1969 hatte ein fünfundzwanzigjähriger Sänger ein Wochenende dort verbracht. Zwei Jahre später, 1971, würde man ihn tot in einer Badewanne in Paris auffinden, geflohen vor sich selbst, vor dem Gesetz und vor einem Amerika, das durch den Vietnamkrieg immer finsterer und verstörender wurde; einem Krieg, den sein Vater als jüngster Admiral der US-Marine maßgeblich prägte, indem er im August 1964 mit seinem Kriegsschiff in den Golf von Tonkin einfuhr.

Nach ihrem ersten Ausflug in die Sierra hatten die Schriftstellerin und ihre Familie das Städtchen besucht. Sie hatten den weißen Fels, die Ruinen der spanischen Festung und des Kontors gesehen, der Contaduría, die auf einem Hügel aus Vulkangestein über der Stadt thronte, ein unheimlicher Ort neben einer Kirche ohne Dachstuhl.

Sie hatten sich Fahrräder ausgeliehen und ihre Tochter bei ihrem Mann auf die Lenkerstange gesetzt, und dann waren sie immer am Strand entlanggefahren, bis zu dem Hotel, wo der Sänger gewohnt hatte, das Playa Hermosa am hinteren Ende der Bucht. Inzwischen ist es eine vom Dschungel zurückeroberte Ruine. Der Pool ist bis auf ein paar Graffiti leer, der Fußweg an den Strand von gebrauchten Kondomen, Plastikflaschen und Chipstüten übersät. Doch sobald man auf den Strand trat, bot sich eine Aussicht wie nicht von dieser Welt. Im Süden die Berge, die scheinbar das Wasser berühren, im fernen Norden der weiße Fels.

Als sie dort stand, erzählte die Schriftstellerin, habe sie begriffen, warum der Sänger ausgerechnet an diesen Ort gekommen war. Sie stellte sich ihn als eine Art kaputtes Transistorradio vor, empfänglich für die Frequenzen von Revolution und

Revolte; er hatte am Ende der Bucht gestanden, auf den Pazifik hinausgeblickt und über sein Schicksal nachgedacht.

Kurz darauf waren ihr Mann und ihre Tochter ins Restaurant zurückgekommen. Es war an der Zeit gewesen, wieder ins Auto zu steigen. Die Schriftstellerin hatte sich auf ihren Platz im hinteren Teil des Vans gesetzt und abermals geschwiegen.

Am darauffolgenden Abend sprach der Musikproduzent sie noch einmal an. Sie hatten geplant, in Lehmhütten in der Wüste zu übernachten. Ihr Mann saß am Feuer und unterhielt sich mit dem Mexikaner, ihre Tochter lag in der Hütte und schlief. Und die Schriftstellerin saß allein auf einer Bank. Es war so kalt, wie es nur nachts in der Wüste wird, wenn der böige Wind in jede Ritze eindringt, die er finden kann.

Ich wollte dir nur sagen, erklärte der Produzent, dass ich deine Geschichten mochte. Vor allem die von dem Sänger im Jahr 1969. Und dass du ihn mit einem kaputten Transistorradio verglichen hast.

Wirklich?

Ja. Also … es ist schon seltsam, dass du über ihn gesprochen hast.

Warum?

Weil seine Plattenfirma mich vor ein paar Jahren gebeten hat, einen seiner Songs zu remixen.

Im Ernst?

Ich dachte, vielleicht willst du ihn mal hören? Ich habe ihn dabei.

Er griff in seinen Rucksack, holte iPad und Kopfhörer heraus und hielt dann inne.

Als die Plattenfirma mir die Originalaufnahmen geschickt hatte und ich sie mir zum ersten Mal anhörte, war da am Ende dieses Gebrüll. Der Typ hat einfach nur geschrien. Für die

Single haben sie das natürlich nicht gebrauchen können. Das Original, meine ich. Der Typ hatte keine Hemmungen. Es war wirklich zu krass, und dann hatte den Schrei niemand mehr gehört, seit vierzig Jahren nicht. Also habe ich ihn verwendet. In ganzer Länge.

Er reichte ihr die Kopfhörer und das iPad, wählte die Playlist und ließ sie dann allein. Er schlenderte zu den Männern hinüber, die um das Feuer herumstanden.

In weiter Ferne hoben sich die schroffen Bergsilhouetten vom Himmel ab. Unterhalb davon und in etwa drei Kilometern Entfernung waren die Lichter eines Güterzuges zu erkennen, der aus dem Norden kam und auf dem Weg in die Hauptstadt war. Die Stimmen der Männer schienen direkt aus dem Feuer aufzusteigen, erst leise, dann lauter. Sie lachten. Aus einem der Lehmhäuschen war die Senegalesin zu hören, die ihr Kind sanft in den Schlaf sang.

Die Schriftstellerin setzte sich die Kopfhörer auf und tippte auf Play. Der Track begann eher gemächlich mit einem soliden Elektro-Beat.

Du duh du-du duh. Du du du-du duh. Du duh du-du duh. Du du du-du duh.

Dann die Stimme – unverkennbar, aber verändert, leicht verzerrt:

Hello, I love you …

Offenbar sprach der Sänger eine Frau an, die er kaum kannte. Er sang immer weiter, ohne dass sie reagierte, und ab einem gewissen Punkt schien der Song sich von einer konkreten Person zu lösen und wurde zu einem existenziellen Aufschrei. Es war, wie der Produzent es beschrieben hatte. Am Ende kreischte der Sänger, bis ihm die Stimme versagte: *Hello hello HeELLOooo????* Dann waren Sirenen zu hören, Polizeisirenen, die den Schrei übertönten, als würde er jetzt abgeholt und eingesperrt wie ein Verrückter, der zu laut die Götter anheult. Als die Sirenen verhallten und das *Hello* wiederkam, klang es seltsam resigniert, als wäre der Sänger besiegt und zurechtgestutzt worden.

Als das Stück zu Ende war, tippte sie wieder auf Play. Und noch einmal. Die Wut des Sängers. Sein Aufschrei. Auf einmal war es, als brülle er stellvertretend für sie, für alle Menschen. Nachdem sie sich den Song dreimal hintereinander angehört hatte, nahm sie das iPad und ging zum Feuer hinüber.

Der hartnäckige Wind der letzten Tage hatte sich endlich gelegt. Danke, sagte sie und gab dem Produzenten seine Sachen zurück. Das gefällt mir sehr.

Sie ging in die Hocke, starrte ins Feuer und beobachtete die Flammen. Das träge, bläuliche Züngeln. Die weiße Asche.

Hinter den Seitenscheiben des Van tauchen die Ausläufer der Stadt auf. Betongebäude säumen die Straße, mit winzigen Fenstern zum Schutz vor der Sonne. Sie fahren durch einen weißen Torbogen in die Stadt hinein. Auf breiten Straßen aus der Kolonialzeit geht es vorbei am Busbahnhof und weiter zu einem hübschen Platz voller hoher Bäume mit weiß getünchten Stämmen. Hunderte von Vögeln zwitschern. Kinder halten Bonbontüten in der Hand und jagen einander im Kreis. Es gibt eine Kirche mit Zwillingstürmen.

Sie biegen nach links ab und kommen an einem kleinen Park mit Kunsthandwerkermarkt vorbei. Zu ihrer Rechten liegt ein Hotel mit mexikanischer Flagge, das an eine geduckte, rote Hacienda erinnert. Der Van rumpelt über Schlaglöcher. In dem Hotel mit den roten Mauern hat die Schriftstellerin schon einmal übernachtet. Sie kennt den eleganten Innenhof mit den Terrakottafliesen, den Palmen und den Brunnen, den Leder-schaukelstühlen und den Familienfotos aus den Dreißigerjahren. Auf dem kleinen Kunsthandwerkermarkt gegenüber, wo die jungen Frauen der Wixárika und der Cora charakteristischen Perlenschmuck und Webtaschen anbieten, hat sie Geschenke eingekauft.

Unmittelbar neben dem Markt erhebt sich ein Gebäude mit hohen, steinernen Torbögen: das alte Zollhaus. Wurden die verschleppten Yoemem hier gezählt und festgehalten, bevor sie den dreihundert Kilometer langen Marsch durchs Gebirge antreten mussten? Vermutlich ja. Es gibt hier keine vergleichbaren Gebäude, außerdem steht dieses direkt am Hafen.

Im vergangenen Monat ist die Schriftstellerin mit ihrem Mann und ihrer Tochter nach Sonora gereist, um das Land der Yoemem zu besuchen. Sie wollte verstehen, woher sie kamen und was sie zurücklassen mussten.

Der Highway vom Flughafen in die Stadt war über viele Kilometer von Getreidesilos gesäumt, ein Hinweis darauf, dass es in Mexiko keinen fruchtbareren Landstrich gibt als diesen; aber als sie die Stelle fanden, wo sich laut Google Maps der Fluss befand, sahen sie nichts als ein giftiges Rinnsal in einem ausgetrockneten Bett. Der Fluss, jener große, fruchtbare Strom, den die ersten Spanier mit dem Nil verglichen hatten, war vor langer Zeit aufgestaut und über ein riesiges Aquädukt zu den Fabriken in Hermosillo und Ciudad Obregón umgeleitet worden. Das wenige Wasser, das den Dorfbewohnern blieb, war verschmutzt und eignete sich weder zum Trinken noch zum Bewässern.

Sie folgten dem Highway 15 nach Norden, um sich herum die Wüste, die Kakteen und Sukkulenten, die Tanklastwagen, die Güterzüge und die Berge. In Vícam Switch gerieten sie in eine Straßensperre; Männer und Frauen mit Bandanas reckten beschriftete Pappschilder in die Höhe und verteilten Handzettel an die Autofahrer, auf denen stand, dass sie bis heute für ihr Anrecht auf den Fluss kämpften, dass die Bundesregierung sie im Stich gelassen hatte und dass sie dringend Spenden brauchten. Ihr Mann gab ihnen etwas Geld, woraufhin sie weiterfahren durften.

Sie besuchten Guaymas, eine heruntergekommene kleine Hafenstadt, die ihre Blütezeit lange hinter sich hatte, und besichtigten den Palacio Municipal. Der unüberdachte Innenhof war vom Tschirpen winziger Vögel erfüllt und bot einen freien Blick in den Himmel. Die Schriftstellerin ging hinunter ans Wasser und stand Hand in Hand mit ihrer Tochter auf dem Anleger, von dem die Yoemem ihre Überfahrt in den Süden angetreten hatten.

In der Nacht schliefen sie in einem nach Cortés benannten Hotel, dessen Festsaal die »Eroberer-Suite« hieß. Sie saßen im leeren Hotelrestaurant unter einer Laubsägearbeit, die anscheinend die Vergewaltigung einer indigenen Frau durch wild gewordene Soldaten darstellte, und aßen Club Sandwiches. Draußen vor dem Fenster posierten mexikanische Uniabsolventen in Roben mit ihren Familien vor einem Springbrunnen. Eine Frau trat an ihren Tisch und fragte sie höflich nach dem Grund für ihren Besuch, und dann schwärmte sie von den herrlichen Stränden in San Carlos auf der anderen Seite der Bucht. Selbst der *National Geographic* habe darüber berichtet.

Mama?

Eine klebrige Hand legte sich auf das Knie der Schriftstellerin.

Was denn, Süße?

Ich muss Pipi.

Wir sind gleich da, mein Schatz. Dann können wir aussteigen und du kannst Pipi machen. Versprochen.

Der Van hält an einem kleinen Anleger. Die Reisenden packen ihre Sachen zusammen, klettern unbeholfen aus dem Wagen und stehen dann schutzlos und blinzelnd in der Sonne. Es ist später Nachmittag, sie sind seit der Morgendämmerung unterwegs.

Die Schriftstellerin geht mit ihrer Tochter hinter das nächste Gebüsch, zieht ihr die Shorts hinunter und hebt sie hoch, damit sie pinkeln kann. Neben dem Van steht der Pick-up der Familie des Mara'akame – Sohn, Schwiegertochter und vier Kinder. Die beiden jüngsten winken lächelnd herüber, die Tochter der Schriftstellerin winkt schüchtern zurück. Ihr Mann klopft dem Sohn des Mara'akame auf die Schulter. Der Jüngere macht einen Witz darüber, wie langsam ihr Mann Auto fährt; angeblich warten er und seine Familie schon eine Ewigkeit hier.

Der Mexikaner läuft ans Ende des Anlegers und verhandelt mit einem der Schiffer über den Preis für ein Boot, das sie alle zur Insel hinüberbringt. Die Sonne steht tief. Alle holen das Handy heraus, lesen die neuesten Nachrichten und runzeln die Stirn. Hin und wieder schlägt sich jemand auf die Haut. Die Stunde der Mücken und der Sandfliegen naht, manche stechen jetzt schon. Hastig holen sie das Insektenspray aus den Kulturbeuteln, verteilen es auf den ungeschützten Hautpartien, reichen die Flaschen herum. Die Schriftstellerin läuft ihrer Tochter hinterher, hält sie am Handgelenk fest und besprüht ihre Schienbeine, Fußknöchel und Arme.

Ihr Mann unterhält sich mit der jungen Französin. Sie lacht schon wieder. Und die Schriftstellerin bemerkt ein perfekt platziertes Muttermal neben ihrem Mund. Die Senegalesin erklärt ihrem mexikanischen Ehemann, die Insekten seien zu aggressiv, zu viel für ihre Tochter. Sie will nicht mit auf die Insel. Er nickt, beruhigt sie und sagt, sie müsse nicht mitkommen. Er werde ihr in einem der nahegelegenen Hotels ein Zimmer mieten. Die Schriftstellerin sieht ihnen nach, wie sie eilig die gepflasterte Straße überqueren und dann in der kühlen Lobby eines kleinen Hotels verschwinden. Sie könnte ihnen folgen und es ihnen gleichtun. Ein Zimmer mieten, die Klimaanlage aufdrehen, die Vorhänge zuziehen und schlafen.

Oder endlich *Unter dem Vulkan* zu Ende lesen.

Aber sie weiß, was als Nächstes zu tun ist. Sie werden mit einem Boot zur Insel übersetzen und einmal herumlaufen, bis sie den weißen Fels sehen können. Dann werden sie dem Meer ihre Opfergaben darbieten, die Kürbisschalen und die Kerzen, die sie seit Tagen mit sich herumgeschleppt haben. Sie werden um Schutz bitten und sich bedanken.

Nicht mehr lange, und dann ist es vollbracht.

Es ist nicht viel verlangt. Es ist das Mindeste, was sie tun kann. Doch als sie da steht, ihr Mann mit der jungen Französin mit dem perfektem Muttermal flirtet und ihre Tochter vor Erschöpfung quengelt, erscheint ihr das alles zu viel.

Vor ihr der Hafen, ein Streifen Meer, die Insel. Ein Leuchtturm auf einem Hügel. Bussarde, die sich von den Aufwinden tragen lassen.

Von hier aus segelten die Schiffe gen Norden, nach San Francisco und noch weiter.

Hier gingen die verschleppten Yoemem von Bord.

Hier stand vielleicht der Sänger.

Hier steht sie.

Sie hätte niemals an diesen Ort kommen dürfen.

Sie ist eine Touristin. Sie sind alle Scheißtouristen.

Sie sind noch schlimmer als Touristen. Sie sind wie Goldgräber, die in dieser uralten Kultur, im Leben dieses Mara'akame und seiner Familie schürfen wollen; sie wollen ihre überlieferten Lieder und Geschichten anzapfen, die unverfälschte Verbindung, die Tausende und Abertausende Jahre in die Vergangenheit zurückreicht.

Doch es sind nicht ihre Geschichten und nicht ihre Lieder. Sie gehören weder dem Schweden, noch der Deutschen oder der jungen Französin, nicht einmal dem Mexikaner aus Guadalajara mit der senegalesischen Frau.

Und sie? Was will sie hier, wenn nicht ebenfalls schürfen? Sich am Rohmaterial der Geschichte bedienen und aus den Schmerzen, der Mühsal und den unvorstellbaren Verlusten eine Geschichte formen, die sich verkaufen lässt. Sie ist genauso korrupt wie alle anderen. Genauso ausbeuterisch wie jene, die vor dreihundert, vierhundert oder fünfhundert Jahren auf der Suche nach Gold an diesen Ort kamen.

Und während sie da steht und darauf wartet, in das kleine Boot zu steigen, eine Rettungsweste anzulegen und zu der Insel und dem weißen Fels hinübergebracht zu werden, fühlt sie sich plötzlich wie der Sänger am Ende des Songs. Dieser existenzielle Aufschrei.

Wer hört dich? Wen kümmert es, wenn du ins verdammte Nichts brüllst?

Hallo?

Hallo??

HALLO??????

DER SÄNGER

1969

ER TAUCHT TIEF IN das gebrochene Licht ein und zerteilt das Wasser glatt, und für einen grüngoldenen Augenblick ist die ganze Welt schwerelos und still. Nach einer kurzen Unterwasserstrecke streikt seine Lunge, er taucht wieder auf, dreht sich keuchend auf den Rücken und hakt die Arme über den Beckenrand. Den Hinterkopf schwer auf dem Beton, hält er die Augen gegen die grelle Sonne geschlossen. Die Geräusche: gedämpftes Murmeln, das Schlürfen und Klatschen der Wellen am Beckenrand, heisere Vogelschreie, leises Meeresrauschen, sein Herz. Herankommende Schritte.

Buenos días, señor.

Er blinzelt und erkennt einen jungen Mann, der scheinbar auf dem Kopf steht. Weißes Hemd, strahlendes Lächeln.

Möchten Sie etwas trinken? Jugo? Cerveza?

Er dreht sich auf den Bauch, aus seinem Bart tropft Wasser auf die Kacheln. Hast du Tecate?

Tecate leider nicht. Pacífico? Es muy bueno.

Pacífico. Warum nicht. Bring mir zwei.

Mande?

Dos. Por favor.

Als der Junge verschwindet, hievt der Sänger sich aus dem Wasser und läuft zurück zu der Liege mit seinen Sachen. Beim Abtrocknen zieht er den Bauch ein. Seine neuen Ausmaße bringen ihn zum Staunen, an diese Walrossmasse hat er sich immer noch nicht gewöhnt. Früher war er schlank, jetzt wirkt er wie eine neue Säugetierart.

Er wickelt sich das Handtuch um die Taille, steckt es fest, zündet sich eine Zigarette an und sieht sich um. Hinter ihm und zur Rechten liegt das Hotel, ein langgezogenes, dreige-schossiges Gebäude. Als das Taxi am Vorabend hielt und der Fahrer ihn mit leiser Stimme weckte, war im Scheinwerferlicht nicht viel mehr zu sehen als das Ende einer Sandpiste. Die Dun-kelheit war erfüllt von Pflanzengeruch und Grillenzirpen. Ir-gendwo in der Nähe rauschte das Meer. Der Fahrer zeigte auf die beleuchtete Rezeption und machte sich dann auf den Heim-weg, zurück zum drei Autostunden südlich gelegenen Flug-hafen.

Auf sein Klingeln hin erschien ein verschlafener Mann, der sich an der Wange kratzte, das Gästebuch studierte und ihm dann ein kleines Zimmer im Obergeschoss zeigte. Es war nicht das beste (nicht das beste Zimmer im besten Hotel von Mexico City, bewacht von einem Mann mit Gewehr in Regenschutz-hülle, und auch keine weiße Limousine, die ihn hinfährt, wo-hin er möchte), sondern ein normales Zimmer für einen nor-malen Menschen, weil niemand etwas vorbereitet hat; niemand hat für ihn gebucht, niemand hat ihm einen Reiseplan ge-schickt, niemand hat ein Taxi gerufen oder ihn zum Flughafen begleitet. Niemand hat neben ihm gesessen, seine Drinks ge-zählt und zu bedenken gegeben, dass es nun vielleicht genug war. Er sagte: Ja, klar, ich nehme es, und dann schlief er wie ein Stein, ohne sich vorher die Jeans auszuziehen, und als er am Morgen im grellen Tageslicht zu sich kam, war er verschwitzt und hatte keine Ahnung, wo er eigentlich war.

Die Sonne brennt heiß. Der Pool hat zu seiner himmel-blauen Unbewegtheit zurückgefunden. Jenseits davon erhebt sich ein kleiner, mit Palmen und Gestrüpp bewachsener Wall, dahinter liegt der Strand als graubrauner Streifen.

Cerveza.

Der Junge kommt mit zwei kondenswassernassen Bierflaschen zurück. Den Inhalt der ersten füllt er mit einer feierlichen Geste in ein geeistes Glas.

Wie spät ist es? Weißt du die Uhrzeit?

Äh … Como a las tres.

Tres? Die Sonne steht über der Rah.

Wie bitte?

Über der Rah. Zeit für einen Drink. Hey, gib mir nächstes Mal einfach die Flasche.

Wie bitte?

Ich will das Bier, nicht das Glas. Einfach nur die Flasche ist gut.

Okay.

Er trinkt. Der Junge rührt sich nicht vom Fleck.

Woher kommen Sie, Sir? Aus Amerika?

Ja.

América del Norte?

Del Norte. Klar. Ja.

Das del Norte gefällt ihm. Verweist es irgendwie in die Schranken.

Viele Amerikaner hier. Letzten Monat Liz Taylor. Muy famoso. Y Ricardo Burton.

Liz Taylor? Ricardo Burton? Wow.

Sí. Viele berühmte Amerikaner hier.

Er wartet auf die Geste, die ihm verrät, dass bei dem Jungen endlich der Groschen gefallen ist. (Inzwischen ist er ein Experte darin, wenigstens wenn er nüchtern ist; er spürt es, wenn er beobachtet wird und eine Person am Rand seines Blickfelds sich anschickt, näher zu kommen und um etwas zu bitten: ein Autogramm, einen Kuss, einen Fick.) Aber der Junge sieht ihn einfach nur an, wie ein Kellner einen vollbärtigen Hippie ansieht, der mitten in der Nacht aufgetaucht ist und Bier zum Frühstück mag.

Klar. Berühmte Amerikaner. Der Sänger zuckt mit den Schultern. Na ja, irgendwo müssen sie Urlaub machen.

Meistens aber im Winter, bemerkt der Junge. Im Sommer gibt es zu viele Insekten und zu viel Regen. Er blinzelt in den Himmel, als könnte eins von beidem unvermittelt auf sie herunterstürzen, aber der Himmel ist einfach nur da, vollkommen und blau. Möchten Sie frühstücken? Ein Sandwich? Fruta?

Er sollte wahrscheinlich etwas essen, obwohl er mit dem Frühstück in letzter Zeit nicht immer klargekommen ist.

Klar. Ein Sandwich. Egal welches. Und noch ein Bier. Aber in der Flasche.

Okay.

Am Pool ist nicht viel los. Auf der anderen Seite des Beckens sitzt ein weißes Paar und blickt aufs Meer hinaus. Amerikaner? Sie sind gerade eben noch mittleren Alters, ihre Kleidung verrät ihren Reichtum. Die Frau trägt einen dieser Hüte mit ausladender Krempe und einen Badeanzug, der aussieht, als wäre er noch nie nass gewesen. Neben ihr sitzt ihr Mann, beide lesen ein Buch mit grellbuntem Cover, das sie sich vom Gesicht weghalten, um gleichmäßig zu bräunen. Zu seiner Rechten eine mexikanische Familie mit zwei Kindern. Die Mutter ist mit den Kleinen beschäftigt, der Vater liest Zeitung. Als er aufblickt, hebt der Sänger zum Gruß seine Bierflasche, aber der Mann schaut angewidert weg. Die langen Haare. Oder der Vollbart.

Kurz nach ihrer Ankunft wurde die Band bei einem Treffen mit den Veranstaltern darüber aufgeklärt, wie Hippies in Mexiko für gewöhnlich behandelt werden. Eva war ebenfalls dabei. Dunkel, klein, ernst und mit dem Klemmbrett in der Hand hielt sie sich im Hintergrund, während die beiden Clubbetreiber ihnen Tipps gaben.

Vor allem müssen wir immer zusammenbleiben. Geht bloß

nicht allein in die Stadt. Die holen die Leute von der Straße weg, um ihnen die Haare zu schneiden und die Bärte abzurasieren.

Die?

Die Polizei.

Die anderen Bandmitglieder hatten sich lachend zu ihm umgedreht. *Können wir sie nicht irgendwie dazu bringen, sich auch um ihn zu kümmern?* Es sollte ein Witz sein, aber nachdem sie dann den Club besichtigt und das kitschige, fünf Meter hohe Fresko gesehen hatten, das die Mexikaner an die Mauer gemalt hatten – es zeigte den jungen Gott mit der Föhnfrisur nach der Vorlage eines drei Jahre alten Fotos –, und beim ersten Abendessen in dem riesigen Speisesaal mit den vergoldeten Stühlen saßen, die aussahen, als würde man hier einer französischen Königin ihren Kuchen kredenzen, baten ihn die anderen ganz im Ernst, sich zu rasieren.

Alle waren da: die Band, die Freundinnen, die Journalisten, die Manager, die Roadies, die Veranstalter. Alle tranken Corona und Wein und aßen Hummer.

Soll das ein Witz sein?

Es passt nicht zu deinem Image. Es ist nicht das, was die Leute erwarten.

Jesus Christus. Seit wann geben wir den Leuten, was sie erwarten?

Die anderen tauschten Blicke aus und scharrten mit den Füßen. Er warf ein Brötchen quer über den Tisch und traf die Freundin des Gitarristen an der Wange. Sie schrie auf, er lachte. Im Saal wurde es still. Er zählte mit wie bei einem fernen Gewitter. Einundzwanzig, zweiundzwanzig, dreiundzwanzig.

Und dann sagte er *fickt euch*, ganz langsam. Fickt. Euch. Alle.

Die Frau auf der anderen Seite des Pools bewegt sich wie in Zeitlupe und schlägt ein Bein über das andere. Er beobachtet sie, vor allem die Stelle, wo der Badeanzug im Schritt verschwindet. Wie alt sie wohl ist? Fünfzig? Sie hat den Körper einer Fünfzehnjährigen.

Drei Uhr. Was bedeutet, dass ihm bis zum Bandtreffen noch eine Stunde bleibt. Er weiß das so genau, weil man ihm gestern Früh den Zeitplan für heute in die Hand gedrückt hat. Die Band und der Manager waren schon abgereist, aber sie hatten ihm in einem frischweißen Umschlag den gefalteten, fein säuberlich abgetippten Tagesplan hinterlassen, zusammen mit fünf Hundertdollarscheinen und den Nummern dreier Flüge von Mexiko nach LAX.

16:00 Uhr – Bandtreffen.
18:00 Uhr – Interview. Garden of Self-Realization,
Pacific Palisades.

Das Interview ist eine große Sache. Wochenlang haben sie versucht, es ihm schmackhaft zu machen. Der Journalist würde extra aus New York einfliegen. *Ein integrer Typ, schreibt für die* Village Voice. *Er liebt unsere Musik, und dich. Du hättest endlich eine Gelegenheit, deine Sicht der Dinge zu schildern und das eine oder andere richtigzustellen.*

Nach der dreimonatigen Zwangspause würden sie der Welt ihr neues Gesicht präsentieren. Nachdem er im März in einem Flugzeughangar in Miami vor zweitausend Fans angeblich seinen Schwanz ausgepackt hatte. Nachdem man ihn zum Staatsfeind Nummer eins erklärt und der Präsident persönlich die Demonstrationen für Sitte und Anstand gutgeheißen hatte, woraufhin dreißigtausend gottesfürchtige Südstaatenkakerlaken aus ihren Löchern gekrochen kamen und seinen Kopf verlangten. Nachdem die Veranstalter Angst bekommen und ihre fünfundzwanzig Konzerte umfassende Tournee abgesagt hatten. Nachdem die Radiosender sich geweigert hatten, ihre Songs zu spielen. Nachdem ihr Bankguthaben empfindlich geschrumpft war.

Wir dachten uns, wir geben das Interview im Garten der Selbstverwirklichung. Gandhis Asche wird dort aufbewahrt! Kein Alkohol. Kein Stress. Ruhe und Frieden, verstehst du? Wir zeigen der Welt, dass wir zurück sind.

Zwei Uhr nachmittags. Was die anderen Bandmitglieder jetzt gerade wohl machen? Sie meditieren, trinken Saft und erscheinen pünktlich in den Räumen der Plattenfirma, bereit für das große Meeting und das verdammte Interview, und merken jetzt erst, dass er, der preisgekrönte Zuchtbulle, nicht da ist. Sie fragen sich panisch, wo er bleibt. Sie telefonieren herum und wundern sich, ob er gestern aus dem Hotel ausgecheckt ist, ob er ins Flugzeug gestiegen ist, ob er es zurück nach L. A. geschafft und, falls ja, wo er die Nacht verbracht hat. Sie entsenden ihre kleinen Spione in die ganze Stadt: nach Topanga, ins Phone Booth, zu den Bänken entlang des Sunset, ins Alta Cienega Motel und in die Schlafzimmer mehrerer Frauen, deren Nummern und Adressen aktenkundig sind. Er weiß ganz genau, dass sie über seine Liebschaften Buch führen. Wo er sich aufhält, ist keine Privatsache mehr. Sie alle sind jetzt ins Geschäft des Geschäftemachens eingestiegen.

Die können ihn alle mal. Er ist über tausend Kilometer weit weg.

Er weiß, was sie planen. Sie werden ihm sagen, dass er mit dem Alkohol und den Drogen aufhören muss. Vor allem mit dem Alkohol. Weil bei ihm alles aus dem Ruder läuft. Und weil sie in diesem Gespräch kein echtes Druckmittel haben, werden sie furchtbar nervös sein. Sie wissen, dass sie von ihm abhängig sind und er für ihren Lebensunterhalt, ihre Ehen, ihre Häuser, ihre Autos, ihre Kleidung und ihr Essen aufkommt. Sie alle sind abhängig davon, dass er sich vor sie stellt und die (fast) ausschließlich von ihm geschriebenen Hits singt. Drei Jahre lang haben sie auf ihn vertraut, auf sein Charisma, seine Magie, seine dionysische Wucht, die Vereinigung aller Gegensätze; sie haben darauf vertraut, dass er sie Gott näherbringt. Und jetzt spüren sie, wie er ihnen entgleitet und alles versaut. Sie wollen ihn präsentieren wie ein Produkt, bereit für Haare, Make-up, Licht. Sie wollen nicht, dass er hinter Fett und Gerichtsverfahren und Haftbefehlen und Chaos und Streit verschwindet. Sie wollen einen Adonis, keinen Caliban. Und sie wollen wirklich, *wirklich*, dass er sich den Bart abrasiert und endlich abnimmt.

Zu viert haben sie sich weitergeschleppt, aneinander gebunden durch Finanzen, Verträge und Abhängigkeiten; die leere Hülle einer Ehe, in der es schon lange keinen Sex mehr gibt. Mexiko sollte dem Ganzen neues Leben einhauchen: eine Stierkampfarena mit vierzigtausend Plätzen, gebucht an drei aufeinanderfolgenden Tagen, die Tickets für einen Dollar. Aber dazu kam es nicht. Am Ende traten sie in Mexico City vier Abende am Stück in einem elitären Privatclub mit Las-Vegas-Optik auf und spielten dort vor dem Präsidentensohn und den Kindern der Reichen.

Der Junge kommt zurück. Er balanciert ein Tablett auf den gespreizten Fingern. Er ist kaum älter als achtzehn oder neunzehn, sein nackter Oberkörper ragt aus einer schmalen schwarzen Hose. Das perfekte Verhältnis von Schulterbreite zu Taillenumfang. Früher war er genau so – halb verhungert, vitruvianisch, zweiundzwanzig Jahre alt. Damals hatte er auf den Dächern von Venice Beach übernachtet, und der Mond war ein Frauengesicht. In der Morgendämmerung hatten die Vögel ihn mit ihren Botschaften geweckt, der Ozean hatte ihn gereinigt und die Avocado- und Mangobäume hatten großzügig ihre Früchte verschenkt. Zum Frühstück zweihundert Mikrogramm von Owsleys Pulver. Wem es gelang, auf die Welle der Morgendämmerung aufzuspringen, der konnte sie bis in den Abend reiten. Ihre Kraft erfüllte dich. Du warst diese Kraft.

Doch das ist lange her. Das war, bevor er auf der Straße wiedererkannt wurde. Bevor sie ihren ersten Nummer-eins-Hit landeten und er zum Sänger der berühmtesten Band der Nation wurde, mit allen Konsequenzen: mit Managern, Agenten, Plattenfirmen, Roadies, Konzertveranstaltern, Ehefrauen und weiblichen Fans in Vorstadtjugendzimmern. Das erdrückende Gewicht der kollektiven Bedürfnisse.

Bevor der Erfolg sie veränderte. Langsam voneinander entfremdete.

Die anderen Bandmitglieder bitten ihn, endlich abzunehmen, weil sie nicht wissen, dass der schlanke junge Gott von vor drei Jahren im Grunde ein halbverhungerter Junkie war.

Als Kind war er immer dick gewesen.

Das Sandwich aus dünn geschnittenem Weißbrot ist mit Schinken und Mayonnaise belegt. Er beißt hinein, und das Brot klebt sich an seinen Gaumen.

Hmm ... hast du was Mexikanisches? Mexikanisches Essen?

Oh, ja. Huevos? Eier?

Ja. Huevos. Cool. Und Tortillas?

Der Junge schüttelt den Kopf. Keine Tortillas.

Mist. Warum nicht?

Der Junge zuckt mit den Schultern. Mögen sie nicht. Die Amerikaner.

Scheiße, Mann. Ich liebe Tortillas! Na gut, dann bring mir eben ein paar Eier und noch mehr von diesem beschissenen

Brot. Und noch ein Bier. Nein, zwei, und einen Whisky zum Nachspülen. Zwei. Oder nein, warte – hast du Mescal?

Der Junge nickt.

Dann bring mir ein paar Shots. Nein, warte, bring mir die ganze Flasche.

Der Junge nickt und läuft zurück in die Küche.

Ein Glitzern auf der Wasseroberfläche. Eine sanfte Verschiebung in der Geräuschkulisse, und da fällt es ihm wieder ein – Peyote. Er hat es vor einer Stunde in seinem Zimmer genommen, als er bemerkte, dass er sie immer noch um den Hals trug: mehrere kleine, luftgetrocknete, zu einer Kette aufgefädelte Meskalinkügelchen.

Er hatte sie auf dem Weg zum letzten Gig in Mexico City geschenkt bekommen, von jemandem aus der Entourage des Präsidentensohns: *Das ist das beste Zeug überhaupt. Peyote. Direkt aus der Wüste. Macht eeecht high.*

Am Morgen hatte er sich kurz nach dem Aufwachen eins der Kügelchen zwischen die Backenzähne geschoben und zugebissen. Es war sauber zerplatzt. Er hatte erst eins geschluckt und dann noch eins, und den Rest hatte er sich wieder um den Hals gehängt. Jetzt tastet er danach, führt sich die Kette an den Mund und beißt ein weiteres Kügelchen ab. Es schmeckt nach Erde und irgendwie bitter, aber nicht schlecht. Gar nicht schlecht. Er spült es mit einem Schluck Bier hinunter.

Auf der anderen Seite des Beckens erhebt sich der Ehemann von der Liege, richtet sich die Badehose, beugt sich hinunter und küsst seine Frau auf den Mund, bevor er an den Pool tritt und hineinspringt. Er, braun, glatt und energisch, schwimmt ein paar Bahnen. Irgendetwas an diesem Mann erinnert den Sänger an seinen Vater – seine Statur vielleicht, oder seine Art, sich zu bewegen. Selbst mit über vierzig konnte sein Vater sich

noch an jede Kletterstange hängen und eine perfekte Kippe vor-
führen. Oder an den Ringen die Pose halten. Wie alt ist er jetzt?
Neunundvierzig? Fünfzig? Hat der Admiral (der jüngste Admiral der US-Marine, der jetzt in diesem Moment am anderen
Ende des Pazifiks auf einem Flugzeugträger in vietnamesischen
Gewässern kreuzt) schon gehört, dass seinem ältesten Sohn
neun Monate im Florida State Prison drohen, weil er in einem
Flugzeughangar am Rande eines Sumpfs Tausenden kreischenden Fans seinen Schwanz gezeigt hat?

*Die Sache ist die, Dad, ich hatte kurz vorher das Living Theatre
gesehen. Verstehst du? Hast du schon mal davon gehört? Sie kamen
direkt aus Paris, wo sie das Odéon besetzt hatten, und haben fünf
Abende hintereinander an der UCLA gespielt.* Die Pest, Paradise
Now. *Ehrlich, was diese Leute machen – das ist die wahre Revolution. Das ist Artaud. Das ist Rock 'n' Roll, verdammt! Und deswegen
hatte ich mir überlegt, ein bisschen was zurückzugeben. Dem amerikanischen Blutkreislauf ein bisschen was davon einzuimpfen. Ihnen
einen Spiegel vorzuhalten.*

Und, stimmt es?

Stimmt was?

Hast du dich entblößt?

*Ach Scheiße, Mann. Weißt du, ehrlich gesagt kann ich mich an
nichts erinnern.*

Dann warst du also wieder betrunken, Junge?

Zuletzt hat er seinen Vater vor drei Jahren gesehen. Sie haben sich im Zorn getrennt. Er erinnert sich an den Gesichtsausdruck seines Vaters, an sein Unverständnis, seine Bestürzung.
Als wäre der Sohn mit der Lederhose, den langen Haaren und
den Songtexten über Chaos und Zerfall die Verkörperung seines eigenen dämonischen Es.

Die Frau auf der Liege holte eine Kamera aus der Tasche,

steht auf, entfernt sich einige Schritte von ihrem Platz und hebt sich den Apparat vors Gesicht. Die Linse reflektiert das Sonnenlicht und er zuckt zusammen. Offenbar steht er in ihrer Schusslinie. Er hebt die Hände, um sein Gesicht zu bedecken, sie neigt den Kopf und sucht nach einem neuen Blickwinkel, der ihn nicht einschließt.

Die Linsen scheinen zu metastasieren. Sie sind überall, wo er hingeht. Es ist Karma, das weiß er, weil er den Mädchen und Frauen früher mit dem Fernglas nachgestellt hat, erst in einem nach Teenagerschweiß stinkenden Wohnwagen in Tallahassee und später auf den Dächern von Venice. Er war ein Spanner. Ein Voyeur. Er hatte es zu seiner Berufung erkoren, zu seiner Religion, all diese weichen Arme, die sich auf den Rücken biegen, um die Häkchen zu lösen, die die Brüste halten, *Arme vom Reif geschmückt und nackt und weiß* – spannen, schreiben, wichsen. Und nun sind die Linsen auf ihn gerichtet. Nun spürt er den heißen, jungen Atem Amerikas in seinem Nacken. Wer verbirgt sich hinter den Linsen? Er weiß, dass seine Akte beim FBI immer dicker wird und dass Hoover ihn ins Visier genommen hat. Alle sind paranoid. Alle haben Angst. Man fühlt es in den heißen Straßen der Stadt. Es ist wie in der Schlussszene eines Westerns, wenn alle einander mit der Waffe bedrohen. Die Polizei und das FBI, die Kids in der Haight Street und die Kids, die sich in den verwunschenen Canyons verstecken; die Kids beim Parteitag der Demokraten und die Kids im Dschungel und die Vietcong.

Irgendwann zwischen 1965 und 1967 ist draußen an der Westküste etwas passiert, als hätte sich über dem Meer ein Portal geöffnet. Der Marsch gen Westen war vorbei, es gab keinen Kontinent mehr zu plündern, und die Enkel der Ideologie namens Manifest Destiny und die Kinder der Atombombe warfen LSD ein und starrten wild mutmaßend auf den Pazifik.

Eine Zeitlang hatte er es fühlen können, wenn er vor ihnen stand. Er war der Pan, der Dionysos, der ihnen seinen heißen Waldbewohnerfuror entgegenschleuderte. Nichts Geringeres stand auf dem Spiel als die Seele der Nation. An manchen Abenden konnte er fühlen, wie sich alles durch ihn hindurchbewegte, während sie ihm zu Tausenden zuschauten, gebannt nicht von ihm, sondern von etwas, was größer war als er, von seiner Durchlässigkeit, seiner Fähigkeit, dem großen Rätsel Raum zu geben, dem Uralten, den Toten. Doch obwohl die Tore sich öffneten, wurden sie nicht gereinigt, und als es dann so weit war, schafften sie es trotz der Satyrn, der Pfeifen und der wilden Tänze auf dem Hügel nicht, die Leute hindurchzuführen. Inzwischen werden die Kids in der Zuschauermenge immer jünger, sie sind grob und gleichgültig und wünschen sich bloß noch die Zurschaustellung des Widerspruchs, nicht aber die verstörende, vielschichtige Wahrheit dahinter.

In Miami drückte ihm jemand ein lebendes Lamm in die Arme, und er fragte sich, wer hier eigentlich geopfert werden sollte.

Ihr seid doch alle nur Sklaven, hatte er das Publikum angeschrien. *Ihr seid alle nur verdammte Sklaven.*

Auf der anderen Seite des Beckens serviert der Junge der Frau eine Margarita und dem Mann einen Saft. Ihr Drink hat etwas Makelloses. Das in der Hitze schwitzende Glas, die schlanken Finger der Frau, die sich darumlegen, ihre funkelnden Ringe in der Sonne. Der Junge kommt mit zwei Bier und der Flasche Mescal herüber, dazu bringt er einen Teller mit Eiern. Der Junge überreicht ihm das erste Bier mit einem feierlichen Schlenker, das zweite stellt er zusammen mit dem Mescal auf den Tisch.

Der Sänger greift nach der Flasche, trinkt einen Schluck und spürt sofort, wie der Mescal ihm das Blut aufmischt. Die Welt löst sich auf. In letzter Zeit konnte ihm nur das Erleichterung verschaffen – eine Flasche harter Alkohol pro Tag.

Spirituosen für die Spiritualität.

Hey, Junge.

Ja?

Ich suche einen Felsen. Einen weißen Felsen im Meer. Schon mal davon gehört?

Der Junge runzelt die Stirn, dann fällt es ihm ein. Ah, ja!, sagt er. El roca de la Virgen. Sie müssen zum Strand runter, und wenn Sie ganz weit in die Richtung schauen – er zeigt nach rechts –, können Sie ihn garantiert sehen. Oder Sie nehmen ein Boot. Vom Anleger. Das bringt Sie dichter ran.

Cool. Danke.

Er streckt sich auf der Liege aus, lässt sich von der Sonne die Haut straffen.

Es gibt da einen weißen Felsen im Meer. Die Indios behaupten, dass dort die Welt geboren wurde.

Nachdem er allein in seinem Hotelzimmer in Mexico City aufgewacht war, hatte er diese handschriftliche, säuberlich um eine schwarze Scherbe gewickelte Nachricht gefunden. Eine Einladung? Eine Mutprobe?

Dies ist ein Geschenk. Durchtrenne deine Fesseln.

Eva.

Sie hatte mit dem Klemmbrett in der Hand in der Ankunftshalle gewartet und ihn nicht erkannt. Er war allein von L.A. nach Mexiko geflogen und vor der Band eingetroffen. Er hatte keine Lust auf den üblichen Zirkus am Flughafen, auf die Kameraobjektive und die Fragen. Er war müde und hatte seit Wochen nicht mehr richtig geschlafen. Als er sich noch in der Ankunftshalle die erste Zigarette anzündete, bemerkte er die

Blicke einer kleinen, zierlichen Frau. Sie sah in seine Richtung, sah weg und wieder hin und näherte sich dann langsam.

Entschuldigung, sind Sie vielleicht …?

Sie setzte ein *Mr* vor seinen Namen und wirkte sehr unsicher.

Klar, sagte er. Und wer sind Sie?

Mein Name ist Eva. Ich soll Sie ins Hotel bringen.

Sie sah mexikanisch aus, klang aber französisch. Ihre Kleidung war schlicht und geschmackvoll. Sie hatte nichts von einem Hippie, keine Pfauenfedern und dieser ganze Quatsch. Einfach nur ein Rock, eine Bluse und irgendwelche Schuhe. Das dunkle Haar hatte sie sich im Nacken zusammengebunden.

Das ist Ihr ganzes Gepäck?

Ja.

Sie nahm seinen Koffer und ging los. Er ließ sie gewähren, folgte ihr mit etwas Abstand und beobachtete sie von hinten. In der Limousine drückte sie sich ans andere Ende der Bank. Die Klimaanlage war zu niedrig eingestellt. Er öffnete das Fenster und reckte den Kopf hinaus: ein vierspuriger Highway, der Gestank nach Benzin, Hitze, Tieren, Scheiße und Stahl.

Haben Sie Wasser? Er fühlte sich verkatert.

Im Hotel, erklärte sie. Wir sind gleich da. Er sah, wie sie dem Fahrer mit einer Geste bedeutete, die Klimaanlage auszuschalten.

Waren Sie schon einmal in Mexiko? Sie sah ihn an.

Ja, sicher … in Ensenada.

Zwei Tage jenseits der Grenze, zusammen mit seinem kleinen Bruder. Seit Jahren hatten sie nicht mehr so viel Zeit miteinander verbracht. Er bezahlte so viel Tequila und so viele Huren, wie ein Siebzehnjähriger vertragen konnte. Er holte sich einen Tripper, nach der Heimreise pinkelte er grünen Eiter.

In Ensenada?, wiederholte sie lächelnd und mit französischem Akzent. Nun, auf dieser Reise werden Sie hoffentlich ein bisschen mehr Kultur erleben. Ihre Band reist erst am Nachmittag an?

Soweit ich weiß.

Und dann gibt es einen Riesentrubel, ja?

Klar.

Reisen Sie deswegen allein? Um dem Trubel zu entgehen?

Ja.

Ich glaube, die würden Sie ohnehin nicht erkennen. Ich hätte Sie fast nicht erkannt. Sie sehen so anders aus.

Anders?

Anders als auf dem Foto.

Schmale Lippen. Kleine Brüste. Unter der Bluse zeichnete sich ihr BH ab. Er sah kleine Schweißflecken. Einen Hauch von dunklem Flaum auf ihrer Oberlippe. Sie war älter als er, Ende zwanzig vielleicht oder Anfang dreißig. Oder noch älter? Sie trug keinen Ehering.

Tut mir leid wegen der Stierkampfarena, fuhr sie fort. Die Absage. Es tut uns allen wahnsinnig leid.

Ja. Uns auch. Vor allem, dass Sie uns nicht rechtzeitig informiert haben.

Sie runzelte die Stirn. Wir haben es selbst erst vor zwei Tagen erfahren. Wir haben keine Genehmigung bekommen. Der Präsident hat abgelehnt. Unsere Regierung ist ... letztes Jahr gab es Schwierigkeiten. Im Oktober.

Ja, viele Studenten wurden erschossen, richtig? Wie viele?

Sie zuckte zusammen, wandte sich ab und sah aus dem Fenster. Das weiß keiner so genau. Hunderte? Mehr? Die Leichen wurden fortgeschafft. Niemand weiß, wohin. Vielleicht haben sie sie ins Meer geworfen.

O Gott.

Mein Cousin ist unter den Vermissten.

Das tut mir leid, Ma'am.

Sie schlug die Augen nieder und wischte sich eine Asche-flocke vom Rock. Es ist wirklich schlimm. Aus dem Grund dür-fen Sie nicht vor den – wie sagt man noch – vor den Massen auf-treten. Sie wollen nicht, dass die jungen Leute sich versammeln. Sie haben Angst.

Wovor?

Vor der Jugend. Der Revolution. Vor Ihnen.

Ihre Augen waren bernsteinfarben. Bernsteinfarben mit grü-nen Sprenkeln.

In Chicago war es ähnlich, sagte er. Sie haben die jungen Leute angegriffen und grün und blau geschlagen.

Ja. Ja, ich weiß. Tut mir leid.

Aber gestorben ist keiner. Noch nicht.

Für den Rest der Fahrt schwiegen sie. Die Limousine rollte durch die breiten Straßen der Innenstadt und bog dann in eine gesicherte Privatstraße mit niedrigen Gebäuden ein, an deren Ende das palastartige Hotel lag. Sie checkte für ihn ein und be-gleitete ihn dann auf sein Zimmer, eine Suite im ersten Stock.

Kommt noch jemand dazu?, fragte sie leise. Soweit ich weiß, reisen die anderen Bandmitglieder mit ihren …

Mit ihren Ehefrauen? Ja. Aber ich nicht. Ich bin allein.

Sie sah ihn unverwandt an. Natürlich. Nun, dann lasse ich Sie jetzt in Ruhe auspacken. Während Sie in der Stadt sind, bin ich Ihre Fremdenführerin. Ich kann Ihnen ein paar Sachen zei-gen.

Was denn?

Alles, was von Interesse ist. Was interessiert Sie? Mexiko ist voller interessanter Sachen.

Er dachte: *Du interessierst mich. Ich wäre sehr interessiert daran, dass du dich für mich ausziehst und auf das Bett legst. Dass du mich in deinem schönen Akzent beschimpfst. Ich wäre sehr daran interessiert, währenddessen deine Fotze zu lecken.*

Aber der Club ist wirklich nett. Auf einmal klang sie munter. Es wird Ihnen dort gefallen. Außerdem hoffen wir, dass Sie auch noch in der Alameda auftreten dürfen. Der Park im Stadtzentrum. Wir hoffen, dass sich die Reise trotzdem für Sie lohnt. Alle sind sehr froh, dass Sie gekommen sind.

Ja, klar.

Sie wandte sich ab.

Sind Sie Französin?, fragte er, als sie schon an der Tür war.

Halb, sagte sie und drehte sich noch einmal um. Ich wurde in Paris geboren. Mein Vater ist Franzose. Ich bin dort aufgewachsen. Aber meine Mutter ist Mexikanerin, und ich wohne seit Jahren in Mexiko.

Sie war oft dabei. Im Hotel begleitete sie die Band zu den Limousinen, in denen sie die kurze Strecke zum Club zurücklegten. Mittags tauchte sie mit ihrem Klemmbrett beim Lunch auf und überbrachte ihnen schlechte Nachrichten – immer noch keine Zusage vom Fernsehen, aus dem Gig im National Auditorium würde wohl ebenfalls nichts werden, und der Eintritt für die genehmigten Shows war auf sechzehn Dollar festgesetzt worden, um die Studenten abzuschrecken. Auch abends war sie dabei. Während des ersten Konzerts – er trug ein Hawaiihemd und alte Jeans und hatte sich weder den Bart noch die Haare stutzen lassen – stand sie ganz hinten im Saal, und sie hörte zu, als er in stockendem Spanisch die Band vorstellte. Nach der Show saß sie in einem kurzen Kleid mit blumenbesticktem Saum in der Garderobe. Er beobachtete sie, wie sie sich durch den Raum bewegte, den anderen Musikern eine Hand auf den Arm legte und ihnen dankte. Nur in seine Nähe kam sie nie, nie sah sie in seine Richtung, und irgendwann hob er den Kopf und merkte, dass sie ihren Mantel anhatte und offenbar aufbrechen wollte. Als sie an ihm vorbeiging, hielt er sie am Arm fest.

Hey. Trinken Sie etwas mit mir. Kennen Sie das hier? Probieren Sie mal. Er schenkte ihr aus seiner halbleeren Flasche ein Glas ein.

Tut mir leid, ich muss gehen.

Wohin?

Ich habe Kinder.

Oh. Wo? Sind sie hier? Er tat so, als würde er unter dem Tisch nachsehen. Er war betrunken.

Nein, sie sind zu Hause.

Ganz allein?

Ich habe einen Babysitter. Aber ich muss jetzt los.

Plötzlich merkte er, wie müde sie war. Und wie gelangweilt.

Er sah ihr nach, und als er sich wieder umdrehte, stand schon die nächste Frau vor ihm, rothaarig diesmal und willig. Sie zogen in einen Club weiter, wo er um fünf Uhr morgens auf der Toilette zu sich kam. Seine Jeans war aufgeknöpft, und er hielt immer noch die Flasche in der Hand. Offenbar hatte ihm jemand einen geblasen.

Am nächsten Tag sah er Eva beim Frühstück wieder, das ihnen um zwei Uhr nachmittags im Speisesaal serviert wurde. Sie las die Kritiken vor und übersetzte für die Band.

El Heraldo schreibt, Sie sind ein Pirat. Eine rotbärtige Mischung aus Fidel Castro und …

Sie las weiter, stutzte.

Und wem?, fragte er.

Dem Glöckner von Notre-Dame.

Alle lachten. Er auch. Aber bei dem Namen *Notre-Dame* hatte sie absolut französisch geklungen und er hatte die Pariser Straßen und das Kopfsteinpflaster herausgehört, eine gewisse klare, mitleidlose Kälte. Und auf einmal sehnte er sich nach dem klaren, kalten Licht des Nordens.

Außerdem steht da, Sie wären … trastornado.

Was heißt das?

Verwirrt.

Am nächsten Tag schlug sie einen Ausflug zu den Pyramiden vor. Teotihuacán lag eine Autostunde nördlich von Mexico City. In der Limousine döste er die meiste Zeit vor sich hin, im Radio lief US-Rock. Plötzlich war einer ihrer Songs zu hören. Er öffnete die Augen und sah tote Esel mit geblähten Bäuchen voller Fliegen, Kinder, die sich um die Wagenfenster scharten, das gleißende Sonnenlicht.

Sie leisteten sich einen offiziellen Führer, der vorauslief und laut erzählte. Die größte Stadt auf dem amerikanischen Kontinent, und eine der größten der Welt. Ihr Name bedeutet Geburtsort der Götter, was keine Metapher ist. Die Einwohner glaubten tatsächlich, dass hier die Wiege des Universums war … Und dann … der Niedergang. Warum, weiß keiner. Die Umwelt. Klimatische Veränderungen. Dies ist die Straße der Toten.

Er ließ sich ein wenig zurückfallen. Er wollte keinen Führer, und er wollte auch nicht in der Nähe der anderen Bandmitglieder und ihrer Freundinnen sein. Er ging neben Eva und passte sich ihren Schritten an. Sein Schädel schmerzte noch vom vergangenen Abend. Er hatte weder Hut noch Sonnenbrille dabei und das Licht blendete ihn. Sie trug eine locker sitzende, bestickte Bluse, Sandalen und Jeans. Das Haar hatte sie sich mit einem Tuch hochgebunden. Sie trug eine Sonnenbrille und um den Hals einen kleinen Fotoapparat.

Sie redeten kaum, aber das Schweigen war angenehm, als hätten sie sich darauf geeinigt.

Sie fotografierte ihn, wie er in Stiefeln von Frye, schwarzer Jeans und weißem T-Shirt die Sonnenpyramide erklomm. Er vergaß nicht, den Bauch einzuziehen. Er steckte eine Hand in das Maul der gefiederten Schlange, und auch das fotografierte sie.

Am Nachmittag besuchten sie das Nationalmuseum für Anthropologie. Es gab eine private Führung. Der Sohn des Präsidenten hatte das Konzert gesehen, und nun hatte er Leute geschmiert und ihnen Türen geöffnet. Ihre Entourage war inzwischen auf etwa dreißig Personen angewachsen, darunter die Rothaarige, die ihn nicht in Ruhe ließ, und der Präsidentensohn, der mit ihnen in der Limousine saß und ihnen Koks und Marihuana anbot. Der Sänger beobachtete Evas Verhalten in seiner Nähe. Immerhin war sein Vater für den Tod von Hunderten junger Menschen verantwortlich, und vielleicht auch für den ihres Cousins. Der Sänger sah ihre Höflichkeit und konnte nur ahnen, welches Schmerzgeheul sie unterdrückte.

Die Gruppe fiel bald auseinander. Die anderen filmten sich gegenseitig und hampelten für die Kamera herum. Er ging langsam von Saal zu Saal; einen Ort wie diesen hatte er noch nie gesehen. Am Ende fand er sich im Aztekensaal wieder. Er bewegte sich von einem Exponat zum anderen und bewunderte den riesigen, kreisrunden Kalenderstein. Quetzalcoatl. Xochipilli, den Blumenprinz.

Im hinteren Teil des Saales stand ein kleiner, versteckter Sockel und darauf die Statue einer Gottheit mit schwarzem Streifen über Nase und Wangen.

Er hörte ein Geräusch und drehte sich um. Sie stand direkt hinter ihm.

Tezcatlipoca, erklärte sie. Der Rauchende Spiegel. Haben Sie von ihm gehört?

Er konnte sie riechen – ihr zartes Parfüm, den leichten Moschusduft ihres Schweißes. Er hielt den Blick auf die Statue gerichtet.

Nein.

Er wird vor allem mit Menschenopfern in Verbindung gebracht.

Reden Sie weiter.

Jedes Jahr wurde ein junger Mann erwählt, den Gott zu verkörpern. Er war der Schönste von allen, wohnte im Tempel, lernte Flöte spielen und bekam alles, was er wollte: die erlesensten Speisen, die schönsten Frauen, die kostbarsten Juwelen. Er wurde durch die Stadt getragen, denn seine Füße durften die Erde nicht berühren. Und wenn er vorbeikam, warfen sich alle vor ihm nieder.

Und dann?

Dann, wenn die Zeit gekommen war, musste er allein in einem kleinen Tempel sterben. Er musste die Treppe hinaufsteigen, und auf jeder Stufe zerbrach er eine seiner Flöten. Oben erwartete ihn ein Priester mit einer Klinge aus Obsidianglas, um das Herz des jungen Mannes der Sonne zu opfern.

Sie schwiegen. Die anderen waren weitergegangen – ihr Lachen klang so weit entfernt, als stiege es aus einer Erinnerung auf. Das Rauschen des Brunnens im Innenhof. Sein klopfendes Herz.

Er spürte, wie sich aus der Stille zwischen ihnen etwas herauskristallisierte, etwas, dessen Gestalt noch nicht zu erkennen war.

Wie alt bist du?

Zweiunddreißig.

Wo ist dein Mann?

Weg.

Sag etwas auf Französisch.

Was?

Irgendwas. Er trat einen Schritt auf sie zu. Sag mir, dass ich ein Stück Scheiße bin.

Tu es un morceau de merde.

Sag mir, dass ich ein Monster bin.

Tu es un monstre.

Ein Buckliger.

Un bossu.

Sag mir, ich soll mich selbst ficken.

Va te faire foutre.

Lass uns nach Paris fliegen.

Warum?

Ich will weg von hier.

Flieg doch. Du bist ein freier Mann. Du kannst tun, was du willst.

Kann ich nicht.

Dann musst du dich befreien.

Er lachte. Wie?

Wovor hast du Angst?

Entführung.

Ermordung.

Gefängnis.

Dem kleinen Tempel. Oben der Priester.

Dem Sündenbock.

Dem Opfer.

Vor den Augen hinter den Linsen.

Vor mir selbst.

Ich möchte dich berühren. Er streckte die Hand aus, öffnete die kleinen, filigranen Blusenknöpfe, schob die Finger hinein und fühlte ihre harte Brustwarze. Mit der anderen Hand hob er ihren Rock und zog ihre Unterwäsche beiseite. Die unverhohlene Lust in ihrem Gesicht.

Sie wurden gestört. Gleich würden die Autos losfahren – sie hatten keine Zeit mehr. Sie schob seine Hand weg und er steckte sich die Finger in den Mund. Während sie ihre Kleidung richtete, lachte sie kopfschüttelnd über sie beide.

Er sang für sie an diesem Abend. Er sang für sie im hinteren Teil des Saals, wo ihr gelbes Kleid im dämmrigen Licht schimmerte. Wenn er wollte, konnte er so verführerisch klingen wie Frank Sinatra.

Nach der Show suchte er sie überall, aber sie war nicht da. Sie war zu Hause bei ihren Kindern, und als er am nächsten Morgen aufwachte, war das Licht draußen grell und er allein. Der Tourmanager hatte ihm einen Zettel unter der Tür durchgeschoben, damit er den nächsten Flug zurück nach L.A. nahm – weiter unten auf dem Papier standen die Zeiten aller Flüge von Benito Juárez nach LAX notiert. Der Sänger warf seine Sachen in den Koffer, zog seine Jacke an und klopfte sich die Taschen nach Geld und Reisepass ab, und da fand er die Obsidianscherbe. Klein, gezackt, umwickelt von einer Nachricht unter einem Gummiband.

Du hast gesagt, du willst weg von hier, und da fiel mir ein Ort ein.

Es gibt da einen weißen Felsen im Meer. Die Indios behaupten, dass dort die Welt geboren wurde. Sie machen Pilgerreisen dorthin. Der Ort ist wunderschön und wild. Ich glaube, er würde dir gefallen.

Dies ist ein Geschenk. Durchtrenne deine Fesseln.

Und darunter eine genaue Wegbeschreibung: *Nimm einen Flug nach Puerto Vallarta, und dann fährst du mit dem Taxi etwa 3 Stunden nach Norden. Frag nach Playa Hermosa. Alle kennen es – es liegt am Ende der Bucht.*

Er nahm beide Nachrichten mit zum Flughafen, die Anweisungen des Tourmanagers ebenso wie Evas Wegbeschreibung, und dann stand er in der Mitte der Abflughalle und warf eine Münze. Er kaufte sich ein Ticket in die entgegengesetzte Richtung, bestieg eine kleine Maschine und flog hierher. Die Wartezeit vertrieb er sich mit Mescal, und beim Abflug sah er den Popocatépetl in der Abendsonne glühen, rot bis auf den weißen Gipfel. Während des Fluges trank er eine weitere halbe Flasche von der rauchigen Medizin, und dann zog die Maschine über dem dunklen Wasser eine Kurve und landete an der Küste. Er trat in die warme Umarmung des pazifischen Abends hinaus, sprach einen Taxifahrer an und zeigte ihm die Wegbeschreibung. Der Fahrer las und nickte. Playa Hermosa? Nayarit?

Und als er aufwachte, drei oder vier Stunden später, war er hier.

Eine Wolke schiebt sich vor die Sonne. Er sieht, wie die Frau auf dem Liegestuhl irritiert den Kopf hebt. Obwohl es immer noch heiß ist, zittert sie ganz leicht.

Er trinkt sein Bier und dann einen ordentlichen Schluck Mescal hinterher. Die Flasche ist immer noch zu zwei Dritteln gefüllt. Er erhebt sich und spürt einen leichten Schwindel. Er stützt sich gegen den Glastisch, wickelt sich ein Handtuch um die Hüften, windet sich aus den Shorts und steigt in seine alte Jeans.

Über der Lehne seiner Sonnenliege hängt das Hawaiihemd mit den roten Blüten, das er bereits seit Tagen trägt. Welcher Tag ist heute? Mittwoch? Dienstag? Wann hat er Mexico City verlassen? Gestern, oder? Am Montagabend haben sie das letzte Konzert gespielt, und er kann sich erinnern, dass er dabei dieses Hemd trug, dort auf der Bühne, dieses von Blüten übersäte Hemd – wie heißen die? Lilien? Gardenien? Die Lilidenien scheinen sich zu bewegen und durch den Stoff zu atmen. Er greift danach, zieht sich das Hemd vorsichtig über den Kopf. Es stinkt. Warum hat er nichts davon gemerkt? Hat es gestern auf dem Flug schon so gestunken? Er muss unbedingt in die Stadt und sich neue Klamotten kaufen.

Okay. Er ist angezogen. Bereit.

Es wird dunkler. Die Wolken schieben sich zusammen. Wo sind sie so plötzlich hergekommen?

Moment mal. Wo wollte er hin?

Zum Fels.

Zum weißen Fels. Das hat sie gesagt. Er hebt sich den Mescal an den Mund und trinkt noch einen Schluck. Er läuft barfuß über den Beton, die Flasche baumelt in seiner Hand.

Guten Tag, Ma'am, sagt er in bester Südstaatenmanier, als er an der Liege der Frau vorbeigeht.

Sie packt gerade ihre Sachen zusammen und hüllt sich in eine Robe mit Zebramuster, Silber und Gold, ihre Ringe funkeln im gedämpften Licht.

Guten Tag – sie hebt den Kopf und lächelt ihn an. Ein Ostküstenakzent, ein Flackern in den Augen. Hat sie ihn erkannt? Hängt er als Poster im Zimmer ihrer Tochter?

Er geht weiter, lässt den Pool hinter sich und steigt eine kleine Anhöhe hinauf, von der er das Meer überblicken kann – ein Lichtband, zweihundert, höchstens dreihundert Meter entfernt. Er setzt sich in Bewegung und erklimmt eine Steintreppe, dahinter führt ein Weg zwischen Gras und Gestrüpp, Dornen und Steinen hindurch. Der Weg endet am Strand, und der Strand ist riesig – menschenleer, so weit das Auge reicht. Das Meer kriecht heran und schiebt sich schäumend über den harten Sand. Drei Pelikane gleiten über die Wellen.

Er schirmt sich die Augen ab. Zu seiner Linken, vermutlich im Süden, scheinen die Berge direkt ins Wasser überzugehen.

Zu seiner Rechten, im Norden, erkennt er eine längliche flache Landzunge, weiter hinten ragt ein Fels aus dem Meer. Von hier aus betrachtet wirkt er ziemlich klein, gedrungen und eigenartig geformt, fast wie eine eingestürzte Hochzeitstorte. Das Weiß ist nicht zu übersehen, nicht einmal aus dieser Entfernung.

Er setzt sich in den Sand und starrt hinüber. Auf das Wasser zwischen ihnen, die verworrenen Schlieren aus Licht.

El Pacífico.

Sein Vater ist irgendwo da draußen am anderen Ende des Ozeans, auf dem Flugzeugträger *USS Hancock*. Wahrscheinlich inspiziert er gerade seine Truppe. Fast schon vier. Wie spät ist es jetzt in Vietnam?

Vater, wie geht es dir? Vor fünf Jahren hast du dein Schiff in den Golf von Tonkin gesteuert. Wusstest du, was du tust? Hast du nur Befehle befolgt? Wusstest du, dass du uns in einen unheiligen Krieg führen würdest?

Sein Gesichtsausdruck ist ruhig und gelassen. Sein Vater wurde niemals wütend. Nicht so richtig. Kaum etwas störte ihn mehr.

Was braucht es, um Admiral zu werden? Wie viele Tote? Wen und was muss man töten, um im Rang aufzusteigen?

Wo sind die Leichen seines Vaters begraben?

Er erinnert sich an die Zeit, als er ein Kind war und seinen Vater auf dem Schiff besuchte. Seine Mutter bestand darauf, dass er sich die Haare schneiden ließ. Sein Vater zeigte ihm, wie man schießt.

Hey!, brüllt er den Horizont an. Hey, Arschloch!

Sein Vater dreht sich halb um. Er hat einen Geisterruf gehört. Den Ruf eines Sohnes, den er früher einmal kannte. Doch dann wendet er sich wieder den jungen Männern in Uniform zu, die in Reih und Glied vor ihm stehen. Sie sind rechtschaffen.

Seine wahren Söhne. Auf diesem Pazifik hat ihn eine Welle aus ihrem Blut in die Höhe getragen.

Der Sänger greift in seine Gesäßtasche, holt die Scherbe heraus und dreht sie hin und her.

Und da dämmert ihm eine Erkenntnis. Wenn er nach L.A. zurückfliegt und den Journalisten aus New York trifft, der bis morgen auf ihn warten wird; wenn er zu seiner Band zurückkehrt, wird es ihn umbringen. Dann wird er ganz sicher sterben.

Er kann es fühlen, für das Auge unsichtbar und dennoch stärker als jede vorstellbare Kraft. Immerhin hat er es selbst heraufbeschworen. Er hat es in den Gesichtern der Leute auf den Demonstrationen für Sitte und Anstand gesehen. Es existiert auf dem Schiff seines Vaters. Es wird bei seinem Prozess in Miami zugegen sein, und auch in den Zeitungsartikeln und den Gesichtern der Geschworenen in Florida, in der Staatsmaschinerie. Sie wollen ihn ausschalten, kastrieren. Bestrafen.

Hat er wirklich geglaubt, er könnte die Mächte, die er selbst gerufen hat, irgendwie überlisten? Er hat sich für einen Gott gehalten, aber er ist nur ein Mensch, und die Blumenkränze, die er trug, sind längst verwelkt. Darauf lief alles hinaus, von Anfang an. Das Geld, die Frauen, die Anbetung – alles nur, damit er sich rücklings auf einen Stein legt und das Herz herausschneiden lässt. Er hatte es für eine Metapher gehalten, aber es war ein Witz auf seine Kosten.

Die Nähe des Todes hat er schon immer gespürt. Er hat ihn unzählige Male eingeladen, auf Mauersimsen vor Hotelzimmerfenstern, auf Brücken über Highways, in vermeintlich verfluchten Canyons, wo heiße, trockene Wüstenwinde wehen. Aber jetzt spürt er zum ersten Mal, dass er möglicherweise nicht als heiliger Narr sterben wird. Wenn er jetzt zurückgeht, erwarten ihn am Ende des langen, geraden Wegs eine Gerichtsverhandlung und das Bezirksgefängnis von Miami. Er weiß, wozu sie fähig sind, diese jovialen Typen aus Florida mit ihren ausrasierten Nacken und ihren Kaugummis und ihren Waffen und ihren Alligatorenaugen. Er ist unter ihnen aufgewachsen. Und er will nicht sterben.

Noch nicht.

Und schon gar nicht will er für die kreischenden Kids und die Geldsäcke sterben.

Er zittert. Seine Zähne klappern. Warum klappern seine Zähne?

Er schlingt sich die Arme um die Knie, um das Zittern zu stoppen, aber es wird immer schlimmer.

Weg.

Er muss dringend weg.

Würden sie ihn hier finden? Wahrscheinlich nicht, es sei denn, jemand erkennt ihn wieder. Aber er sieht nicht mehr aus wie früher.

Abgesehen davon gibt es nichts, was er zurücklassen würde, nichts, was ihm wirklich etwas bedeutet. Mit seiner Familie hat er seit Jahren nicht gesprochen. Seine langjährige Freundin hat das Land verlassen, diesmal anscheinend für immer, und verkehrt jetzt mit aristokratischen Drogendealern in marokkanischen Schlössern, und ihre Bande aus Blutsaugern hat sie mitgenommen. Er hat weder ein Zuhause noch irgendwelche Besitztümer. Danach hat er nie gestrebt. Er hat nur die Kleider, die er am Leib trägt, und seine Kreditkarte und seinen Führerschein, die beide in seiner Jeans stecken.

Er hält die Obsidianscherbe in die Sonne.

Sich befreien.

Den Gott töten.

Den Menschen auf die Welt bringen.

Genau.

Ja.

Das Zittern hört auf – ein Zeichen.

Er greift zur Flasche. Spürt die wohlige Wärme.

Okay.

Aber wenn, dann wie?

Es einfach vortäuschen?

Er könnte in die Stadt gehen, sich ein paar neue Klamotten kaufen, zurückkommen und das stinkende Hemd und die Jeans am Strand liegen lassen. Mit dem Taxi zurück nach Puerto Vallarta fahren und von dort nach Mexico City fliegen, zu ihr gehen und ihr sagen, dass er den Gott getötet hat. Dass er aussteigen wird. Dass das Licht des Nordens ihn reinigen soll, und dass er dort auf sie wartet.

In Paris.

Er kann es jetzt schon sehen – ein Arbeitszimmer mit Bücherwand. Ein anderes Leben. Sie in seinem Bett. Das kalte, klare Licht einer Morgendämmerung im November.

Siehst du, Dad? So macht man das.

Er hustet und spuckt aus. Teerbraun. Er starrt den Auswurf lange an, dann erhebt er sich.

Dort ist der Fels. Der weiße Fels. Der Ort, an dem die Welt geboren wurde.

Ein guter Ort für einen Neuanfang.

Er geht auf den Felsen zu, immer auf dem harten Sand an den Wellen entlang, während das Meer näher kommt und die Brandung anschwillt, sich erhebt und kräuselt und dann selbst zerschlägt. Die Wolken schieben sich ineinander, das Licht wird metallisch grau, er zittert. Und hält immer weiter auf den Felsen zu.

Er hört ein Rufen. Ein Geräusch. Einen Namen. Der Wind

trägt seinen Namen heran. Aber das ist doch nicht möglich? Niemand weiß, dass er hier ist.

Er dreht sich um. Sein Herz klopft, sein Mund ist trocken.

Halt!

Jemand rennt auf ihn zu.

Der Junge, der ihm die Getränke serviert hat, läuft über den Strand, schlaksig irgendwie, aber schnell wie ein Tier. Wie ein Tier, das zu beschleunigen versteht. Er hält etwas in der Hand, es flattert im Wind.

Warte!

Am liebsten würde der Sänger sich umdrehen und seinerseits laufen. Er spürt, dass er vor diesem Jungen davonrennen sollte. In die Dünen. Ins Meer. Um sein Leben.

Aber er weiß auch, er könnte ihn niemals abhängen.

Der Junge holt ihn ganz entspannt ein und ist nicht mal aus der Puste.

Okay. Alles okay. Er ist nur ein Junge. Ein Kellner. Ein netter mexikanischer Teenager, der ihm an diesem Nachmittag gefolgt ist.

Und jetzt anscheinend seinen Namen kennt.

Hola, sagt der Junge lächelnd.

Die Sonne steht tief am Himmel. Hinter seinem Kopf erstreckt sich die Dünenlandschaft, und noch weiter dahinter der atmende, grüne, undurchdringliche Dschungel. Das Licht tropft von den Baumstämmen wie Melasse.

Du bist es, sagt der Junge.

Wer?

Der Junge hebt die Hand, und der Sänger sieht, dass er eine Zeitungsseite mitgebracht hat. Er hält sie in die Höhe. Ein großes Foto zeigt den Sänger auf einer Bühne in Mexico City. Er trägt das Hawaii-Hemd mit den Lilien und den Gardenien. Die

Lilidenien wiegen sich auf dem Papier und auf der Bühne. Er beugt sich über die Menge und hält sich ein Mikrophon vors Gesicht.

Er nimmt den Ausschnitt entgegen. Seine Finger fühlen sich dick und ungeschickt an und die Haut gummiartig, als hätte er sie für längere Zeit in Wasser eingeweicht. Er betrachtet das Foto.

Hm, sagt er, ja, der sieht mir wirklich ähnlich.

Er versucht zu lächeln.

Ich wusste es! Das Hemd!

Hm-hmm.

Genau dasselbe Hemd!

Sieht so aus.

Du bist ein Rockstar.

Sieht so aus.

Du bist die Nummer eins!

Wirklich?

Der Junge singt eine Zeile aus ihrem letzten Hit.

Nicht schlecht, sagt er.

Du bist berühmt! Der Junge tritt von einem Fuß auf den anderen, als müsste er dringend zur Toilette. Du bist total berühmt! Berühmter als Liz Taylor!!!

Nein … also wirklich … wohl eher nicht.

Doch!

Sein Herz. Sein klopfendes Herz. Er trinkt einen Schluck Mescal, spürt das Brennen, fühlt sich gleich ein bisschen stärker. Er kramt in seinen Hemdtaschen nach den Zigaretten und zündet sich eine an. Seine Hand zittert nur ganz leicht. Er erschlägt eine Mücke auf seinem Arm und betrachtet entgeistert den blutigen Klumpen.

Wie viel Peyote hat er gegessen?

Macht eeecht high.

Der Junge schaut schnell von rechts nach links und beugt sich dann vor. Du versteckst dich?, flüstert er übertrieben laut. Hier bei uns?

Äh … Der Zigarettenrauch hängt zwischen ihnen in der Luft.

Der Junge weicht einen Schritt zurück. Du hast ängstlich ausgesehen, sagt er, und auf einmal ist sein Lächeln verschwunden. Stattdessen ein Blitzen in seinen Augen, eine Berechnung, ein Kopfgeld.

Seine Lunge schmerzt. Alles schmerzt.

Hey, sagt der Junge. Willst du in die Stadt mitkommen?

In die Stadt? Er kneift die Augen zusammen.

Ja, mit mir. Ich hab Schluss und wollte in die Stadt. Willst du mitkommen? Ich kann dir alles zeigen. Bars. Musik. Mädchen. Alles, was du willst. Komm jetzt, bevor die Mücken uns fressen. Los jejenes. Pinches cabrones. Er schlägt sich auf den Hals. Ich kann dir den weißen Fels zeigen.

Der Sänger muss nachdenken. Er kann nicht nachdenken, wenn der Junge vor seiner Nase herumhampelt.

Der Junge beugt sich abermals vor. Keine Sorge, sagt er in demselben übertriebenen, verschwörerischen Flüsterton. Bei mir ist dein Geheimnis sicher. Er nimmt den Zeitungsausschnitt wieder an sich, faltet ihn sorgsam zusammen, schiebt ihn in seine Gesäßtasche und tätschelt sie sanft.

Der Sänger schließt die Augen und zählt bis fünf. Als er sie wieder öffnet, ist der Junge noch da.

Okay, sagt er. Okay.

DAS MÄDCHEN

1907

SIE WACHT NOCH VOR dem Morgengrauen auf und hört, wie das Schiff die Wellen zerteilt, sieht, wie der Himmel hoch über ihrem Kopf seine Farbe verändert und die Sterne nach und nach verblassen.

Nur noch einer ist übrig, Machiwa Choki, der hellste von allen, der neben dem abnehmenden Mond am Himmel hängt. Er ist immer noch da, am gewohnten Platz, obwohl alles andere sich verändert hat. Das Land ist zu einem seltsamen grünen Gewirr aus Bäumen und Sträuchern geworden, die sich bis ans Wasser hinunterziehen, die Berge sind graublau und weit entfernt.

Der Himmel über den Gipfeln klart auf, das Mädchen zieht ihr Tuch enger um sich. Die Dämmerung ist kühl und das Tuch ist klamm von der klebrigen Seeluft, aber schon bald wird die Hitze da sein. Die Sonne geht auf und ihre ersten Strahlen treffen die eiserne Schiffsreling, unter der das Mädchen kauert. Ihr Körper fühlt sich steif an, aber sie hat keinen Platz, sich zu strecken, denn vor ihr und neben ihr sitzen die Menschen dichtgedrängt. Sie sieht die buckligen Umrisse Hunderter schlafender Gestalten. In Guaymas, wo sie an Bord gegangen sind, waren es so viele, dass der Anleger unter ihnen verschwand.

Wie oft ist seither die Sonne aufgegangen? Schwer zu sagen. Anscheinend funktioniert ihr Verstand nicht mehr so wie früher, aber sie würde auf viermal tippen. Seit vier Tagen ist das Schiff unaufhörlich in Bewegung, es zerteilt die Wellen und schlägt sie zu weißgelber Gischt, und auch das Geräusch hört niemals auf, dieses Wummern wie von einem Ungeheuer, das niemals müde wird und weder Pausen noch Nahrung oder

Schlaf braucht und das sie mit jedem Schlag seines kalten metallischen Herzens weiter von ihrem Zuhause wegträgt.

Vier Tage auf dem Schiff – dann ist der Vorfall mit der Pistole also fünf Tage her. Sie dreht sich zu ihrer Schwester um, die neben ihr schläft und deren Kopf sanft hin und her kippt. Im zunehmenden Licht kann das Mädchen die Schnittwunde unter Maria-Luisas rechtem Auge sehen, die weißen Spuren in den ausgetrockneten Mundwinkeln, das von Carlos' Blut verkrustete Schultertuch. Doch die größten Sorgen macht ihr Maria-Luisas Fuß, nur deswegen kann sie nachts nicht schlafen. Er ist gebrochen und der Knochen hätte schon vor Tagen gerichtet werden müssen, außerdem hat sich die Haut entzündet. Das Zentrum der Wunde ist verschorft, aber der Rand aufgeschwemmt, eine dunkelrote Schwellung, die am Bein ihrer Schwester aufwärts wandert. Sie kann die latente Süße, die die Wunde verströmt, bis zu ihrem Platz riechen. Und sie weiß, in dieser Süße verbirgt sich die größte Gefahr.

Im kalten Morgengrauen hat sie sich an die Stimme ihrer Großmutter erinnert:

Gegen das Fieber hilft nur Kovanao. Komm mit.

Sie ist ihrer Großmutter in die Dämmerung hinausgefolgt. Der Tau schmilzt auf den Füßen der Großmutter, ihr langer Rock schlägt ihr gegen die Knöchel. Als sie den richtigen Strauch gefunden hat, den mit den gelben Blüten, bleibt sie stehen, kniet nieder und bittet die Pflanze um Heilung, bevor sie sie berührt.

Sie hat gesehen, wie ihre Großmutter die Blätter auf dem festgestampften Boden der Rama getrocknet und später einen starken Tee für Maria-Luisa gekocht hat.

Das wird das Fieber senken, erklärt die Großmutter.

Sie verrührt die gekochten Blätter, zerstoßene Hirschknochen und Speichel zu einem Brei. Das Mädchen konnte das Scharren des Messers hören und wie die Großmutter in die Schüssel spuckte; sie hat gespürt, wie die kühlende Paste vorsichtig auf die Wunde gestrichen wurde. Ihre Großmutter hat Maria-Luisas Fuß mit Hirschleder umwickelt und das Gelenk mit einem Rohrstock stabilisiert. Sie hat ein Bündel aus Mesquitezweigen in eine Schale gelegt und angezündet, und sie hat gewacht, drei Tage und drei Nächte lang, bis das Heilmittel wirkte.

Maria-Luisa murmelt im Schlaf, dann schreit sie auf.

Das Mädchen streicht ihr mit dem Handrücken über die Wange. Das Fieber ist gestiegen, ihre Haut ist klamm und im Morgenlicht lässt sich auf ihren Wangen ein Ausschlag erahnen. Das ist neu.

Aber ihre Großmutter ist nicht da. Sie ist im Dorf geblieben. Und hier gibt es keine Kräuter, keine Wickel und auch sonst nichts, was Maria-Luisa helfen könnte. Ihr Vater ist in Arizona und ihre Mutter in Hermosillo; sie alle sind verstreut wie Samen im Wind.

Ringsum werden die Menschen wach, aus dem Deckengewühl tauchen Gesichter auf. Die Leute husten, spucken und kratzen sich ins Hier und Jetzt. Die Männer und die Jungen klettern nacheinander über die Mitgefangenen und verrichten ihr Geschäft an der Reling. Für die Frauen gibt es unter Deck ein Loch, das jedoch schon am zweiten Tag randvoll war und von niemandem mehr benutzt werden kann. Seither müssen sie improvisieren. Die Soldaten lassen sie keine Sekunde aus den Augen.

Bis die Sonne ins Schiff hereinscheint, wird es noch eine Weile dauern. Noch sitzen sie auf dieser Seite des Decks im Schatten, doch schon bald wird die Hitze sie versengen und um

Wasser betteln lassen. Weil sie jung und so weit von den Soldaten mit dem Wasser entfernt sind, bekommen die Schwestern
oft gar nichts zu trinken. Die Zunge des Mädchens ist geschwol-
len und rissig und liegt ihr im Mund wie eine Kröte, die auf Regen wartet. Sie schließt die Augen und denkt an den großen
Steinzeugtopf zu Hause, an die Kondenswassertropfen auf dem
Ton. An den grünlichen Belag und an den Trog darunter, aus
dem die Hühner trinken. Das Wasser darin ist selbst an heißen
Tagen kühl. In ihrer Vorstellung taucht sie ein Kürbisschälchen
ein und führt sich das kalte Wasser an die Lippen.

Neben ihnen sitzt eine Familie, und das Mädchen hört einen
Schrei. Ein Neugeborenes rudert mit den Ärmchen, seine Mutter legt es sich an die Brust, beruhigt es, singt ihm etwas vor. Der
Vater des Babys ist schon lange wach und starrt in den aufhel-
lenden Himmel. Wie das Mädchen wird er oft vor den anderen
wach, und dann starrt er in den Himmel oder auf das dunkle
Wasser darunter. Er behält seine Geheimnisse für sich. Zwei
Jungen liegen zwischen ihren Eltern, die Glieder verschlungen
wie zu einem Seil. Der Vater breitet Decken über seine Frau und
seine Kinder, sucht nach den Stellen, wo die Kälte eindringt.

Bei diesem Anblick fühlt das Mädchen sich besser.

Sie ist dankbar, neben dieser Familie zu sitzen, wie man
dankbar ist, wenn man an einem kalten Abend näher ans Feuer
rücken kann. Anfangs hatten sie noch reichlich zu essen. Die
Mutter hatte alles in einem Korb verstaut: Tamales mit Fleisch-
füllung, Weizentortillas, Wasser, Milch. Sie hatten Decken gegen die Kälte und Hüte gegen die Sonne. Sie hatten sogar etwas
zu lachen, denn manchmal führte der Vater einen Trick vor und
fand Maiskörner hinter den Ohren der Jungs. Manchmal spielten die Kinder eine Partie Teeham: Sie warfen kleine Kiesel in
einen Steinkreis und zählten dann ihre Punkte zusammen.

Zuerst hatte die Mutter dem Mädchen und Maria-Luisa noch die eine oder andere Kleinigkeit zugesteckt, eine Tamale, etwas Wasser. Das Essen war gut und erinnerte sie an zu Hause. Aber nun sind vier Tage vergangen und der Proviant ist aufgebraucht. Die Jungs sind mit weißen Hemden an Bord gegangen, inzwischen sind sie schmutzig.

Die beiden sind jetzt ebenfalls wach. Der Jüngere setzt sich auf und reibt sich gähnend die Augen. »Ich habe Hunger«, sagt er. »Mama, mein Bauch tut weh.« Normalerweise ist dieser Junge immer fröhlich und gut gelaunt, aber an diesem Morgen wirkt sein Gesicht eingefallen und blass.

Die Mutter zieht ihn an sich, holt die andere Brust heraus und bietet sie ihm an. Während er trinkt, schaut sein älterer Bruder zu. Das Mädchen weiß, was der Große denkt und wie hungrig er ist. Auch er sehnt sich nach der tröstlichen Brust, aber er muss stark sein. Sein Vater greift in eine Tasche, holt ein Stück Agave heraus, zerteilt es mit dem Taschenmesser und gibt es seinem Sohn. Der Junge nuckelt daran, sein wachsamer Blick huscht über das Deck im Morgenlicht.

Die Familie stammt von einer Hazienda im Norden des Yoeme-Gebiets an der Grenze zu Arizona. Das Mädchen weiß das, weil die Leute sich abends, wenn die Sonne untergeht, miteinander unterhalten und erzählen, wie sie hier auf diesem Schiff gelandet sind. Der Vater hat berichtet, wie eines Tages ein Regierungsbeamter auf die Hazienda kam und den Vorarbeitern befahl, ihm eine Liste mit den Namen aller Yoemem auszuhändigen. Ein paar Tage später waren die Soldaten da. Sie waren mitten in der Ernte von den Feldern geholt worden, Frauen, Kinder und alle anderen. Die Besitzer der Hazienda hatten die Soldaten angefleht, ihre Arbeiter in Ruhe zu lassen, aber die Soldaten hörten nicht zu und brachten die Leute in den Süden, nach Guaymas, wo sie dieses Schiff besteigen mussten. An den Hosenaufschlägen des Vaters haftet immer noch der rote Staub der Felder.

Der hochgewachsene Vater hat Geheimnisse. Manchmal kann das Mädchen das Geldbündel sehen, das er sich an die Wade gebunden hat, versteckt unter seinem Hosenbein. Sein zweites Geheimnis ist seine Schuld.

Am stärksten sind die Schuldgefühle am Morgen, wenn er wie das Mädchen hellwach dasitzt und auf das Wasser oder in den Himmel starrt. Einmal hat sie gehört, wie er, als die Kinder schon schliefen, mit seiner Frau getuschelt hat. Er hätte sie, als es noch möglich war, über die Grenze nach Arizona bringen sollen, wo sein Bruder lebt. Er wusste, dass der Wind sich dreht, allen war klar gewesen, dass die Yoemem inzwischen willkürlich zusammengetrieben wurden. Er hätte die Warnungen beherzigen sollen. Dann wären sie jetzt in Sicherheit.

Seine Frau tröstet ihn. Die Wüste zu durchqueren, wäre viel zu gefährlich gewesen. Wenigstens sind sie alle zusammen, und es geht ihnen gut. Er nickt, aber sobald er sich unbeobachtet glaubt, verändert sich sein Gesicht. Arizona, denkt er und starrt in den Sonnenaufgang. Arizona.

Nun ist auch die Beterin neben Maria-Luisa aufgewacht. Schon wandert der Rosenkranz durch ihre Finger, und sie flüstert die üblichen Namen:

»Josefa, Pedro, Dominga, Chepa, Rosalio, Cruz.«

Die Frau hat ein breites Gesicht und helle, wachsame Augen.

Auch sie hat ihre Geschichte erzählt. Letzten Sonntag reihte sich ihr Mann wie jeder andere männliche Yoeme der Gegend in Hermosillo in eine der Schlangen ein. Es gab insgesamt drei: eine für die Todeskandidaten, eine zweite für jene Männer, die per Schiff deportiert werden sollten, und eine dritte für alle, die eine weitere Woche bleiben und arbeiten durften. Geleitet wurde die Versammlung wie immer von Izabal, dem Gouverneur von Sonora, der gottgleich über allem thronte und dabei Zigarre rauchte. El Segundo Dios. Es gab tatsächlich Yoemem, die Izabal dabei halfen, die Männer auf die Schlangen zu verteilen, Torocoyori, die ihre Gesichter hinter roten Tüchern verbargen, damit keiner sie erkannte.

Aber alle wissen, wer sie sind.

Als ihr Mann an der Reihe war und vor Izabal treten musste, nickten die Torocoyori: Ja, er war ein Bronco, denn sein Bruder kämpfte in der Sierra auf der Seite der Rebellen. Ja, er sollte erschossen werden.

Und so wurde ihr Mann zum Rincón del Burro gebracht und noch am selben Nachmittag von sechs Soldaten hingerichtet.

Wenn sie zu dem Teil der Geschichte kam, in dem ihr Mann vor ihren Augen erschossen wurde, schlug die Frau sich die Hände vors Gesicht und rang um Atem.

Sie hatten ihren Mann erschossen und dann an einen Baum gehängt.

Warum? Er war doch schon tot.

Sie musste bis zum Einbruch der Dunkelheit warten, bevor sie ihn herunterschneiden und vor den Vögeln retten konnte. Am nächsten Tag wurde auch sie verhaftet. Sie und ihre Kinder wurden aus dem Haus geschleift und ins Gefängnis nach Hermosillo gebracht.

In diesem Gefängnis, sagte die Frau, *waren so viele Kinder. Hunderte. In Käfige gesteckt wie Tiere.*

Dieser Gestank, sagte sie und bekreuzigte sich.

Sie wurde gewaltsam von ihren Kindern getrennt und auf dieses Schiff gebracht. Ihre Kinder sind noch dort, in den Käfigen.

Manchmal knotet sie ihr Bündel auf und drückt die Kleidung ihrer Kinder an sich, aber meistens sagt sie nur ihre Namen auf, immer und immer wieder, wie ein Gebet.

Josefa, Pedro, Dominga, Chepa, Rosalio, Cruz.

Wer wird sich jetzt um sie kümmern?

Die Frau hat Angst um ihre Kinder und um sich selbst; die Angst sickert aus ihr heraus und sammelt sich in Pfützen an Deck. Das Mädchen möchte Maria-Luisa von der Angst der Frau wegziehen, aber da ist kein Spielraum. Ihre Schwester muss darin sitzen, wie andere in den Pfützen ihrer Kinder sitzen müssen, bis die Sonne alles trocknet. Nur die Angst trocknet in der Sonne nicht, das Licht zieht sie höchstens straff.

Die Beterin erinnert das Mädchen ein bisschen an die eigene Mutter. Deren Zöpfe sind ebenfalls so lang, dass sie ihr bis an die Knie reichen. Doch die Mutter des Mädchens ist so unerschrocken wie Maria-Luisa. Wenn ihre Mutter jetzt hier wäre, würde sie die Soldaten anschreien. Sie würde ihnen Wasser besorgen.

Dann wiederum sind sie wahrscheinlich nur wegen ihrer Mutter hier. Wenn ihre Mutter Maria-Luisa nicht gesagt hätte, dass sie verheiratet werden würde, wären sie niemals auf den Berg gegangen. Sie hätten die Pistole nicht angerührt.

Maria-Luisa öffnet die Augen. »Sieht er schon besser aus?«, fragt sie und verrenkt sich den Hals. »Mein Fuß? Er tut so weh.«

»Ja«, sagt das Mädchen, »er sieht jeden Tag besser aus.«

Sie zupft das Tuch ihrer Schwester zurecht, damit sie vor der Sonne geschützt ist.

Nein, sieht er nicht, hört sie ihre Großmutter sagen. *Die Fäulnis breitet sich aus. Wenn sie nicht gestoppt wird, verliert Maria-Luisa den Fuß. Dann ist das der einzige Weg.*

Ihre Großmutter würde niemals lügen, um es besser zu machen. Sie würde dafür sorgen, dass es besser wird, und wenn das nicht funktionierte, würde sie die Wahrheit sagen.

Der Mann neben ihr hustet und regt sich. Sie dreht sich zu ihm um. Sein Gesicht ist schmal und runzlig und er erinnert sie an die Truthahngeier, Wiiru, die rund um das Dorf in den Bäumen und den höchsten Kakteen hocken und darauf warten, die Knochen der Verendeten sauber zu picken, sobald alle anderen Tiere fertig sind.

Er sitzt abseits an die Schiffswand gelehnt, direkt unterhalb der Flagge. Während die anderen ihre Geschichten erzählt haben, hat er geschwiegen, sich in seine Decke gehüllt und sie teilnahmslos beobachtet. Aber heute Morgen wirkt er verändert. Er hat sich aufgesetzt und seine Augen suchen den Horizont ab, als erwarte er, dort etwas zu sehen. Die Muskeln in seinem Gesicht und an seinem Hals sind straff gespannt.

Er öffnet den Mund und spricht. »Bald«, sagt er, »werden wir den Felsen sehen.«

Seine Stimme klingt tief und heiser. Und sanft. Das Mädchen ist verwundert, wie sanft sie klingt.

Die Mutter blickt von ihrem trinkenden Baby auf. Ihre beiden Söhne starren herüber. Der hochgewachsene Vater wendet sich um. Die betende Frau verstummt. Sogar Maria-Luisa öffnet die Augen.

»Welchen Fels?«, fragt der Vater.

»Den weißen Fels. Das Schiff wird anlegen, und wir werden von Bord gehen.« Die Zuhörer beugen sich vor. Wenn er recht hat, ist es eine gute Nachricht – falls man hier auf diesem Schiff von guten Nachrichten sprechen kann. »Woher willst du das wissen?«, fragt der Vater.

»Ich habe diese Reise schon einmal gemacht.«

»Dann verrate, wohin sie uns bringen«, sagt die Beterin.

»Zu den Plantagen«, sagt der Truthahngeiermann gedehnt. »Nach Yucatán.«

Die Beterin schnappt nach Luft. »Dann stimmt es also? Wir müssen auf den Agavenfeldern arbeiten?«

»Ja, Schwester, es stimmt. Zumindest für manche von uns.«

»Aber wie kannst du hier sein? Angeblich kehrt niemand von dort zurück.« Sie sind noch enger zusammengerückt und sprechen mit gedämpfter Stimme, um nicht die Aufmerksamkeit der Soldaten zu erregen. »Gebt mir etwas Tabak«, sagt der Truthahngeiermann, »dann erzähle ich es euch.«

Der Vater holt einen Lederbeutel hervor und gibt ihn weiter. Der Truthahngeiermann nimmt eine Prise, reibt sie in seiner Handfläche zu einer Rolle und schiebt sie sich vorsichtig zwischen Wange und Zähne. Er lässt sie einen Moment dort ruhen und macht dann kleine Kaubewegungen, um den Saft freizusetzen. All das tut er in einer Seelenruhe, als hätte er alle Zeit der Welt, aber seine Zuhörer sind ungeduldig. »Red weiter«, sagt die Beterin. »Erzähl es uns.«

Der Mann räuspert sich und spuckt über die Bordwand ins Wasser. »Wenn wir den weißen Fels sehen«, wiederholt er, »wird das Schiff anlegen, und wir werden von Bord gehen.«

»In Yucatán?«, fragt die Beterin.

Der Mann lacht. »Nein, Schwester. Bis Yucatán sind es noch viele Tage hin. Falls du so lange lebst.«

»Wo dann?«

»In einer Hafenstadt. Man wird uns in Ställen halten wie Vieh. Dann wird man uns auf einen Marsch ins Gebirge schicken, wo die Eisenbahn fährt.«

»Wie lange müssen wir gehen?«, fragt der Vater scheinbar ungerührt. Er sieht aus, als könnte er weite Strecken gehen.

»Zwanzig Tage.«

Ein ungläubiges Raunen geht durch die Gruppe. Zwanzig Tage marschieren? Das Mädchen spürt, wie Maria-Luisa sich verspannt, und ergreift die Hand ihrer Schwester.

»Die Kinder können nicht so lange laufen«, stellt die Mutter mit dem freundlichen Gesicht fest, gerade so, als reiche diese Wahrheit aus, sie zu schützen.

»Stimmt«, sagt der Truthahngeiermann. »Das können sie nicht. Und wenn sie es nicht können, müssen sie sterben.«

Die Frau hält ihren Kindern die Ohren zu, aber es ist zu spät – sie haben alles gehört. »Mama?«, sagt der ältere Junge. Die Mutter schüttelt den Kopf – nein, nein, das wird nicht passieren.

»Hey«, sagt der Vater, »das reicht. Du machst ihnen Angst.«

Der Truthahngeiermann zuckt mit den Schultern und schweigt, aber das Mädchen weiß, dass der hochgewachsene Vater eigentlich noch mehr hören will. Sie alle wollen mehr hören.

»Red weiter«, sagt die Beterin. »Los. Wann warst du dort?«

Der Truthahngeiermann schiebt sich den Tabakklumpen durch den Mund. Er sieht zum Vater hinüber, der ihm mit einem angedeuteten Nicken zu verstehen gibt, dass er fortfahren kann.

»Vor vier Jahren. Ich war Minenarbeiter in La Colorada.«

Alle nicken. Von La Colorada haben sie gehört.

»Nach einem Überfall auf die Büros der Gesellschaft sind die Rurales gekommen und haben uns zusammengetrieben. Wir hatten nichts damit zu tun, aber das war denen egal. Sie haben uns verantwortlich gemacht. Sie wollten nur ihre Schiffe füllen, also haben sie mich, meine Frau und meine Kinder mitgenommen. Wir hatten drei, so wie du. Wir wussten ja nicht, was uns erwartete.«

»Red weiter.«

»Die Überfahrt war anstrengend, aber nicht so tödlich wie der Marsch durchs Gebirge. Meine Frau und ich trugen die jüngeren Kinder. Unsere Älteste lief nebenher. Irgendwann war sie zu erschöpft, aber darauf nahmen sie keine Rücksicht. Sie hat versucht, trotzdem weiterzugehen, aber dann ist sie gestürzt. Und ich konnte nicht alle tragen.«

Alle bekreuzigen sich und flüstern ein Gebet.

»Ich durfte sie nicht einmal begraben.«

Er schließt kurz die Augen. Ein Flackern unter den Lidern, dann öffnet er die Augen wieder und zeigt auf die Soldaten. »Sie haben kein Mitleid. Nie. Wer strauchelt, wird überholt. Wer sich hinsetzt, wird mit der Waffe bedroht. Wer stürzt, wird den Geiern und Jaguaren überlassen.«

Maria-Luisas Handflächen glühen. Das Mädchen fühlt den Herzschlag ihrer Schwester wie einen rasenden Galopp.

»Wer nach dem Marsch noch am Leben ist, wird mit dem Zug nach Mexico City gebracht und verkauft.«

»Verkauft?«, fragt Vater.

Der Truthahngeiermann nickt. »Wir sind jetzt Sklaven, Bruder. Wir alle.«

Sklaven. Das Wort ist gefallen, kommt aber nicht zur Ruhe, es windet sich auf dem Deck wie ein Fisch.

»Und dann?«

»Wenn sie uns kaufen, gibt es noch einen Zug und noch ein Schiff, und dann sind wir in Yucatán. In der Hölle.«

Eine ganze Weile sagt niemand etwas. »Und in Yucatán«, fragt der hochgewachsene Vater schließlich, »müssen wir auf den Plantagen arbeiten, richtig?«

Das Mädchen kann fühlen, wie die Frage die Kraft des Mannes anschwellen lässt; arbeiten kann er. Er hat sein Leben lang gearbeitet. Wenn er arbeiten kann, wird alles gut.

»Wir arbeiten«, bestätigt der Truthahngeiermann, »aber nicht so, wie du es kennst. Wir müssen zweitausend Agavenblätter pro Tag schneiden. An jeder Pflanze müssen dreißig Blätter stehen bleiben. Eins mehr oder eins weniger und sie peitschen dich aus. Wer die zweitausend nicht schafft, wird ausgepeitscht. Wer die Blattkanten nicht sauber schneidet, wird ausgepeitscht. Wer zu spät zur Arbeit antritt, wird ausgepeitscht.«

Ungefragt zieht der Mann sein Hemd hoch und verdreht den Oberkörper, damit sie seinen Rücken sehen können. Er ist voller roter, wulstiger Striemen.

»Angeblich wollen sie, dass wir arbeiten«, sagt er und zieht sich das Hemd wieder herunter, »aber wisst ihr, was sie wirklich wollen?

»Was?«

»Uns sterben sehen.«

»Nein.« Der Vater beugt sich kopfschüttelnd vor. »Du irrst dich. Sie wissen, dass wir die stärksten Arbeiter in Mexiko sind. Nur deswegen haben sie uns verschleppt.«

»Früher vielleicht. Aber sieh dich um, Bruder. Glaubst du wirklich, diese alten Menschen, diese Mütter und diese Kinder sollen arbeiten?«

Alle gehorchen und lassen den Blick über das überfüllte Deck schweifen. Er hat recht. Es sind viele alte Menschen an Bord, und viele Kinder. Die Morgensonne fällt auf ihre ungeschützten Gesichter.

»Wenn sie wollen, dass wir sterben, hätten sie uns längst erschossen«, sagt der Vater leise. »Sie könnten uns jetzt erschießen und über Bord werfen.«

»Nein, können sie nicht, denn sie wollen nicht für Barbaren gehalten werden. Weißt du, wie viele von uns auf diesem Schiff sind?«

Der Vater schüttelt den Kopf.

»Ich habe nachgezählt. Über sechshundert. Man kann nicht einfach so sechshundert Menschen erschießen. Wenn sie sterben sollen, muss man andere Wege finden. Also lassen sie uns durchs Gebirge marschieren, wo die Ältesten zusammenbrechen. Und die Jüngsten. Die Frauen mit Kindern. Und niemand hat sie ermordet. Verstehst du?«

Die Mutter will ihre Kinder an sich ziehen, aber sie machen sich los. Der Truthahngeiermann beobachtet sie.

»Darf ich dir etwas sagen, Schwester? Und dir auch, Bruder?«

Die Eltern sehen ihn an, dann nicken sie langsam.

»In der Stadt mit dem weißen Fels warten die Mexikaner. Sie werden sich die Kinder ansehen. Einige werden sie vielleicht fortbringen.«

»Wohin?«

»In unterschiedliche Familien, damit sie als Mexikaner aufwachsen. Indem sie aus unseren Kindern Mexikaner machen, löschen sie uns langsam aus.«

»Was ist mit deiner Frau und den anderen Kindern?«, fragt die Beterin. »Wo sind sie jetzt?«

»Sie wurden gekauft. In Mexico City.«

»Von wem?«

»Von Viehzüchtern. Vielleicht wurden sie nach Yucatán geschickt, oder nach Valle Nacional. Ich habe sie nie wiedergesehen.«

»Aber vielleicht siehst du sie bald.«

Der Mann lacht kopfschüttelnd. »Sie sind tot, Schwester.«

»Woher willst du das wissen?«

»Alle sterben.«

»Aber du bist nicht gestorben«, sagt Maria-Luisa.

Alle drehen sich zu ihr um. Ihre großen, dunklen Augen

leuchten fiebrig und sind auf den Truthahngeiermann gerichtet. »Du warst auf einer Plantage«, sagt sie, »und bist zurückgekommen.«

Der Truthahngeiermann sieht sie an. »Kann sein«, sagt er leise. »Aber ich bin nur ein Phantom.«

»Nein.« Maria-Luisa reißt die Augen auf. »Du bist hier, am Leben. Und ich will wissen, wie du das geschafft hast.«

Der Truthahngeiermann mustert Maria-Luisas Fuß und sieht ihr dann wieder in die Augen. Das Mädchen weiß, was er denkt: dass ihre Schwester den Marsch durch die Berge niemals überstehen wird.

Du kennst sie nicht, denkt sie zurück.

»Es tut mir leid für dich«, sagt er heiser. »Für euch alle.« Damit lehnt er sich zurück, spuckt seitwärts über die Reling, schiebt den Tabak in die andere Wangentasche und zieht sich den Hut über die Augen.

Die kleine Gruppe wendet sich ab und das Mädchen sieht Maria-Luisa an, doch auch sie hat die Augen geschlossen, als könnte sie damit den Truthahngeiermann und seine furchtbaren Wahrheiten verschwinden lassen.

Die Sonne steht jetzt hoch über dem Mast und brennt ihr auf die Kopfhaut. Sie fühlt, wie eine ungestüme Panik nach ihr greift, eine Angst. Sie zieht sich das Tuch über den Kopf, und plötzlich sitzt sie in einem schattigen Zelt und das Schiff und der Truthahngeiermann sind verschwunden.

Aber bald werden sie anlegen und von Bord gehen müssen, und Maria-Luisa kann nicht gehen.

Sie muss etwas tun.

Sie muss zurück.

Hier gibt es vielleicht keine Kräuter für Maria-Luisas Wunde, aber wenn sie den Faden der Tage bis zu jenem Morgengrauen zurückverfolgen kann, bis zu Carlos' Tod, kann sie vielleicht das Gift aussaugen, die Wunde trockenlegen und ihre Schwester heilen.

»Reich mir das Huchahko«, sagt die Großmutter.

Es ist früh am Morgen und fast schon hell. Ihre Großmutter kümmert sich um einen Mann, der auf einer Schilfmatte am Boden liegt. Er wurde mitten in der Nacht von zwei anderen hier abgeliefert, die kurz darauf verschwunden sind.

Das Mädchen weiß, wo das Brasilholz ist, Huchahko; sie weiß, wo ihre Großmutter die Heilkräuter aufbewahrt. Sie findet das Gesuchte auf dem Altar und reicht es hinüber.

Ihre Großmutter kennt die Wirkungen aller Pflanzen. Sie hat dem Mädchen alles beigebracht. Toloacheblätter weichen die Haut auf, bis ein Splitter sich entfernen lässt; Kojotenfett lindert Rheuma; Hu'uapa – Mesquiteblätter – lassen sich in Wasser einlegen und zu Augentropfen verarbeiten. Bienenwachs und Tabak helfen bei Zahnschmerzen.

Aber dieser Mann hat keine Zahnschmerzen. Er wurde angeschossen.

»Hol Wasser«, sagt die Großmutter zu dem Mädchen. »Und sag Maria-Luisa, sie soll aufstehen und den Mais mahlen.«

Das Mädchen tritt in den Morgen hinaus. Von den Bäumen hängen dünne Nebelschleier, aber der Himmel ist klar. Ein hoher Mesquitebaum überragt den Hof, darunter regen sich die Hunde. Sie merken, dass etwas vor sich geht, aber das Mädchen schickt sie zurück, und sie stecken den Kopf unter die Pfoten und schlafen wieder ein. Sie geht zur Rama, wo Maria-Luisa schlafend auf einer Matte liegt. Sie kniet nieder und rüttelt sie an der Schulter. »Wach auf. Großmutter sagt, du sollst den Mais mahlen.«

»Du kannst das machen«, sagt ihre Schwester. »Ich schlafe noch.«

»Ich kann nicht!« Sie rüttelt fester. »Großmutter hat einen Patienten und ich muss helfen.« Sie versucht, nicht allzu stolz zu klingen, aber sie kann nichts dagegen tun. »Wach auf!«

Maria-Luisa setzt sich auf und reibt sich die Augen. Einer der Zöpfe hat sich gelöst, das Haar ergießt sich über ihre Schulter wie schwarzes Wasser. Sie gähnt mit weit geöffnetem Mund und streckt sich wie eine Katze. »Ich habe geträumt.«

Das Mädchen geht zu dem alten Steinzeugtopf und schöpft mit einem Krug Wasser heraus. Der Topf fühlt sich kalt an, der äußere Rand ist von einem grünen Schleier überzogen. »Wovon?«, fragt sie, obwohl sie die Antwort weiß.

»Von ihm.«

Maria-Luisa ist verliebt. Von früh bis spät hat sie ein geheimnisvolles Lächeln im Gesicht, dabei ist es kein Geheimnis – es ist, als wäre ihr Lächeln aus Großbuchstaben gemacht, die seinen Namen ergeben:

CARLOS

Das Mädchen weiß, Maria-Luisa würde gern mehr von ihrem Traum erzählen, aber heute Morgen hat sie Wichtigeres zu tun. Sie lässt Maria-Luisa im Bett zurück und trägt den Wasserkrug hinüber in die Hütte ihrer Großmutter.

In der Nacht hat sie selbst geträumt. Sie hat versucht, sich zu erinnern, aber da sind nur Bruchstücke wie von einer zerbrochenen Schale, und sie weiß nicht, wie sie sie zusammensetzen soll: ein Hase in der Morgendämmerung, seine rosafarbenen Ohren leuchten im Licht der aufgehenden Sonne. Haken schlagend flieht er den Berghang hinunter. Eine böse, noch ungreifbare Vorahnung.

Das Mädchen setzt den Krug neben dem Altar ab. Sie schaut zu, wie ihre Großmutter etwas Huchahkorinde ins Wasser reibt, einen Becher füllt und dem Mann an den Mund hält. Nachdem er getrunken hat, stellt die Großmutter den Rest auf den Altar, zwischen Blumen, Geweihe und Palmwedelkreuze.

Das Mädchen sieht genau hin. Wenn das Wasser sich rot färbt, wird der Mann überleben. Wird es grau, können sie nichts mehr für ihn tun.

Sie weiß jetzt schon, dass er leben wird.

Sie weiß es wegen ihres Seataka.

Sie besitzt es seit ihrer Geburt, seit ihre Großmutter sie in die Arme nahm und die beiden kreisrunden Haarwirbel auf ihrem Kopf entdeckte. Welche bedeuten, dass sie sich mit Pflanzen auskennt. Dass ihr ein Blick in den Sternenhimmel ausreicht, um sich zu orientieren. Dass sie in andere Menschen hineinsehen und ihre Gefühle empfinden kann, und dass sie manchmal schon vorher weiß, was passieren wird. Wie an diesem Morgen.

Es bedeutet aber auch, dass ihr Haar nie glatt liegt, sondern ihr ständig vom Kopf absteht und sich aus den geflochtenen Zöpfen herauswindet. Ganz anders als das Haar ihrer Schwester. Das Haar ihrer schönen Schwester – die wahrscheinlich immer noch im Bett liegt und vielleicht sogar wieder eingeschlafen ist – ist wie Wasser.

Ihre Großmutter summt ein Lied, das die Lebensgeister des Mannes in seinen Körper zurücklocken soll. Das Mädchen sitzt in einer dunklen Ecke und lauscht. Einmal ist hier auf der Matte in der Hütte ihrer Großmutter eine Frau gestorben, und ihr Tod hatte den Raum mit Blumenduft erfüllt. Ihre Großmutter hatte sie aus dem Leben hinausgesungen. Die Frau war noch jung gewesen, aber einsichtig genug, sich an den Faden des Großmutterlieds zu halten und ihm in die Sea Ania zu folgen, die Blumenwelt, und so starb sie einen guten, angstfreien Tod. Aber diesem Mann steht anderes bevor; er wird zurückkommen. Sein eben noch trüber und verschwommener Verstand klart auf. Er hangelt sich am Faden des Großmutterlieds zurück in seinen Körper, zurück in dieses Zimmer, wo er auf einer Schilfmatte am Boden liegt und wo er noch am Leben ist und vorläufig in Sicherheit. Wo er plötzlich einen Hunger verspürt, so groß wie nie zuvor.

Schnell fragt ihre Großmutter alles ab, was sie wissen muss: Was hat er erlebt? Wo war er? Wie viele sind gestorben?

Der Mann beantwortet ihre Fragen. Er spricht, weil sie Augustinia Morales ist und die Mutter von Ernesto Morales, dem Anführer der Kämpfer in den Bacatete-Bergen. Die Rebellen vertrauen ihr mehr als jedem anderen Menschen in den acht Pueblos.

Er erzählt ihr, dass sie überfallen wurden. Oben in den Bergen lauerte ihnen eine Bande von Rurales auf und fiel in ihr Lager ein. Ein paar Männer sind umgekommen, aber nicht ihr Hauptmann – der Sohn der Großmutter und der Vater des Mädchens. Der Hauptmann ist noch am Leben. Doch die Rurales haben alle Wasserlöcher vergiftet, so dass die Männer weiterziehen mussten. Sie lagern jetzt in der Nähe des Pueblo und brauchen dringend Nachschub: Nahrung, Gewehre, Munition. Wenn sie ihn nicht schnell bekommen, müssen sie zwei Tage und zwei Nächte lang durchs Gebirge bis nach Tucson, Arizona marschieren. Dort werden sie in Sicherheit sein.

Das Mädchen sitzt in der dunklen Ecke und hört alles mit an. Während die Worte des Mannes den Raum erfüllen, hat sie das Gefühl, sich alles einprägen zu müssen, auch die körperliche Empfindung, hier auf dem Boden zu sitzen und den Mesquiterauch einzuatmen, und den Anblick der Großmutter, die zuhört und die Hand des Mannes hält.

Als er fertig ist, betrachtet die Großmutter das Wasser. Es ist rot.

Später, nachdem sie den Mann in eine Decke gehüllt und aus dem Dorf geschmuggelt haben, macht das Mädchen sich an die Hausarbeit. Sie setzt Wasser auf, weicht die Bohnen ein und spült sie ab. Kocht sie in einem Topf. Mit beiden Händen formt sie Tortillas aus dem Teig und legt sie über das Feuer.

Als das Frühstück aufgegessen, der Kaffee getrunken und der Hof gefegt ist, breitet ihre Großmutter eine Matte im Schatten aus und legt sich schlafen. Plötzlich taucht ihre Schwester auf. Ihr Körper verdeckt die Sonne und wirft einen Schatten auf sie.

»Und?«, sagt Maria-Luisa.

Das Mädchen blickt zu ihr auf.

Maria-Luisa streckt die Hand aus, zupft an einem ihrer Zöpfe. »Wer war hier, Kleiner Schatten?«, fragt sie. »Wer ist krank?«

Kleiner Schatten. Maria-Luisa hat ihr den Namen gegeben, als sie noch klein war, weil sie ihr ständig hinterherlief. Das Mädchen hasst ihn, aber er klebt an ihr wie die Wollhaare eines Kaktus an einem Kleidersaum.

Das Mädchen sieht zur schlafenden Großmutter hinüber. Manchmal hält sie sogar im Schlaf ein Auge offen, aber jetzt in diesem Moment schnarcht sie.

Sie verrät ihrer Schwester den Namen des Verwundeten. Maria-Luisa runzelt die Stirn.

»Er kämpft mit Vater in den Bergen.«

»Ja.«

»Und mit Carlos.«

Das Mädchen nickt.

Maria-Luisa schlägt sich eine Hand vor den Mund und geht

in die Hocke.»Was ist passiert?« Sie greift das Mädchen am Arm. »Sag es mir. Sofort!«

»Er hat eine Schusswunde.«

»Seit wann?«

»Seit gestern.«

»Ein Überfall?«

»Ja.«

»Wurde jemand getötet?«

»Ja.«

»Carlos?«

»Nein, ich glaube nicht.«

»Vater?«

»Nein. Aber sie mussten das Lager aufgeben. Mit allen Vorräten und Waffen. Vielleicht gehen sie nach Arizona.«

Maria-Luisa richtet sich auf und geht dreimal um die Rama herum.»Nein«, sagt sie währenddessen, »nein, nein, neinneinnein.«

Das Mädchen weiß, was Maria-Luisa vor Augen hat – Carlos, wie er sich in Arizona an eine dralle junge Frau schmiegt, reif wie eine Frucht. Er berührt die Wange der drallen Frau, er küsst sie, und wo eben noch seine Zunge war, ist jetzt ein Grübchen zu sehen. Sie berührt seine schöne Brust. Die Vertiefung zwischen den Brustmuskeln.

Das Mädchen kennt Carlos' Brust, hat sie schon oft gesehen, zusammen mit Maria-Luisa, wenn sie samstagabends den jungen Männern beim Hirschtanz zusahen.

Carlos tanzte mit nacktem Oberkörper, auf der Stirn die Hirschmaske. Er hielt eine Kürbisrassel in den Händen, weitere Rasseln aus Hirschhufen baumelten von seiner Taille und seine Waden waren mit Rasseln aus Mottenkokons bedeckt, von den Knöcheln bis an die Knie.

Die jungen Männer wechselten sich beim Tanzen ab. Carlos zappelte nervös herum, hielt nach Maria-Luisa Ausschau und wirkte fast verlegen, aber wenn er dann an der Reihe war, schien er in Gedanken plötzlich woanders zu sein. Er starrte in die Dunkelheit, und während die anderen sangen und trommelten, sprang er in die Mitte, ahmte die Bewegungen eines Hirsches nach, drehte beim kleinsten Geräusch den Kopf, duckte sich, wie um zu trinken und hielt dann plötzlich gespannt inne, als könnte er spüren, dass die Jagd begonnen hatte und er um sein Leben laufen musste.

Aber das war vor dem Überfall auf die Eisenbahnstrecke gewesen. Bevor Carlos und ein paar andere die Gleise manipuliert hatten, so dass die Lokomotive entgleiste und zerbarst. Bevor er vor den Soldaten, die nach ihm fahndeten, ins Gebirge fliehen und sich den Kämpfern anschließen musste.

»Nein.« Maria-Luisa schüttelt den Kopf. »Nein. Nein. Nein. Das wird nicht passieren.«

Sie stampft mit dem Fuß auf.

»Aber noch sind sie hier in der Nähe«, sagt das Mädchen.

Noch bevor sie den Satz ganz ausgesprochen hat, wünscht sie sich, sie könnte ihn irgendwie zurückholen. Aber nun ist er draußen und funkelt wie eine Messerklinge in der Sonne.

»Wo?« Maria-Luisa geht abermals in die Hocke.

Das Mädchen erzählt, welchen Ort der Verwundete beschrieben hat, den Gipfel eines nahegelegenen Bergs. Er ist nicht sonderlich hoch. Ein Berg, den man von hier aus in wenigen Stunden Fußmarsch erreichen kann.

Maria-Luisa beugt sich vor. »Wir müssen ihnen helfen. Sie brauchen Essen und Wasser. Und die Pistole.«

Die Pistole. Das Wort ist schwer und kalt.

Die Pistole haben sie vergangene Woche am Fluss gefunden,

als sie Wasser holen sollten: eine schöne, glänzende Waffe mit blumenverziertem Griff, eingewickelt in ein weißes Tuch, versteckt hinter einem Felsen im tiefsten Röhricht an der Flusskrümmung. Damit jemand sie findet.

»Wann?«

»Heute Abend.«

Das Mädchen spürt ein Ziehen im Magen und in den Eingeweiden.

»Wir kennen den Weg. Der Berg ist nicht weit. Wir könnten Vater besuchen und ihm die Pistole bringen. Er wird stolz auf uns sein.«

Maria-Luisa weiß genau, was sie sagen muss.

»Hast du Angst, Kleiner Schatten?«, spottet sie.

»Nein«, antwortet das Mädchen.

»Gut. Dann also heute Abend.«

Wenn sie spricht, sieht Maria-Luisa aus wie ihre Mutter. Ihr peitschender Blick. Der Mund, die geraden, weißen Zähne. *Sie sind sich zu ähnlich*, sagt ihre Großmutter immer. Das Mädchen weiß, was sie damit sagen will: Sie sind zu schön, sie sind von einer Schönheit, die Männer dazu bringt, ihnen mit Blicken zu folgen. Auf diese Weise hat ihre Mutter ihren Vater erobert.

Ihre Mutter lebt zwei Tagesreisen nördlich in Hermosillo und arbeitet auf der Hacienda Las Playitas. Seit ihr Vater in den Bergen kämpft, ist sie mit einem anderen Mann zusammen und sieht ihre Töchter nur noch selten.

Maria-Luisa beugt sich über das Feuer. Stochert darin herum. Versucht, ihr Gesicht im verbeulten Topf zu erkennen und sich zu vergewissern, dass es noch so schön ist wie am Morgen.

Ist es.

Es ist sogar noch schöner. Ihre Wangen haben eine ungewohnt kräftige Farbe angenommen.

Maria-Luisa ist trotzdem wütend. Schon seit Längerem, und nun hat ihre Wut eine neue Tonlage erreicht und ist so schrill, dass ihre Schwester sie, wenn sie in der Nähe ist, als Schrei in Maria-Luisas Kopf wahrnehmen kann.

Sie ärgert sich über ihre Großmutter, die sie zwingt, noch vor der Dämmerung aufzustehen und Mais zu mahlen. Über ihren Vater, der seit Jahren in den Bergen kämpft. Aber am meisten ärgert sie sich über ihre Mutter, denn ihre Mutter hat entschieden, dass Maria-Luisa einen Jungen aus Hermosillo heiraten wird. Das hat sie ihnen mitgeteilt, als sie beim letzten Mal zu Besuch war.

»Du bist doch verrückt, Frau«, hatte die Großmutter gesagt. »Hast du den Verstand verloren? Der Vater dieses Jungen ist ein Torocoyori. Er hilft Izabal, unsere Männer umzubringen.«

»Dort wäre sie in Sicherheit. Ich versuche nur, sie zu beschützen.«

»Wenn du sie beschützen willst, lässt du sie hier bei mir.«

Woraufhin ihre Mutter behauptete, ihre Großmutter sei diejenige, die hier den Verstand verloren habe, denn im Dorf wären sie nicht mehr sicher. Alle kannten ihre Großmutter, alle wussten, wer ihr Sohn war und dass die Neuigkeiten von den Kämpfern in den Bergen über ihre Hütte verbreitet wurden.

Ihre Mutter hatte so schnell und leise gesprochen, als fürchtete sie, belauscht zu werden.

»Angeblich werden alle Yoemem nördlich von Hermosillo zusammengetrieben. Die Grenze zu Arizona wird der ganzen Länge nach von Soldaten bewacht, und alle müssen auf die Schiffe. *Alle.*

Du glaubst, ihr wärt hier sicher«, fuhr sie fort. »Du glaubst, sie lassen dich in Ruhe, weil du Kräuter verbrennst und die traditionellen Gebete kennst, aber auch dich werden sie bald holen, und wer soll dann meine Mädchen beschützen?

Die Kleine wird zu ihrer Schwester ziehen, sobald sie verheiratet ist. Maria-Luisa wird sich um sie kümmern. Wir haben keine andere Möglichkeit.«

Als ihre Mutter Maria-Luisa sagte, dass sie bald heiraten würde, lachte Maria-Luisa sie aus. Dann merkte sie, dass ihre Mutter es ernst meinte; sie stürmte aus dem Haus und kam erst spät in der Nacht zurück, als ihre Mutter schon fort war.

»Wir gehen los, sobald Großmutter schläft«, sagt Maria-Luisa jetzt. »Sie ist müde. Sie wird sich früh hinlegen.«

»Aber was, wenn sie mich braucht? Was, wenn in der Nacht ein Patient herkommt?«

»Das wird nicht passieren«, sagt Maria-Luisa. »Ich kann nicht allein gehen. Ich brauche dich. Du kannst viel besser hören und sehen als ich.«

Das Mädchen weiß, sie hat recht. Maria-Luisa ist für den Tag geboren, sie hingegen kann im Dunkeln sehen.

»Ich trage den Proviant«, sagt Maria-Luisa, »und du trägst die Pistole.«

»Ich? Die Pistole?«

»Du bist noch ein Kind. Sie werden dich nicht erschießen, wenn sie uns entdecken. Hast du Angst?«

»Nein«, lügt sie.

Maria-Luisas Worte sind wie ein Kaktusstachel. Sie ist kein Kind. Sie ist schon zwölf.

»Ich habe ein schlechtes Gefühl«, sagt sie. »Ich sehe …«

»Was? Was siehst du?«

Sie schließt die Augen, kann aber nichts erkennen als ein großes Durcheinander, dieselben unzusammenhängenden Bilder wie zuvor. Ein Hase, der sich nach ihr umdreht. Eine gelbe Blüte.

Sie schüttelt den Kopf. Nein, eigentlich kann sie nichts sehen. Da ist nur dieses Gefühl, das in ihr quillt wie ein Korn im Wasser.

Sie dürfen nicht gehen.

Sie dreht sich zu Maria-Luisa um. Sie muss es ihr sagen, jetzt sofort.

Aber Maria-Luisa ist schon weg.

Das Mädchen sieht, wie ihre Schwester sich entfernt. Ihr aufrechter Gang. Wie die Luft scheinbar weicht, um sie durchzulassen.

Hat sie zu einem bestimmten Zeitpunkt damit angefangen oder hat sie sich immer schon so bewegt? Hat die Luft sich immer so verhalten?

Am Nachmittag tragen sie die Schmutzwäsche zum Fluss, um sie dort zu waschen. Unter den Kleidern haben sie ihre Trinkflaschen versteckt. Sie klettern den rutschigen Uferhang hinunter, drücken die Kleidung unter Wasser und schlagen sie auf die Felsen.

Zwei Soldaten kommen vorbei und bleiben oben auf der Brücke stehen. Irgendwie tauchen sie immer ausgerechnet dann am Fluss auf, wenn Maria-Luisa dort ist. Das Mädchen weiß, wie gern sie ihre Schwester beobachten; sie schauen zu, wie das Wasser sie umfließt, ihre Arme benetzt, ihr den schweren Rock an die Beine klebt. Breitbeinig und mit dem Gewehr in der Hand stehen sie da. Sie lassen ihr Gewehr niemals los. Sie halten es umarmt wie ein Kind, während ihre Augen auf Maria-Luisa gerichtet sind.

Das Mädchen verabscheut diese Blicke, aber ihrer Schwester

scheinen sie zu gefallen. Für sie ist das Ganze ein Spiel. Sie spricht über sie. Sie lächelt.

»Mit den Rurales ist es doch so«, sagt sie an diesem Tag, »sie glauben, sie hätten die Macht, aber sie sind dumm. Unglaublich dumm. Sieh sie dir an mit ihrer dummen Mütze und der hässlichen grauen Uniform. Die lächerlich glänzenden Paspeln an ihren Hosen. Und sie halten sich für so elegant.

Sie haben keine Ahnung, was wir planen. Dass wir heute Abend Vater und Carlos besuchen. Sie haben keine Ahnung von der Pistole, die da am Ufer liegt.«

Zusammen mit dem Fluss, der über die Steine fließt, klingt Maria-Luisas Stimme wie ein Lied. Es ist, als sänge sie die süßesten Worte der Welt. Dumm, dumm, dumm, geht ihr Lied.

»Dumm. Dumm. Dumm«, sagt Maria-Luisa mit einem zauberhaften Lächeln.

Aber die Männer oben auf der Brücke hören nichts davon, denn da ist der Fluss, und sie können nur zuschauen. Und selbst, wenn der Fluss lautlos wäre, könnten sie nichts verstehen, denn sie sprechen nur Spanisch, kein Yoeme. Allerdings verstehen sie Maria-Luisas leicht geöffneten Mund, die Grübchen in ihren Wangen, das weiße Aufblitzen ihrer Zähne.

Nachdem die Soldaten ihnen eine Weile zugeschaut haben, gehen sie weiter.

Sobald sie verschwunden sind, zieht Maria-Luisa den Rock, den sie gerade gewaschen hat, aus dem Wasser und breitet ihn zum Trocknen über einen Felsen. »Warte und füll die Feldflaschen auf«, befiehlt sie. »Ich hole die Pistole.«

Sie verschwindet im Röhricht, das Mädchen ist allein.

Und fängt an zu zittern. Falls sie erwischt werden, falls die Soldaten zurückkommen und Maria-Luisa mit der Pistole sehen, werden sie beide erschossen.

Oder es kommt noch schlimmer. Sie weiß, dass zu sterben für Mädchen nicht das Schlimmste ist.

Vielleicht hacken sie ihnen die Hände ab und stellen sie auf dem Dorfplatz aus.

Einmal hat sie es selbst gesehen. Letztes Jahr in der Fastenzeit, als vor der Kirche zwei abgetrennte Männerhände an ein Brett genagelt wurden. Die Soldaten machten einen Scherz daraus und taten so, als wollten sie die Hände schütteln. Als es ihnen zu langweilig wurde und sie endlich verschwunden waren, hatte das Mädchen sich den Händen vorsichtig genähert. Sie zwang sich, genau hinzusehen: die leicht gekrümmten Finger, die feinen Linien in den Handflächen. Die abgebrochenen Nägel mit dem Dreck darunter, die klebrig roten Stümpfe. Diese Hände hatten zum Körper eines Mannes gehört, sie hatten gearbeitet und berührt und gelebt. Sie suchte nach Hinweisen darauf, dass es sich um die Hände ihres Vaters handeln könnte. Aber sie gehörten nicht ihm; die Hände ihres Vaters waren breit.

Auf einmal hatte sie ihn schrecklich vermisst. Sie hatte sich gewünscht, er würde nach Hause kommen und seine breite Hand an ihren Hinterkopf legen, denn dann wäre sie in Sicherheit, und er auch.

Das Mädchen nimmt die Feldflaschen und beugt sich über das Wasser. Ihr Bauch fühlt sich schlüpfrig an wie der Flussschlamm.

Der Fluss ist angeschwollen. Er hat Muskeln wie ein Tier und ist so kräftig wie die Jahreszeit. Der Regen der letzten Zeit hat ihn stark gemacht, und nun ist er fast bereit für ein zweites Hochwasser, in der Mitte tief und ruhig, auf den Steinen in Ufernähe hingegen schnell und laut. So mag sie den Fluss am liebsten, wenn er nach Schlamm und Geheimnissen riecht, nach den Blumen und Tieren, die an seinem Ufer leben. Bald werden sich die Schlangen, die Waldratten und die Frösche in die Bäume flüchten, und er wird über die Ufer treten und sein Leben über die wartenden Felder ergießen.

Aber das Mädchen weiß, dass der Pegel trotz des Hochwassers zu niedrig ist. Denn der Fluss wird ihnen gestohlen.

Ihre Großmutter sagt, die Yoemem leben seit der Vatnaataka mit ihrem Fluss zusammen, seit der Anfangszeit und dem Ende der großen Flut, und nie hat er seinen Lauf geändert.

Aber jetzt soll er trockengelegt werden. Südlich des Flusses sind überall Yankees mit Maschinen und Gewehren und Messlatten aufgetaucht; mit blondem Haar und roten, in der Sonne verkniffenen Gesichtern stehen sie in der Landschaft herum. Ihre Maschinen roden das Gestrüpp und pflügen die Erde. Sie heben Kanäle aus, teilen das Land durch lange, schnurgerade Linien auf und legen riesige Getreidefelder an, Feld um Feld mit Weizen so gelb wie ihr Haar. Sie haben Soldaten mitgebracht, die die Felder, das Land und das gestohlene Wasser bewachen. Sie stellen Verbotsschilder in ihrer Sprache, in Spanisch und in Yoeme auf.

BETRETEN VERBOTEN. BETRETEN VERBOTEN. BETRETEN VERBOTEN.

Was ihre Großmutter immer sagt und was die Gouverneure, die Generäle und die Yankees aus dem Norden nicht verstehen: Das Land ist nicht nur das, was man sehen oder vermessen kann. Das Land besteht aus zusammengehörigen Welten. Yo Ania, Sea Ania, Huya Ania – die Zauberwelt, die Blumenwelt, die Welt der Wildnis. Die vielen Welten lassen sich nicht unterteilen oder vermessen.

Gott hat dieses Land allen Yoemem gegeben, nicht jedem Einzelnen ein kleines Stück.

Das Mädchen weiß, der Diebstahl des Flusses ist ein Verbrechen, zu groß, um es wirklich zu begreifen. Und dieses Verbrechen zieht weitere nach sich: Männer, die sich widersetzen und in den Bergen kämpfen, vor der Kirche an eine Tafel genagelte Hände. Soldaten oben auf der Brücke, mit offenem Mund und Gewehr in den Händen.

Und die Eisenbahn und die Männer, die sie bauen.

Die Gleise verlaufen knapp nördlich von hier und schlagen eine Schneise zwischen ihr Pueblo und die Berge. Sie und Maria-Luisa sind oft hinaufgeschlichen und haben die Arbeiter beobachtet, Chinesen und Russen, Mexikaner und Yankees, Männer mit unterschiedlicher Kleidung und unterschiedlichen Mützen und Sprachen und Hauttönen, die sich Stück für Stück ihren Weg gen Osten hämmerten.

Auf der Baustelle gab es auch Yoemem, und es gab andere Yoemem wie Carlos, die nur nachts kamen, um Lager niederzubrennen und Gleise zu sprengen.

Maria-Luisa ist wieder da. Ihre dunklen, langen Haare sind zerzaust, die Röcke nass. Sie sieht aus wie ein Flussgeschöpf und riecht nach Schlamm und Hochwasser. Sie hat ein kleines, schmutziges Stoffbündel dabei.

»Hier.« Die Schwester überreicht ihr das Bündel.

Das Mädchen nimmt es entgegen, schlägt es auf und sieht die Pistole. Der Griff ist mit geschnörkelten Ranken verziert. Sie fährt mit der Fingerspitze darüber. Er sieht fast hübsch aus.

»Ziemlich schwer«, sagt sie.

»Das ist gut. Eine Pistole sollte schwer sein. Mach schnell«, sagt Maria-Luisa, »versteck sie in der Wäsche.«

Sie essen bei Sonnenuntergang. Das Mädchen bringt kaum etwas hinunter. Danach strecken sie sich auf ihren Matten aus und lauschen auf die Atemzüge ihrer Großmutter. Der Hunde. Auf das leise Knarzen des Mesquitebaums. Auf das Seufzen des Feuers, das langsam in sich zusammensackt.

Der Wind lässt das trockene Laub rascheln, und dann, als alle Geräusche sich gelegt haben, ist in der Ferne das schwache Rauschen des Flusses zu hören, der sich durch die Nacht nach Westen schiebt.

Niemand schlägt Alarm, nichts deutet darauf hin, dass Fremde in der Nähe sind oder dass Soldaten sich im Schutz der Dunkelheit ans Haus der Großmutter anschleichen. Die Hunde schlafen tief und fest. Die Großmutter schnarcht. Ganz kurz glaubt das Mädchen, Maria-Luisa wäre ebenfalls eingeschlafen, doch da streckt ihre Schwester die Hand aus und tastet nach ihr.

»Jetzt«, zischelt sie.

Sie wickeln sich ihre Tücher um die Schultern und werfen sich die Bündel auf den Rücken. Sie schleichen lautlos über den Hof, vorbei an dem großen Mesquitebaum und zum Tor hinaus. Sie meiden den Platz, auf dem die Soldaten schlafen, und laufen stattdessen zum Fluss. Der Himmel ist klar. Das Mädchen hält nach Machiwa Choki Ausschau, und da ist er schon. Auch der Mond ist zu sehen, strahlend hell und nahezu voll, was einerseits gut ist und andererseits schlecht. Gut, weil sie den Weg erkennen können, schlecht, weil sie vielleicht gesehen werden.

»Stopp«, sagt Maria-Luisa. »Warte. Gib mir deinen Rucksack.«

Das Mädchen nimmt den Rucksack ab und gibt ihn Maria-Luisa. Maria-Luisa greift hinein und zieht die Pistole heraus, öffnet das Magazin, beugt sich über ihren Rucksack und nimmt eine Handvoll Patronen heraus. Sie schiebt die Patronen in die Trommel, eine nach der anderen.

»Wo hast du die denn her?«

»Ich weiß, wo Großmutter sie versteckt.«

Maria-Luisa richtet sich auf und hebt die Pistole an. »Ich bin Lola«, sagt sie. »Lola Kukut.«

Sie zielt, und das kleine schwarze Auge des Pistolenlaufs starrt das Mädchen an.

»Hier gibt es nichts für mich«, sagt Maria-Luisa. »Ich werde nicht den Sohn eines Torocoyori heiraten. Ich werde in die Berge gehen und Carlos suchen und ihm folgen. Wir werden wie Jose und Lola Kukut sein.«

Das Mädchen kennt die Geschichte von Lola Kukut. Jeder kennt sie. Lola ist eine Kämpferin, die Señora der Sierra. Sie und ihr Mann Jose streifen durchs Gebirge und töten so viele mexikanische Soldaten, wie sie nur können. Jose Kukut hat seine Macht am Sikili Kawi, dem Roten Berg, von Yo Ania bekommen. Er ist zur Mittagszeit hinaufgestiegen und hat die Musik aus den Tiefen gehört. Die Surem haben ihn auf die Probe gestellt und er hat bestanden, und zur Belohnung gaben sie ihm seine Kraft. Und jetzt kann er mexikanische Soldaten töten, wie es ihm gefällt.

»Warum sollte ich dann mitkommen? Wenn du bei Carlos bleiben willst, kannst du auch allein gehen.«

»Pssst!« Maria-Luisa lässt die Waffe sinken und redet mit sanfter, tröstlicher Stimme weiter. »Es tut mir leid, Kleiner Schatten, aber ich brauche dich. Du musst mir den Weg zeigen.

Außerdem«, fährt sie lächelnd fort, »stell dir doch mal Vaters Gesicht vor, wenn er uns sieht. Er wird so stolz auf uns sein! Vielleicht nimmt er uns sogar mit nach Arizona.«

Das Mädchen verlagert das Gewicht von einem Bein aufs

andere. Sie möchte nicht nach Arizona, aber sie möchte ihren Vater sehen.

»Also gut«, sagt sie.

In der Ferne erhebt sich ihr Ziel im Mondlicht, die Berge.

Das Mädchen geht voran und führt sie über die Brücke, und dann schlagen sie sich, um den Weg zu den Bahngleisen zu meiden, in die Felder. Dann und wann hört sie ein Geräusch, hält inne, horcht, aber meistens ist es nur eine Waldratte im Dornengestrüpp oder der Wind in den Bäumen, derselbe Wind, der dünne Wolkenschleier vor den Mond zieht.

Sie führt sie durch dichtes Schilf und zwischen hohen Pappeln hindurch, die sich über den harten, trockenen Uferstreifen neigen. Bald wird der Fluss ihn überschwemmen und in Schlamm verwandeln.

Im selben Moment nimmt sie etwas wahr – ein langgezogenes, vom Wind herangetragenes, kaum hörbares Stöhnen. Es kommt aus westlicher Richtung. Maria-Luisa nähert sich von hinten. »Was ist das? Was hörst du?«

Der Laut hebt von Neuem an, leise und klagend.

Noch ist es weit weg, ein winziges Licht, das durch das Tal auf sie zukommt.

»Den Zug.«

Sie gehen schneller, dann rennen sie los, sie rennen dem Zug entgegen, als wären seine Pfiffe ein Ruf, wobei sie durch die Felder laufen und einen großen Bogen um das Pueblo schlagen, wo er halten wird. Im Näherkommen wird er immer größer, sein Licht durchbohrt die Dunkelheit, er prescht durch die Nacht, immer weiter, bis er mit einem schrillen Kreischen langsamer wird. Sie haben ihn schon gesehen, aber so nah waren sie ihm noch nie. Er ist wie ein Ungetüm aus einem Märchen, ein Sierpa, ein verhextes Wesen, das zur Strafe in eine fremde Gestalt gezwungen wurde und nun die Nacht mit seinem Klagelied zerreißt.

Die Mädchen kauern sich neben die Gleise und blicken zu den beleuchteten Waggons hinauf. Hinter den Scheiben bewegen sich Menschen durch die Helligkeit, Menschen mit Hüten und schwerer Kleidung. Manche schauen hinaus, aber das Mädchen weiß, dass sie hier draußen in der dunklen Wüste nicht zu erkennen sind.

Nach einer Weile setzt der Zug sich wieder in Bewegung und die Schwestern schauen zu, wie er Fahrt aufnimmt. Er wird schneller und schneller. Was, denkt das Mädchen bei sich, passiert mit den Leuten, die darin sitzen? Wie kann die Seele so schnell reisen? Schneller als jedes Pferd im Galopp. So viele Seelen von so vielen Menschen, vom Ort ihrer Herkunft weggerupft, als könnte man beim Blick unter ihre Kleider nicht Beine sehen, sondern weiße, baumelnde Wurzeln, die sich nach der dunklen Erde zurücksehnen.

Sie sprinten lautlos über die Gleise. Die Rucksäcke schlagen ihnen auf den Rücken. Sie rennen, bis ihre Lungen brennen und sie innehalten und sich vorbeugen und ausspucken müssen, dann wenden sie sich gen Norden.

Sie gehen und gehen. Sie sind jetzt ganz in der Wüste, wo es alles Mögliche zu fürchten gibt, Wesen von dieser Welt und aus anderen Sphären: Kojoten, Klapperschlangen, Sierpas. Es gibt Kakteen, Aachi und Echo, so viel davon, dass ihre Widerhaken und Stacheln sich im Rock, im Tuch und in den Haaren verfangen. Manchmal erhebt sich vor ihnen ein Sauwo mit gereckten Gliedmaßen. Einmal schrecken sie eine Eule auf, die sich flatternd in die Luft erhebt wie ein Geist. Zwischendurch hatte sich die böse Vorahnung gelegt, aber jetzt ist sie wieder da.

Das Mädchen findet es immer schwieriger, sich zu orientieren, als hätte sie keinen festen Boden mehr unter den Füßen oder als hätte die lärmende Eisenbahn die Nacht in zwei Teile zerrissen. Aber der Mond steht hoch am Himmel und wirft ihre Schatten auf den Weg, sie kennt die Gegend gut – sie war schon viele Male hier, um mit ihrer Großmutter Pflanzen zu sammeln –, und so schreitet sie aus und Maria-Luisa folgt ihr und sie kommen immer weiter.

Nach einer ganzen Weile bleiben sie stehen, setzen sich und trinken einen Schluck. Das Mädchen streift die Sandalen ab und reibt sich die Fußgewölbe.

»Wie weit ist es noch?«, fragt Maria-Luisa.

Das Mädchen wirft einen Blick zurück. »Wir haben die Hälfte geschafft.«

Maria-Luisa schnaubt ungeduldig. »Ich wünschte, wir könnten schneller da sein. Ich wünschte, wir hätten einen Zug.«

Das Mädchen dreht sich zur Schwester um. Ihr Gesicht schimmert hell im Mondlicht, ihr Blick ist streitlustig.

»Ich wünschte, ich könnte mit Carlos in dem Zug sitzen und dieses Tal verlassen.«

»Dieser Zug ist böse. Carlos würde niemals einsteigen. Er hasst den Zug. Der Zug ist der Grund, warum er in den Bergen kämpfen muss.«

»Kann sein«, sagt Maria-Luisa achselzuckend. »Aber vielleicht würde er trotzdem einsteigen.«

»Um wohin zu fahren?«

»Nach Mexico City. Oder nach Arizona.«

»Aber … hier ist unser Zuhause. Alles ist hier.«

»*Alles*? Willst du denn nichts anderes kennenlernen?«

Das Mädchen schließt die Augen und stellt sich vor, mit den Leuten in dem Zug zu sitzen wie im Bauch eines Ungeheuers und durch die Nacht zu jagen. Es wäre wie Erblinden. Man blickt auf das Land hinaus und erkennt nichts.

Sie öffnet die Augen wieder und schüttelt den Kopf.

»Komm.« Maria-Luisa steht auf und hält ihr die Hände hin.

Aber sie greift nicht zu. Sie fühlt sich rebellisch, wie ein Maultier, das störrisch auf dem Weg stehen bleibt. »Der Zug ist böse«, wiederholt sie.

»Kann sein«, sagt Maria-Luisa. »Aber der Zug ist da, ob wir nun damit fahren oder nicht.« Sie stemmt eine Hand in die Taille. »Was ist mit Yomomuli?«

Das Mädchen sieht sie fragend an.

»Weißt du noch, wie sie immer gesagt hat, der Zug würde kommen? Soll ich dir die Geschichte erzählen?«, fragt sie lockend.

Das Mädchen spürt, wie ihr Widerstand sich auflöst. Abgesehen von ihrer Großmutter ist Maria-Luisa die beste Geschichtenerzählerin, die sie kennt. Sie reicht Maria-Luisa die Hand, lässt sich auf die Beine ziehen und setzt sich in Bewegung.

»Es war einmal«, sagt Maria-Luisa, »ein Vater im Vatnaataka, der hatte zwei Töchter. Die Jüngere hieß Yomomuli, Verzauberte Biene. Zu dritt lebten sie am Rande der Dinge, als die Welt erneuert wurde.

Es war die Zeit der Surem, der Kleinen Leute, als alle Lebewesen – Männer und Frauen, Insekten und Blumen – gut miteinander auskamen.

Drüben auf dem Omteme Kawi wuchs ein Baum, der eines Tages anfing, Geräusche von sich zu geben. Bsssssss, bsssssss, wie ein Bienenschwarm.«

Den Omteme Kawi kennt das Mädchen. Den Zornigen Berg. Würde die Sonne jetzt scheinen, könnte sie sich zum Tal umdrehen und seinen abgeflachten Gipfel in der Ferne sehen.

Langsam geht es ihr besser. Sie kann fühlen, wie der dunkle Bann des Zugs sich hebt, wie ihre Füße den Weg finden und die Sterne über ihrem Kopf sich ordnen.

»Die weisesten Männer versammelten sich. Sie waren zwanzig, aber keiner von ihnen konnte den Baum verstehen.

Kannst du diesen Baum verstehen?, fragten sie einander.

Nein,

    nein,

        nein,

            nein,

                nein!«

Maria-Luisa imitiert die Männerstimmen auf eine lustige Art, jede klingt anders und das Mädchen muss lachen. So weise Männer, aber sie wissen nichts.

»Sie kratzten sich am Kopf und am Kinn und konnten es nicht fassen – so was war ihnen noch nie passiert. Niemand konnte die Geräusche des Baumes deuten.

Also beschlossen sie, alle Tiere und alle Vögeln zu fragen, die dort waren.

Kannst du diesen Baum verstehen?

Nein,

    nein,

        nein,

            nein,

                nein!

Bis ein Vogel sich zu Wort meldete, der kleinste von allen.

Ich kenne ein Mädchen, sagte der Vogel, *draußen am Rand der Dinge. Sie wird die Antwort wissen.*

Also gingen sie alle dorthin, an den Rand der Dinge, auch die weisen Männer, und fragten den Vater von Yomomuli, ob er mit seinen Töchtern auf den Berg kommen könne.

Und Yomomulis Vater sagte zu; vorher müsse er allerdings noch etwas erledigen. Und weißt du, was er getan hat?«

Maria-Luisa bleibt wie angewurzelt stehen und sieht ihre kleine Schwester an.

»Nein«, sagt sie, obwohl sie es natürlich weiß.

»Er nahm seine Töchter mit ans Meer, und sie tauchten ins Wasser und schwammen mit den Fischen, und die Fische gaben ihnen alles, was sie brauchten, um den Baum zu verstehen.

Danach gingen sie zu Omteme Kawi, und Yomomuli, die Jüngere, trat an den Baum heran, setzte sich darunter und lauschte und lauschte und lauschte.

Die Weisen wurden ungeduldig: *Was sagt er?*, fragten sie. *Verrate es uns! Verrate es uns! Was sagt er?*

Aber Yomomuli hatte Angst.

Ich ... Ich bin mir nicht sicher, ob euch gefallen wird, was er sagt, erklärte sie.

Sprich!, riefen die anderen.

Sag es uns!

Sprich!

Sprich!

Und da verriet Yomomuli ihnen, was der Baum sprach. Er sagte, aus dem Westen würden Männer in Schiffen kommen und versuchen, den Fluss und das Land zu erobern. Der Baum sprach vom kommenden Leid, von Pest und Hunger und neuen Krankheiten. Von der Taufe. Er sprach sogar von der Eisenbahn. *Eine Straße aus Stahl wird gebaut werden*, sagte der Baum, *und darauf wird ein eisernes Ungeheuer reiten.*

Der Baum sagte ihnen noch viel, viel mehr voraus, und zum Schluss sagte er: *Jetzt müsst ihr entscheiden, was ihr tun wollt.*

Die Surem hielten eine Versammlung ab, und im Laufe der Versammlung beschlossen einige Surem fortzugehen, während andere beschlossen, zu bleiben und auf diese neuen Dinge zu warten.

Diejenigen, die gehen wollten, verschwanden in der Welt unter der Erde, der Yo Ania. Andere gingen ins Wasser und in die Wellen. Und an diesen Orten leben die Surem bis zu diesem Tag als verwunschenes Volk. Sie sind unsere Ahnen, und wenn wir sie brauchen, kommen sie uns zu Hilfe.

Wie du siehst«, sagt Maria-Luisa sanft, »hat Yomomuli alles gewusst.«

Die Schwestern gehen weiter, aber nach dieser Geschichte ist alles anders. Das Mädchen kann es fühlen: Der Mond wirft andere Schatten auf den Boden, die Luft um sie herum ist von einem Wispern erfüllt. Sie sind in der Yo Ania, der Welt der Surem. Sie ist immer da, doch spüren kann man sie nur manchmal. Sie weiß, sie stehen jetzt unter Beobachtung. Sie weiß, es gibt Wesen hier, die ihnen helfen werden, falls es nötig ist.

Sie sind hoch gestiegen und steigen immer höher. Maria-Luisa geht auf dem mondbeschienenen Pfad voraus, und sie geht hinterher. Die Geschichte hat ihr neue Energie geschenkt und Maria-Luisa geht schnell, immer schneller, sie kann es gar nicht erwarten, endlich ans Ziel zu kommen. Das Mädchen muss kleinen Steinchen ausweichen, die ihre Schwester lostritt. Sie kann förmlich spüren, wie Maria-Luisa mit Leib und Seele an Carlos denkt, er ist ein Sandsturm, der immer neue Kreise zieht: Carlos beim Hirschtanz, er bewegt den Oberkörper wie ein Tier, seine Füße schlagen auf dem Boden, die Rasseln halten den Takt. Der Schweiß auf seinem Torso. Er springt in die Mitte der Rama. Sie will ihn voll und ganz. Sie fliegt ihm entgegen.

Und das Mädchen muss an ihren Vater denken, an sein Gesicht, wenn er sie sieht. Wie stolz er sein wird, dass sie den langen Weg gegangen sind und das Wasser, die Pistole und die Munition geschleppt haben. An seine ruhige Hand an ihrem Hinterkopf.

Und dann sind sie da und haben das Plateau erreicht. Sie stehen keuchend auf der Lichtung. Dem Mädchen klebt die Bluse am Rücken. Maria-Luisa stößt einen Pfiff aus, zweimal lang und dreimal kurz – das Signal, wie ihr Vater es ihnen beigebracht hat. Nichts passiert. Maria-Luisa pfeift noch einmal. Die hohen Felsen blicken auf sie nieder, ihre dunklen Silhouetten heben sich vom stetig heller werdenden Himmel ab.

Nichts.

»Vielleicht sind sie weitergezogen«, sagt das Mädchen.

Maria-Luisa hebt eine Hand, damit sie still ist. Im selben Moment kullert ein Stein vom Pass herunter. Der Antwortpfiff ertönt, und das Herz des Mädchens macht einen Hüpfer.

»Wer ist da?«, schallt es herunter. Eine Männerstimme, aber nicht die ihres Vaters.

»Wir sind die Töchter von Ernesto Morales«, ruft Maria-Luisa. »Wir sind die Enkelinnen von Augustinia Morales. Wir bringen euch Essen und Munition.«

Nach längerem Schweigen ruft der Mann: »Bleibt, wo ihr seid, Schwestern.«

Langsam kommen die Männer herunter, einer nach dem anderen, fünf dunkle, zerlumpte Gestalten. Der Erste tritt vor. Er hält ein Gewehr auf sie gerichtet, Patronengurte kreuzen sich auf seiner Brust.

»Lios em chaniavu«, sagt Maria-Luisa.

»Lios em chania«, sagt der Mann. »Ihr habt Wasser?«, fragt er mit tiefer, heiserer Stimme.

»Ja.«

»Wirf es rüber.«

Die Mädchen greifen in die Rucksäcke, holen die Feldflaschen heraus und legen sie auf den Boden. »Und jetzt zurücktreten.«

Die Mädchen gehorchen.

»Wer hat euch geschickt?« Immer noch hält der Mann das Gewehr auf sie gerichtet.

»Unsere Großmutter Augustinia Morales hat einen eurer Männer geheilt. Er hat ihr gesagt, wo ihr seid und dass ihr Hilfe braucht. Also sind wir losgegangen.«

»Zwei Mädchen, ganz allein?«

»Ja.« Maria-Luisa reckt das Kinn vor.

Die Männer lösen sich einer nach dem anderen aus der Dunkelheit. Im Dämmerlicht sehen sie aus wie zottige Vögel. »Wo ist Vater?«, flüstert das Mädchen, aber Maria-Luisa antwortet nicht, denn sie hat Carlos gesehen. Er ist der Letzte der Reihe. Er sieht dünner aus, irgendwie gealtert, und starrt Maria-Luisa an, als wäre sie aus einem Traum auf diesen Gipfel heruntergestiegen.

»Wo ist mein Vater?«, fragt das Mädchen. Hier oben klingt ihre Stimme verändert, prallt von den hohen Felsen ab, hallt wider.

»Fort«, sagt der erste Mann.

»Wohin?«

»Nach Tucson. Zusammen mit zehn anderen.«

Er lügt nicht. Das Mädchen kann seine Wahrheit fühlen: Ihr Vater ist längst weg. Die Enttäuschung schwappt durch sie hindurch wie eine Welle, sammelt sich am Boden zu ihren Füßen in einer Pfütze. Und da ist noch etwas. Erschöpfung. Angst. Die ungute Ahnung aus ihrem Traum. Sie hätten niemals herkommen dürfen.

Langsam, ganz langsam nähert sich der Mann den Wasserflaschen. Er hebt eine auf, schraubt den Deckel ab und trinkt. Das Mädchen kann sehen, wie durstig er ist. Er ist so furchtbar durstig, er könnte die Flasche ganz allein leeren, aber er hält sich zurück und gibt sie an die anderen weiter. »Nur ein Schluck«, ermahnt er die anderen, die der Reihe nach trinken. Carlos ist der Letzte. Er legt den Kopf in den Nacken und lässt sich den Rest in den Mund laufen.

»Du hast gesagt, ihr habt Munition?«, fragt der erste Mann.

»Ja.« Maria-Luisa macht eine Geste, und das Mädchen holt die Pistole aus dem Rucksack und reicht sie ihr. Wieder spürt sie die Verzierungen am Griff. Das schwere Gewicht in ihrer Hand. Sie gibt sie weiter, und Maria-Luisa hält sie von sich. »Bitte sehr. Wir haben auch Patronen. Unter … unter einer Bedingung.«

»*Du* willst Bedingungen stellen?«

»Ja.«

Der Mann sieht sie ungläubig an. Das Mädchen weiß, was er denkt. Er kann es nicht fassen; wahrscheinlich hält er sie für verrückt.

»Ich möchte zuerst eine Stunde mit Carlos verbringen.«

»Mit Carlos?«

»Ja.«

»Mit diesem Carlos?«

Der Mann zeigt hinter sich, wo Carlos steht.

»Ja.«

Der Anführer stößt einen einzigen langen, tiefen Pfiff aus, und Carlos tritt vor. Er starrt Maria-Luisa an, Maria-Luisa starrt zurück. Die Luft zwischen ihnen scheint zu vibrieren.

Der Anführer lacht. »In Ordnung«, sagt er. »Er gehört dir.« Er wendet sich an Carlos und neigt den Kopf zur Seite.

In diesem Moment ist das Mädchen unglaublich stolz. In allen acht Pueblos gibt es keinen stärkeren Menschen als ihre Schwester, die sich hier oben auf dem Berg nimmt, was sie will.

»Eine Stunde«, sagt der Anführer. »Keine Minute länger. Wir kommen ihn holen.«

Die anderen Männer zerstreuen sich.

Maria-Luisa dreht sich zu ihrer Schwester um. »Mach keinen Unsinn«, sagt sie hastig, »geh und warte hinter dem Stein dort.« Sie zeigt auf einen mehr als mannshohen Felsen in der Nähe. »Und schau nicht hin«, sagt sie. »Wir kommen zu dir, wenn es Zeit ist.«

Das Mädchen rührt sich nicht von der Stelle.

»Geh«, sagt Carlos, und es klingt leicht drohend.

»Geh, Kleiner Schatten«, sagt Maria-Luisa. »Ich verspreche dir, wenn es Zeit ist, komme ich und hole dich.«

Das Mädchen würde am liebsten mit dem Fuß aufstampfen und die Schwester anschreien. Ihr sagen, dass sie selbstsüchtig und verrückt ist, und dass sie kein bisschen stolz mehr auf sie ist. Dass sie die ganze Zeit nur dieses Treffen im Sinn hatte, und sie, der dumme Kleine Schatten, ihr auch noch geholfen hat. Sie will ihr sagen, dass sie seit ihrem Traum am frühen Morgen ein schlechtes Gefühl hat. Aber sie sagt nichts; sie gehorcht, setzt sich hinter den mannshohen Felsen und lässt sich mit dem Rücken dagegen sinken. Der Stein ist kalt, schon weicht die Wärme vom anstrengenden Aufstieg aus ihrem Körper.

Sie streift ihre Sandalen ab, nimmt einen Fuß in die Hand und drückt die Daumen in die Ballen unter den Zehen. Dann hebt sie den Kopf, und auf einmal hat sie ihre Wut vergessen. So hoch war sie noch nie. Von ihrem Platz aus kann sie das ganze Tal überblicken. Die Welt um sie herum ist lichtdurchflutet, und unten zwirbelt der Fluss sich wie ein schimmernder Faden.

Weit unter sich erkennt sie den abgeflachten Gipfel des Omteme Kawi, den Ort, an dem Yomomuli dem Singenden Baum zugehört und ihre Prophezeiung ausgesprochen hat. Den riesigen Ozean im Westen, wo Yomomuli alles von den Fischen lernte, kann sie zwar nicht sehen, aber sie spürt ihn. All das ist hier passiert. Genau hier.

Ist dies die Stelle, an der die Geschichtenerzähler nach der großen Flut gestrandet sind? Im Vatnaataka, der Anfangszeit, als eine furchtbare Flut fast alles Leben auf der Erde auslöschte?

Stieg das Wasser bis an diesen Gipfel, bedeckte es das Tal, schlug es gegen diesen Felsen? Saßen die wenigen Überlebenden hier, wo sie jetzt sitzt, hoch oben in den Bergen – Inseln damals –, haben sie zugeschaut, wie die Flut immer höher stieg, haben sie auf den Morgen gewartet?

Und hatten sie, als das Wasser sich zurückzog, nichts als ihre Geschichten, um die Welt neu zu gestalten?

Maria-Luisa und Carlos sind jetzt still. Vielleicht sind sie eingeschlafen.

Irgendwo hinter den Felsen singen kleine Vögel, und neben ihr bringt das neugeborene Sonnenlicht die gelben Blüten eines Kovanaostrauchs zum Leuchten.

Siehst du, wie er wächst?, fragt ihre Großmutter. *Wie er das Wasser speichert, wenn alles um ihn herum verdurstet?*

Das Mädchen hat gerade erst angefangen, mehr über den Strauch zu lernen. Dass er die älteste aller Wüstenpflanzen ist; dass er schon im Vatnaataka existierte und bis heute existiert; dass an den Zweigen erst Blätter wachsen und dann Blüten, die schließlich Samen bilden; dass die Zweige absterben, doch aus derselben Wurzel wieder neue Zweige sprießen.

Und sie denkt bei sich, dass die Geschichten, die Etehoim, genau so funktionieren: Sie erblühen auf der Zunge des Erzählers, der nur für kurze Zeit lebt. Aber seine Zunge schmeckt die Wurzel, die die große Flut überlebt hat.

Wir sammeln die Blätter und die Blüten: gegen Fieber, für Salben, zur Wundheilung und Schmerzlinderung.

Jeweils vier von der Seite, die nach Osten zeigt. Weil von dort das Sonnenlicht kommt.

Das Mädchen greift nach einer der gelben Blüten, aber die Großmutter hält sie zurück. *Warte – du musst erst fragen.*

Und so bittet sie die Pflanze um Erlaubnis und verspricht, die Blätter an die Wurzeln eines anderen Strauches zurückzugeben, sobald sie fertig ist.

Sie pflückt vier Blüten und vier grüne Blätter, zerreibt sie zwischen Finger und Daumen, um den Geruch freizusetzen, und hält sie sich dann vors Gesicht. Der Duft ist so berauschend wie die Wüste nach einem Regenguss.

In dem Moment nimmt sie eine Bewegung auf der anderen Seite des Kovanaostrauchs wahr. Ein Hase knabbert an den Blättern, seine rosafarbenen Ohren leuchten im Licht der aufgehenden Sonne. Vor ihren Augen stellt er sich auf die Hinterbeine, legt die Ohren an und lauscht. Lauscht.

Und wendet den Kopf in Richtung eines schlitternden Steins.

Der Hase sieht sie an, hält ihren Blick mit bernsteinfarbenen Augen, und dann dreht er sich um und flieht Haken schlagend bergab, so schnell er kann.

Auf einmal hört sie Worte, klar und deutlich in der Bergluft. Jemand spricht Spanisch. Sie hört Tiere – Pferde, deren massige, dunkle Gestalten den Pass heraufkommen, Reiter auf dem Rücken.

Sie schlägt sich eine Hand vor den Mund, um nicht zu schreien.

Und versteht, was der Hase ihr sagen wollte. Sie soll weglaufen. Auch die kleinen Vögel warnen sie jetzt. Sie rufen ihr zu, sie soll losrennen. Der ganze leuchtende Morgen sagt ihr, sie soll fliehen.

Sie verlässt das Versteck hinter dem Felsen und kriecht zu ihrer Schwester, die mit Carlos am Boden liegt. »Maria-Luisa«, zischt sie. »Da kommen Männer! Über den Pass! Soldaten. Sie sind schon fast hier.«

Maria-Luisa und Carlos werden wieder zu zwei Personen, raffen ihre Kleidung zusammen, kommen ihr entgegen. »Was? Wo?« Sie sehen sich hektisch um. Aus welcher Richtung? Die Angst ist losgelassen und springt zwischen ihnen hin und her, schlägt Funken in Dunkellila und Rot und Blau wie ein auflebendes Feuer.

Aber es ist zu spät, oder zu früh, denn die Soldaten sind schon da. Auf ihren Pferden. Auf dem Plateau. Sie haben Gewehre, und an den Läufen der Gewehre stecken lange Klingen, die in der Sonne funkeln. Das Mädchen zittert hilflos und spürt etwas Nasses, Heißes an den Beinen.

Und dann noch etwas anderes, hinten am Rücken, schwer und kalt: die Pistole.

Maria-Luisa hält sie in der Hand und zielt auf die Soldaten.

»Dreh dich um«, sagt sie. »Dreh dich um und geh den Berg hinunter, und du wirst leben.«

Das Mädchen spürt Maria-Luisas Zittern, aber ihre Stimme klingt klar und fest.

Der erste Soldat hebt sein Gewehr. Das Mädchen schließt die Augen.

Du bist Lola, denkt sie in Maria-Luisas Richtung.

Du bist Lola Kukut.

Du bist Lola Kukut und hast schon so viele Mexikaner getötet. Das hier ist ein Kinderspiel für dich.

So einfach.

Du hast vor nichts Angst.

Maria-Luisa schießt. Die Pistole springt zurück wie ein lebendiges Wesen. Weitere Schüsse krachen, prallen von den Felsen ab und lassen die Vögel in den Himmel aufstieben.

Das Mädchen dreht sich um und sieht Carlos am Boden liegen. Von seinem Kopf scheint die Hälfte zu fehlen, sein Blut ergießt sich auf die Erde.

Er zuckt wie der Hirsch beim Tanz – wie der Hirsch, der weiß, dass er erlegt wurde. Rasselnd und blubbernd fährt ihm der Atem in die Brust und wieder heraus. Maria-Luisa kniet neben ihm, wirft sich auf ihn, zieht seinen Arm über sich, wälzt sich in seinem Blut, ruft seinen Namen wie aus weiter Ferne, aber er ist schon unterwegs, er verlässt Maria-Luisa und auch die Männer, die sich oben am Hang versteckt halten. Er ist schon bei den Bergen, in den Falten der Blütenblätter, unter der Morgendämmerung.

Machiwa Choki ist da. Zuverlässig, geduldig. Der Morgenstern. Der Letzte, der noch am Himmel sichtbar ist. *Komm*, sagt er und heißt den Sterbenden willkommen. *Komm*.

Jemand schreit. Der Schrei ihrer Schwester holt sie zurück. Sie zittert, die Männer brüllen, die Pferde bäumen sich auf, es riecht nach Pferdepisse und Carlos ist tot. Er atmet nicht mehr, seine Augen sind himmelwärts verdreht. Sie zerrt an ihrer Schwester und sagt ihr, sie solle laufen, *jetzt!*

Sie ist stark, irgendwie ist sie stark genug, ihre Schwester auf die Beine zu ziehen und vor sich herzuschieben, sie Haken schlagen zu lassen wie der Hase, dem sie folgen müssen. Aber Maria-Luisa ist nicht in ihrem Körper – sie ist immer noch bei Carlos, liegt immer noch auf ihm, hebt immer noch seinen Arm –, und sie stolpert und stürzt. Das Mädchen hört den Knochen brechen, das Schmerzensgeheul ihrer Schwester.

Das Mädchen ist sofort bei ihr, beugt sich über sie und weiß, sie haben nicht viel Zeit. Die Soldaten werden jeden Moment hier sein. Sie greift nach der Hand ihrer Schwester und wartet auf den Duft der Blumen. Aber nichts passiert. Stattdessen sind die Soldaten plötzlich da, der raue Stoff ihrer Uniformen. Ihre Ausdünstungen nach gekochtem Fleisch, ihr heißer Atem. Sie packen die Mädchen und fesseln sie mit Seilen. Werfen sie auf die Rücken ihrer Pferde und binden sie fest. Und lassen Carlos einfach liegen.

Sie werden den Berg hinuntergebracht, aber nicht zurück ins Dorf. Stattdessen bringen die Soldaten sie in das Pueblo an der Bahnstrecke und sperren sie ein. Die Mädchen sitzen in einer Zelle und schlingen die Arme um die Knie. Sie sprechen kein Wort. Manchmal schluchzt Maria-Luisa vor Kummer und Schmerz laut auf oder ruft seinen Namen. Ihr Rock ist von seinem Blut scharlachrot verfärbt.

»Kleiner Schatten! Kleiner Schatten!«

Ihre Schwester ruft nach ihr. Das Mädchen öffnet die Augen und ist vom grellen Morgenlicht geblendet. Maria-Luisa hat die Augen weit aufgerissen und atmet schnell – und das Herz des Mädchens klopft aufgeregt. Die Schwester ist endlich zu sich gekommen. Vielleicht verliert das Gift seine Wirkung, vielleicht ist dies das Heilmittel, das sie die ganze Zeit gesucht hat.

Sie begutachtet Maria-Luisas Wunde, aber sie ist noch da und sieht unverändert schlimm aus. Es hat nicht geklappt, denkt sie. Was immer sie sich gewünscht, was immer sie sich vorgestellt hat, um ihre Schwester zu heilen, es hat nicht geklappt.

»Nein«, sagt Maria-Luisa da, »*sieh* mal. Da hinten.«

Das Mädchen schaut in die Richtung, die Maria-Luisa ihr weist, und erblickt einen Felsen, der auf ihrer Seite des Schiffs aus dem Wasser aufragt. Er erinnert an ein Gesicht, ein Gesicht mit tiefen Augenhöhlen und einer gezackten Zahnreihe an der Unterkante.

»Kleiner Schatten.« Maria-Luisa zieht sie an sich. »Hör gut zu«, sagt sie, »wir müssen springen.«

Alles an ihr scheint zu glühen, innerlich wie äußerlich: ihre Augen, ihre Haut, ihre Hände, ihr Herz. Das Fieber ihrer Schwester ist noch gestiegen.

Das Mädchen sieht zu dem Felsen hinüber. Er riecht salzig und intensiv, dunkelgrünes Wasser klatscht schlürfend gegen seinen Sockel, über den Krebse kriechen, und auf seiner Spitze sitzen kreischende Vögel. Der Fels ist zerklüftet, da ist keine Stelle, an der man hinaufklettern könnte.

»Nein«, sagt sie und macht sich los. »Dann sterben wir.«

»Vor allem werden wir sterben, wenn wir auf diesem Schiff bleiben, Kleiner Schatten. Du hast selbst gehört, was der Mann erzählt hat. Sobald wir von Bord gegangen sind, werden sie uns durchs Gebirge marschieren lassen, und das schaffe ich nicht. Du weißt, dass ich das nicht schaffe.«

»Wir werden eine Lösung finden.«

»Welche Lösung?«, fragt Maria-Luisa und nimmt sie bei den Schultern. »Sag es mir. Welche?«

»Du hast Fieber«, sagt sie. »Du bist krank.«

»Sag mir, welche Lösung, und ich bleibe.«

»Wir werden eine finden …«, sagt das Mädchen, aber ihre Worte klingen wenig überzeugend – sie glaubt sie ja nicht einmal selbst.

»Hilf mir«, sagt Maria-Luisa.

Das Schiff fährt jetzt einen Bogen und nimmt Kurs aufs Ufer. Niemand beachtet sie. Alle sind mit sich selbst beschäftigt, mit ihren Habseligkeiten und ihren Kindern. Wenn sie jetzt springen, wenn sie sich jetzt von der Reling ins Wasser gleiten lassen, wird niemand etwas bemerken. Niemand würde es sehen.

Von der Bordwand des Schiffs trennen sie nur ein paar Handbreit. Langsam dreht sich Maria-Luisa zur Reling um. Langsam schiebt sie die Beine hinüber. Ihre Schwester tut es ihr gleich. Nun sitzen sie Seite an Seite, mit baumelnden Beinen und wehenden Röcken. So kann das Mädchen die Wunde ihrer Schwester nicht sehen, es ist, als wäre sie gar nicht verletzt. Als wäre das Gift nicht mehr da.

»Hilf uns«, sagt Maria-Luisa zum Himmel, zum Wasser, zum Felsen.

Das Mädchen fühlt die warme Bordwand, als hätte auch das Schiff Fieber, und die heiße Gischt des schaumig aufgewühlten Wassers. Sie weiß, dass das Schiff das Wasser verwirbelt, weit unter der Oberfläche, und dass sie, wenn sie springen, in möglichst großem Abstand landen müssen. Aber sie weiß auch, dass dort im Wasser Leben ist, Delfine und Wale und auch Surem, ihre verzauberten Ahnen; vielleicht haben sie Maria-Luisa gehört. Vielleicht werden sie ihnen helfen.

Und als hätte sie ihre Gedanken gehört, nimmt Maria-Luisa ihre Hand. »Sieh mal«, sagt sie. »Ein Adler. Kannst du ihn erkennen?«

Das Gesicht des Felsens hat sich abermals verändert und der Magen des Mädchens krampft sich zusammen, denn Maria-Luisa hat recht: Nun zeigt es den Kopf eines Adlers mit stolzem, gen Norden weisendem Schnabel.

»Der Adler wird uns beschützen«, sagt Maria-Luisa. Ihre Worte klingen überzeugend, so überzeugend, als könnten sie extra für sie einen Zugang in den Fels schlagen. »Sieh mich an«, sagt sie. »Sieh mir ins Gesicht. Es waren zwei Schwestern, weißt du noch?«

Das Mädchen nickt.

»Sie sind ins Meer getaucht, weißt du noch?«

»Ja.«

»Das Meer hat sie gelehrt, den Baum zu verstehen, die Zukunft zu sehen und zu wissen, was passieren wird … weißt du noch?«

Ihr wird flau im Magen, aber sie fühlt sich leicht, so unglaublich leicht.

Sie fragt sich, ob dies die letzten Sekunden ihres Lebens sind. Das stampfende Schiff, das blaugrüne Wasser, das Sonnenlicht, der Fels.

»Sieh nur mich an.«

Das Mädchen sieht Maria-Luisa an. Sie nimmt nichts mehr wahr als ihre schöne Schwester.

»Jetzt«, sagt Maria-Luisa.

Das Mädchen spürt, wie die Luft ihnen entgegenschlägt, sie wartet auf den Aufprall auf dem Wasser, aber sie fällt nicht. Sie wird gezogen – eine große Macht reißt sie zurück ins Schiff.

»Nein«, sagt die Macht. »Nein.«

Hinter ihnen steht der hochgewachsene Vater.

Er hält sie fest, eine in jedem Arm.

Sie strampeln und treten, aber er lässt nicht los.

»Bleibt, kleine Schwestern«, sagt er. »Bleibt hier.«

DER LEUTNANT
1775

»Señor!«

Der Galizier ruft vom Vorderdeck.

»Ja?« Der Kapitänleutnant steht mit gespreizten Händen am Heck und prüft den Wind.

»Sie sollten rüberkommen und sich das ansehen.«

»Nicht jetzt.« Ganz langsam dreht er sich andeutungsweise nach Osten und wieder zurück, dann andeutungsweise nach Norden. Immer gibt es diesen einen Moment, wenn man an der eigenen Wahrnehmung zweifelt und fürchtet, man bilde sich den ersehnten Wind nur ein, aber nein – da ist er. Der Kapitänleutnant beugt sich vor und trägt ins Logbuch ein:

Achtzehn Uhr, Wind NNO. Klare Sicht.

»Señor!«

Er legt den Bleistift hin. Keine dreißig Schritte, und schon hat er das Deck der *Sonora* überquert und sich neben den jungen Galizier gestellt, der sich ein Fernrohr ans Auge drückt.

Der Kapitänleutnant tut es ihm gleich und nimmt die Insel ins Visier, strenggenommen keine Insel, sondern eher eine Landzunge, die sich um die Mündung des Grande de Santiago krümmt. Dahinter ragt der eben noch sichtbare, gut fünfzig Meter hohe Hügel mit der Contaduría aus der flachen Ebene auf. Die zuckende Flagge am Fahnenmast bestätigt die Windrichtung, die Abendsonne funkelt auf den Kanonen.

»Was gibt es denn zu sehen?«

»Kapitänleutnant Manrique.«

»Manrique? Wo?«

»Im Wasser, Señor. Neben dem Felsen.«

Er richtet sein Fernrohr auf den Felsen, eine eigenartige,

weiße Klippe, neben der sie seit drei Tagen vor Anker liegen. Aus den meisten Richtungen bietet sie ein unscheinbares Bild, aber nun, da er den Blick gen Nordnordwest richtet, erinnert sie auf unheimliche Weise an das Antlitz des Herrn – weiße Robe, wie zur Einkehr niedergeschlagene Augen und in spanischer Manier gestutzter Bart, dessen Spitze sich dunkel im Wasser verjüngt.

Und da ist Miguel. Sein Kopf ragt knapp aus den Wellen, seine Arme heben und senken sich beim Schwimmen. Auf der Wasseroberfläche dümpeln Gegenstände. Der Kapitänleutnant kneift die Augen zusammen. Die Flut trägt alle Arten von Treibgut an den Felsen, nicht zuletzt die pflanzlichen, tierischen und menschlichen Abfälle von den Schiffen, doch durch das Fernrohr ist klar erkennbar, dass es sich diesmal um Kürbisschalen und Kerzen handelt. Wahrscheinlich waren in der vergangenen Nacht wieder Indios am Strand und haben Opfergaben ins Wasser gesetzt.

Unter dem Blick der Männer erreicht Miguel die Nordseite des Felsens, wo eine kleine Ausbuchtung ins Wasser ragt. Er zieht sich daran empor und richtet sich dann kniend auf. Sein nackter, brauner Oberkörper glänzt vor Nässe. Er drückt sich das Wasser aus den Haaren, bindet sie zusammen und bückt sich dann, um etwas aus dem Meer zu fischen. Was es ist, lässt sich aufgrund seiner Körperhaltung und der großen Entfernung nicht erkennen.

Und dann richtet er sich wieder auf und breitet die Arme aus wie zum Gebet. Anscheinend meint er den Felsen; fast sieht es aus, als flehe er ihn an.

Er wirkt wie ein Schauspieler auf einer Theaterbühne, aber das hier ist keine Aufführung. Ganz offensichtlich weiß er nicht, dass ihm jemand zuschaut.

»Was in Gottes Namen tut er da?«, fragt der Galizier.

Der Kapitänleutnant schweigt, zumindest fürs Erste. Wie er inzwischen gelernt hat, funktioniert Macht – oder zumindest eine bestimmte Variante davon – auf diese Weise: Man schweigt einfach ein bisschen länger als das Gegenüber.

Was immer Miguel da tut, es ist besser, wenn er dabei nicht beobachtet wird.

Der Kapitänleutnant richtet das Fernrohr auf die anderen Schiffe. Die *San Carlos*, Miguels Schiff, liegt ihnen am nächsten und ist unbemannt bis auf Cañizares, den jungen Steuermann. Cañizares kann Miguel nicht sehen, weil die Fregatte *Santiago*, das Hauptschiff der Expedition, seine Sicht blockiert. Nicht auszuschließen, dass die auf dem Deck der *Santiago* versammelte Besatzung, immerhin hundertsechzig Männer, ihn entdeckt, doch anscheinend ist auch ihre Sicht teilweise blockiert, diesmal durch den Felsen. Außerdem sind die Männer beschäftigt; sie stehen an und rücken langsam in der Warteschlange vor, um ihre Heuer zu kassieren.

Der Baske, Kommandant ihrer Expedition, sitzt in Galauniform am Kopf der Schlange und überwacht die Auszahlung, wie er alles überwacht: mit arrogantem Ausdruck, einer Mischung aus Hochmut und Ekel, als wäre das unzumutbare Mexiko nur ein Traum und als könnte er jeden Augenblick erwachen und sich in den sauberen Straßen von Bilbao wiederfinden. Neben dem Basken sitzt sein Sekundant, der alte mallorquinische Steuermann Pérez. Sein Gesicht ist noch immer vom Skorbut gezeichnet, den er im vergangenen Jahr überstanden hat.

Der Kapitänleutnant entdeckt seine eigene Besatzung am Ende der Schlange, und auch den Peruaner. Sie sind zu zehnt und damit vollzählig. (Seit sie hier vor Anker liegen, zählt er sie immer wieder durch aus der vagen Befürchtung heraus, sie könnten versuchen, sich abzusetzen.) Die Männer wirken ratlos, und es ist kein Wunder; nur vier von ihnen sind je zur See gefahren.

»Señor ...«

»Ja?«

»Kapitänleutnant Manrique. Sehen Sie.«

Er schwenkt das Fernrohr wieder zu Miguel hinüber, der sich inzwischen vorgebeugt und die Stirn an die pockennarbige, poröse Oberfläche des Felsen gelegt hat. Er schiebt etwas in eine der unzähligen Spalten hinein, dann dreht er sich um, schüttelt sich wie ein Tier und springt ins Wasser.

Wenige Augenblicke später taucht er wieder auf und schwimmt mit mühelosen Zügen zu seinem Schiff zurück.

Der Kapitänleutnant lässt das Fernrohr sinken. Tupft sich mit einem Taschentuch den Schweiß von der Stirn.

»Glauben Sie«, fragt der Galizier in die Stille hinein, »es geht Kapitänleutnant Manrique gut?«

Die Frage fühlt sich an, als bohre sich ein winziges, blindes Wesen durch seine Eingeweide. »Wie meinen Sie das?«, fragt er zurück.

»Nun ... die Männer reden ...«, sagt der Galizier.

»Ach, ja?« Er dreht sich zu seinem Steuermann um. »Was reden sie denn?«

»Sie glauben, Kapitänleutnant Manrique wäre ... verwirrt. Angeblich hat es etwas mit seinem Schiff zu tun. Mit der *San Carlos*. Angeblich ist sie verflucht.«

Der Kapitänleutnant hebt eine Hand. »Bitte, verschonen Sie mich damit.«

Er kennt die Gerüchte, und er hat keine Lust, sie noch einmal zu hören:

Seit ihrer Jungfernfahrt nach Guaymas ist sie verflucht. Die Indios haben einen Wind geschickt und sie hat Schiffbruch erlitten. Als sie zuletzt vor Kalifornien lag, ließ sich der Anker nicht werfen. Fast die gesamte Besatzung ist umgekommen.

»Gestern«, sagt der Galizier, »war ein Matrose von der *San Carlos* hier, um uns Zucker zu bringen. Von ihm haben wir erfahren, dass Kapitänleutnant Manrique sich in seiner Kabine eingeschlossen hat.«

»Ja, und?«

»*Sie* haben wohl keine Vermutung, was ihn belasten könnte?«

Der Kapitänleutnant sieht den Steuermann fragend an.

»Es ist nur so, Señor … ich weiß, dass er Sie neulich begleitet hat. An dem Tag, als Sie die Kiefer für den Mast gesucht haben. Und jetzt frage ich mich, ob es ihm damals schon schlecht ging und ob er sich Ihnen vielleicht anvertraut hat.«

Das blinde Wesen bewegt den Kopf, es sucht das Licht.

Er betrachtet den Steuermann. Seine Jugend, seine wuchtige Stirn. Die kleinen, hellwachen Augen. Er weiß, diesen Augen entgeht nichts.

So wie er nichts zu verbergen hat.

»Ehrlich gesagt bin ich verwundert«, sagt der Kapitänleutnant gedehnt, »dass Sie offenbar nichts Besseres zu tun haben, als hier herumzustehen und Spekulationen über den Gesundheitszustand Ihres Vorgesetzten anzustellen.«

»Ja. Nein, Señor.« Der Ausdruck des Steuermanns verändert sich. Seine Augenlider zucken. Auf einmal wirkt er sehr jung.

»Dem Wind nach zu urteilen werden wir gegen zehn Uhr in See stechen.« Er schiebt das Fernrohr zusammen. »Der Peruaner und die restliche Besatzung werden bald zurück an Bord sein. Sprechen Sie mit dem Proviantmeister, er soll ein Brandyfass anstechen. Alle bekommen eine doppelte Ration, das wird ihre Nerven beruhigen. Bei Sonnenuntergang versammeln wir uns zu meiner Ansprache, und bis dahin möchte ich nicht gestört werden.«

Der Galizier salutiert, überquert das Deck – auf seinen kurzen Beinen sind es vierzig Schritte – und verschwindet durch die Luke.

Der Kapitänleutnant hebt sich abermals das Fernrohr ans Auge und sucht Miguel, der inzwischen die *San Carlos* erreicht hat und gerade dabei ist, an der Strickleiter an Deck zu klettern. Sein Sekundant Cañizares ist bei ihm. Anscheinend ist dort drüben alles in Ordnung, Gott sei Dank.

Miguel war nur schwimmen. Mehr steckte nicht dahinter. Er hat schon als Junge gern im Meer gebadet.

Hoffentlich hat es ihn ein bisschen beruhigt. In den vergangenen Wochen wurden ihre Nerven auf die Zerreißprobe gestellt, denn ihre auf ein Jahr angelegte Expedition ausgerechnet an diesem gottverlassenen Ort auszustatten, erwies sich als echte Sisyphosaufgabe. Alles muss über die Versorgungslinie aus der Hauptstadt herangeschafft werden, über einen schmalen Maultierpfad durchs Gebirge, das zu überqueren mehrere Wochen dauert.

Hier sind Flüche am Werk, keine Frage, und um auf so eine Idee zu kommen, braucht man nicht einmal die Metaphysik zu bemühen. Der ganze Ort ist verflucht und der Hafen kaum mehr als ein von der Verschlammung bedrohter Gezeitenkanal ohne zuverlässige Winde, dafür voller ungesunder Ausdünstungen, Mücken und anderer, kleinerer, noch hartnäckigerer Insekten, die Fieber übertragen und sich jeden Nachmittag auf die unbedeckten Körperstellen der Männer stürzen. Es gibt Spinnen so groß wie Handflächen und Zecken, die sich in den Hodensack bohren, dort vollsaugen und auf das Obszönste anschwellen. Vögel, die die Besatzung mit ihren Schreien wecken, als wollten sie mit jedem neuen Morgen ein Unheil heraufbeschwören.

Und in den vergangenen vier Monaten hat der Kapitänleutnant Inspektor Gálvez, der entschieden hat, ausgerechnet diesen Sumpf zu Neuspaniens westlichem Vorposten zu machen, insgeheim mehr als einmal verflucht.

Aber Gerede über das Übernatürliche wird er trotzdem nicht dulden. Dort liegt Miguels Schiff, die *San Carlos*, das Goldene Vlies, aufgetakelt und startklar in der Sonne. Möglich, dass sein Freund in den vergangenen Wochen von eigenartigen Launen heimgesucht wurde, doch der kräftige Nordostwind wird sie vertreiben, denn der Wind und das Wasser sind Miguels Elemente. Er mag viele Schrullen haben, aber er ist der geborene Seemann.

Drüben auf der *Santiago* wird die Schlange der Wartenden immer kürzer. Der Kapitänleutnant kann sehen, wie der Peruaner die ersten Seeleute in die Boote und zur *Sonora* zurückschickt. Er nimmt eine vertraute Empfindung wahr, eine seltsame Mischung aus Hochgefühl und Unbehagen, die ihn vor jeder Abreise überfällt. In Kürze wird sich die Besatzung an Bord des kleinen Schiffs versammeln und merken, wie begrenzt die Ausweichmöglichkeiten sind. An Deck gibt es kaum Platz, sich zu bewegen, darunter kaum Schutz vor den Wellen und der Kälte. Wenn seine Männer an Bord sind, die Heuer in der Tasche, werden sich diejenigen, die noch nie zur See gefahren sind, verwundert ansehen, sich zu der Küste umdrehen, die sie verlassen haben – die Berge, in denen sie ihr Leben verbracht haben, den Fluss, der sich seit Anbeginn der Zeit ins Meer ergießt, die Bäume, aus denen ihnen reife Mangos und Avocados in den Schoß gefallen sind – und begreifen, dass es nun kein

Zurück mehr gibt. Während der letzten Stunden in der Bucht wird ihnen dämmern, dass sie ihr Zuhause, ihre Feuerstellen, die Gesichter ihrer Kinder, die Leiber ihrer Frauen vielleicht nie wiedersehen werden.

Der Kapitänleutnant ist ein mathematischer Geist, doch die Wahrscheinlichkeit einer sicheren Rückkehr möchte er lieber nicht berechnen. Seiner Erfahrung nach hilft in solchen Fällen vor allem der Brandy.

Er hebt noch einmal die gespreizten Hände. Der Wind hält. Er geht zum Heck, klettert hinunter und ist dankbar für die Dunkelheit, obwohl es im Bauch des Schiffs nicht kühler ist als im Freien und man kaum aufrecht stehen kann, weil die Decke an einigen Stellen keine fünf Fuß hoch ist. Hier unten kann man sich nur in gebeugter Haltung und mit eingezogenem Kopf fortbewegen.

Er fährt mit einer Hand über die Holzwand und tastet nach Unebenheiten und Splittern. Die letzten acht Wochen hat er damit verbracht, das winzige Schiff – vom Heck bis zum Bug misst es keine neun Meter – zu überholen und für den hohen Norden seetauglich zu machen. Er erinnert sich, mit welchem Entsetzen er die *Sonora* zum ersten Mal sah. Sie wurde vor sechs Jahren auf der örtlichen Werft von Einheimischen gebaut, Amateure im Vergleich zu den Bootsbauern von La Coruña oder Havanna, und ist eigentlich für kurze Strecken ausgelegt, nicht länger als die Überfahrt zwischen Guaymas und La Paz; ein Paketschiff, um Post auszuliefern und Leute zu transportieren.

Sie wird ausreichen, hat er sich an jenem ersten Tag mit einer Ruhe eingeredet, die er nicht spürte. *Wir sind Kartographen. Ihr mangelnder Tiefgang wird von Vorteil sein.*

Ihr Tiefgang, alle drei Meter davon, zeigte sich, als sie zwei Monate lang bis auf die Rippen entblößt in der kleinen Werft auf der Seite lag wie ein Tier bei der Schlachtung. Der Kapitän-leutnant ließ Planken ersetzen und den Kiel verstärken und är-gerte sich mit Schiffsbauern herum, die kein Verständnis von Zeit oder Dringlichkeit hatten.

Und dann das quälend lange Warten auf die Crew, Viehtrei-ber und Mangopflücker, die die Gutsbesitzer nur widerwillig und unter der Bedingung gehen ließen, dass sie erst noch die Ernte einbrachten. Es grenzte an Wahnsinn. Dann wiederum schien sich hier am Ende der Welt ein Wahnsinn auf den ande-ren zu türmen.

Als die dann endlich kamen, hatten sie Macheten in der Hand und an den weißen Hosenaufschlägen den roten Staub der Felder. Sie sprachen kaum Spanisch, verstanden nichts von praktischer Navigation und mussten mit vorgehaltener Waffe zusammengetrieben werden.

Sie hassen uns, sagte der Galizier zum Kapitänleutnant, nach-dem sie die Männer auf die Schiffe verteilt hatten.

Sie hassen uns nicht, widersprach der Kapitänleutnant. *Sie sind wie Kinder. Kinder fühlen keinen Hass.*

Tatsächlich? Der junge Galizier schüttelte den Kopf. *Anschei-nend kennen Sie nicht viele Kinder. Als ich ein Kind war, habe ich alle gehasst.*

Weil ihnen die Zeit davonlief, mussten er, der Galizier und der Peruaner die *Sonora* im Beisein der Besatzung auftakeln. Ihre Nerven waren bis zum Bersten gespannt, weil sie wussten, dass jeder Missgriff eine Verzögerung und jeder in diesen Brei-tengraden verbrachte Tag einen zusätzlichen Tag im hohen Nor-den bedeutete; einen Tag näher an den Winterstürmen, einen Tag in größerer Gefahr, fernab der Heimat an einer fremden, gefrorenen Küste Schiffbruch zu erleiden.

Ob die Takelung hält und wie gründlich sie die Lecks abgedichtet und den Rumpf verstärkt haben, wird sich zeigen, wenn sie in das erste Unwetter geraten. Der Kapitänleutnant ist niemals so weit nördlich gesegelt, doch er hat das Horn umrundet und weiß deshalb, was es heißt zu frieren, wenn das Holz sich zusammenzieht und Risse bekommt, während die Finger, die die Risse eigentlich stopfen sollen, schwarz anschwellen und nichts mehr greifen und halten können.

In den Regalen und Säcken befindet sich ein kompletter Jahresvorrat an Lebensmitteln: gedörrtes Rindfleisch, getrockneter Fisch, Schiffszwieback, eine halbe Tonne Schmalz, Bohnen, Reis, Weizen, Linsen, Zwiebeln, Käse, Chilischoten, Salz, Essig, Zucker, Schweinefleisch, Zimt, Nelken, Safran, Pfeffer, Schokolade, Brandy, Wein, Obst und Gemüse. Das Trinkwasser reicht für vier Monate. Weil sie keine lebendigen Tiere auf die Reise mitnehmen dürfen, wurde das Vieh letzte Woche geschlachtet und in der Sonne zum Trocknen ausgelegt – ein Blutbad am Ufer, das den Sand scharlachrot färbte. Die indianischen Besatzungsmitglieder waren gerade erst angekommen und sahen schweigend zu. Nur manchmal traten sie vor, wenn ein Tier in den letzten Zuckungen lag, knieten nieder, tauchten die Finger in das Blut und tupften es sich auf die Stirn und die kleinen mitgebrachten Münzen. Die spanischen Offiziere hielten sich zurück und ließen sie gewähren. Ihre Aufgabe ist es, Kompromisse zu finden, nicht Zwang auszuüben, so hat es der Vizekönig persönlich formuliert. Was sie erwartet, weiß nur Gott.

Sie liegen erst seit drei Tagen in der Bucht vor Anker, und die Schlafkabine dünstet jetzt schon den schweren Geruch von Männern auf engstem Raum aus. Platz für persönliche Habe gibt es keinen, aber unter jeder Koje befindet sich eine Truhe mit Wollkleidung. Sie hoffen darauf, in den höheren Breiten-

graden Pelze von den Indianern zu bekommen; wie der Mallorquiner behauptet, tragen sie die Felle von Seeottern und Wöl-
fen.

Der Kapitänleutnant hört die Stimme des Galiziers, der am
anderen Ende des Schiffs vor dem Proviantmeister steht und
in schnellem Kastilisch Befehle herunterrattert. Der Proviantmeister antwortet leise. Es riecht nach gebratenen Zwiebeln.

Der Galizier ist ein guter Steuermann und gerade mal zwanzig. Auf dem Colegio in Sevilla hat er sich durch Sorgfalt und
Geschicklichkeit hervorgetan.

Ob er ein guter Mann ist, wird sich zeigen.

In Wahrheit bereitet dem Kapitänleutnant nicht nur der
Charakter des Galiziers Sorgen. Seine letzte Expedition liegt
viele Jahre zurück, genauso lange wie seine Krankheit in Guayaquil. Er weiß, wie unbeholfen er wirkt, ganz anders als der läs-
sige Peruaner, der sich ungezwungen neben die Matrosen kniet,
in sanftem Ton mit ihnen spricht, beim Reden gestikuliert und
es stets schafft, ihr Gehör zu finden. Anders als Miguel, der sich
durch einen einzigen Blick lebenslange Loyalitäten sichern
kann. Er weiß, seine Männer halten ihn für arrogant. Nicht so
arrogant wie den Basken, aber dennoch.

Er betritt seine Kabine und schließt die Tür hinter sich.

Es soll ihm egal sein.

Hier zählt nichts als die Vernunft und die exakte Wissenschaft. Er betrachtet seine Instrumente, den Quadranten, den
Sextanten und den Peilkompass, die er während der anstrengenden dreimonatigen Überfahrt von Cádiz sorgfältig bewacht
hat, so wie das Papier für die Seekarten. Das beste, das er finden
konnte, extra aus dem fast zweihundertfünfzig Kilometer ent-
fernten Guadalajara angeliefert.

Die Sonne fällt schräg durch das winzige Bullauge ein und

malt ein gleißend helles Lichtband auf die Karte an der Wand: die einzige existierende Karte von der nördlichen Küste.

Carte réduite de l'océan septenrional, comprise entre l'Asie et l'Amérique. Suivant les découvertes qui ont été faites par les Russes.

Die Karte stammt von Bellin, dem berühmten französischen Kartographen (obwohl der Kapitänleutnant weiß, dass Monsieur Bellin trotz seines legendären Rufs bei den Enzyklopädieschreibern Frankreich nie verlassen hat).

In Wahrheit ist Bellins Werk kaum mehr als die ergänzte und ausgearbeitete Version einer Karte, die er vor über fünfzehn Jahren als Kadett an der Akademie von Cádiz zum ersten Mal sah. Sie zeigt die russischen Entdeckungen aus dem Jahr 1741, als Bering und Tschirikow zum ersten Mal das Meer vor Kamtschatka durchquerten. Bellins Karte ist im besten Fall eine lückenhafte Spekulation, im schlimmsten ein Geflecht aus Fehlinformationen und Lügen der Russen, das sie auf eine falsche Fährte locken soll.

Er sucht ihre Position auf der Karte: einundzwanzig Grad und dreißig Minuten nördlicher Breite, hundertzehn Grad westlich von Paris. In wenigen Stunden wird der Baske das Kommando erteilen, und dann werden die drei Schiffe – die *Santiago*, die *San Carlos* und die *Sonora* – in westlicher Richtung auslaufen und die ganze Nacht hindurch segeln. Sie werden das Cabo San Lucas passieren, Kurs auf Norden nehmen und der kalifornischen Küste bis nach Monterey folgen, wo sich ihre Routen trennen. Miguel wird mit der *San Carlos* vor Ort bleiben, Pater Serra und die Mission versorgen und anschließend in die Bucht von San Francisco einlaufen, um sie zu kartographieren, während der Kapitänleutnant und seine Männer die *Santiago* nach Norden eskortieren werden, über den Rand der bekannten Karte hinaus.

Ihr streng geheimer Auftrag besteht darin, den fünfundsechzigsten Längengrad zu erreichen, an Land zu gehen und das Ritual der Inbesitznahme durchzuführen. Sie werden Holz suchen und ein Kreuz errichten, und dann werden sie am Strand auf und ab gehen und den Text deklamieren, den der Kapitänleutnant auswendig kann:

Im Namen Seiner Majestät König Don Carlos III. ergreife ich als Kapitän dieses Schiffes Besitz von diesem Land, das ich betreten habe und das ich hiermit im Namen der Krone von Kastilien und Leon für immer als Eigentum in Besitz nehme und für Ihren und Ihrer Nachfolger Gebrauch und Nutzen verwende … gemäß der päpstlichen Bulle des Heiligen Römischen Vaters Alexander VI., erlassen am 4. Mai des Jahres 1493.

Die Erklärung wird unterschrieben und in einer mit Pech versiegelten Flasche unter einem Steinhaufen am Fuß des Kreuzes deponiert, wo sie später vielleicht von marodierenden russischen oder britischen Seeleuten gefunden wird, die es gewagt haben, spanischen Boden zu betreten. Anschließend – und hier beginnt für die Besatzung der *Sonora* die eigentliche Arbeit – werden sie zurücksegeln und auf ihrem Weg jede einzelne Bucht und jede Flussmündung vermessen und möglichst akkurat in die Karte eintragen.

In der gesamten spanischen Marine gibt es nur einen Offizier, der eine ähnliche Reise gewagt hat: Pérez, der mallorquinische Steuermann.

Sie haben ihn persönlich am Anleger begrüßt, im November vor vier Monaten, kurz nachdem sie an dem gottverlassenen Außenposten eingetroffen waren. Der Mallorquiner und die wenigen Überlebenden seiner Besatzung waren mit den seltsam krampfhaften Bewegungen von Männern an Land gehumpelt, die zu viel Zeit auf See verbracht haben. Ihre eingefalle nen Gesichter waren vom Hunger gezeichnet, die Zähne locker oder längst aus dem geschwollenen Zahnfleisch herausgefallen. Wie der Mallorquiner berichtete, waren sie gescheitert; nördlich des zweiundvierzigsten Breitengrads hatten die Kälte und der Skorbut sie zur Umkehr gezwungen. Und als wäre so viel Vorsicht (oder Feigheit?) noch nicht genug, konnte Pérez, als der Baske die neuen Karten zu sehen verlangte, nur eine rudimentäre Skizze vorlegen. Der alte Steuermann brachte unzählige Ausreden vor:

Wir hatten kaum einmal einen klaren Himmel.

Wir konnten die Sonne nicht sehen.

Wir konnten die Sterne nicht sehen.

Wir konnten keine Messungen vornehmen.

Es hat pausenlos geregnet.

Der Nebel hat unsere Sicht behindert.

Das Schiff hat geschlingert.

Die Mission war gescheitert, doch der Mallorquiner hatte trotzdem ein Logbuch geführt, denn auf Befehl des Vizekönigs ist jeder Kapitän zum handschriftlichen Protokollieren verpflichtet. Aus diesem Grund weiß der Kapitänleutnant, dass die Küste, der sie entgegensegeln, gebirgig und kalt und neblig und düster ist, dass die dort ansässigen Indianer einen friedlichen Eindruck machen und auf das Perlmutt der Muscheln von Monterey erpicht sind. Dass sie die spanischen Schiffe mit Gesang begrüßt und Federn ins Wasser geworfen haben. Dass sie Seeotter jagen und die Pelze verwerten. Dass sie außergewöhnliche Stoffe weben und lange, schwere, fransige Umhänge, die mythische Monster und unzählige Augen zeigen; Umhänge, deren aufwändige Machart von einer fortgeschrittenen Kultur zeugt, die derjenigen der Indianer von Monterey weit überlegen scheint; Umhänge, die wie befohlen an den Vizekönig geschickt wurden und von dort an den König.

Und nördlich davon? Jenseits der fünfundsechzig Grad?

Kein Spanier ist jemals so weit nach Norden gesegelt.

Die Karte schweigt dazu, beziehungsweise geht ein Lockruf von ihr aus, ein hohes, dünnes Säuseln wie von Eis und Schnee, das weitere, kaum hörbare Geräusche überdeckt – das Zischeln und Flüstern von Ehrgeiz, das Schieben und Drängeln der Großmächte, die an der Nordwestküste aufeinandertreffen.

Da sind die Briten in ihren Marineuniformen, die seit dem Siebenjährigen Krieg über die Kolonie Kanada verfügen und seit zwölf Jahren stetig weiter nach Westen vordringen, immer und wie schon zu den Zeiten von Drake und Cavendish auf der Suche nach dem Hauptgewinn, der Nordwestpassage – einer Meerenge, die den Atlantik mit dem Pazifik verbindet und die beiden Teile der Landkarte zusammenführt.

Da sind die Russen, die auf Geheiß ihrer ehrgeizigen Zarin über die sibirische Steppe aus dem Osten kamen, erst als Jäger und Fallensteller, dann als Wissenschaftler und Astronomen; ihre Schiffe haben das kalte Kamtschatka-Meer überquert und einen unberührten, bis auf ein paar Eingeborene unbewohnten Kontinent vorgefunden. Dem spanischen Botschafter in Sankt Petersburg sind Gerüchte über eben jene Russen zu Ohren gekommen, und er hat sie dem König in Madrid zugetragen. Die Krone musste handeln, hatte sie doch eingesehen, dass ihre Herrschaftsansprüche im Westen während der jahrelangen Auseinandersetzungen mit den Indios in Sonora und den Raubzügen der Apachen noch von ganz anderer, imperialistischer Seite bedroht waren. Was den König wiederum dazu veranlasste, die vier talentiertesten und vielversprechendsten Offiziere der spanischen Armee nach Cádiz zu schicken, damit sie von den besten Kartographen und Hydrographen des Königreichs lernten und mit den besten für Geld erhältlichen Instrumenten ausgestattet wurden. *Die Vier*: der Baske, der Peruaner, Miguel und er selbst.

Der Kapitänleutnant stellt sich vor den quadratischen Mahagonikasten, öffnet den Deckel und nimmt den Sextanten heraus. Ein Prachtstück, gefertigt von (er spricht den Namen nur im Flüsterton aus) Jesse Ramsden aus der Fleet Street. Ein Agent der spanischen Krone hat es inkognito in London erworben und nach Cádiz gebracht, wo der Kapitänleutnant es bei der Abreise von Tofiño persönlich entgegennahm. Jeder der vier Kapitäne hat ein solches Instrument erhalten, die feinste und genaueste Schiffstechnik der Welt, mit der sich ein Winkel bis auf zehn Bogensekunden genau messen lässt.

Der stabile Messingrahmen stellt ein Sechstel eines Kreises dar, fünfundsechzig Grad (ein Grad wird in sechzig Minuten unterteilt, eine Minute in sechzig Sekunden. Die Manifestation der ersten Lektion des Priesters: Die Zeit wird in Entfernung umgerechnet und Entfernung in Zeit). Der Sextant ist so klein, dass er in die rechte Hand des Kapitänleutnants passt, und doch groß genug, um den Himmel zu erfassen, eine Linie von jedem Horizont zu ziehen, sie mit jedem beliebigen Himmelskörper zu triangulieren und durch die entsprechende Längenberechnung anzuzeigen, wo auf dem riesigen, gesichtslosen Ozean man sich gerade befindet.

Wenn man die richtige Frage stellt und die richtige Gleichung löst, findet man immer einen Weg aus der Dunkelheit.

Das weiß er, seit der Priester ihn in Osuna mit auf die Terrasse nahm und in den strahlenden Himmel über seinem Kopf zeigte.

Osuna in Andalusien, eine kleine Stadt inmitten einer riesigen Ebene, fünfzig Kilometer von der Küste entfernt.

Sein Vater war ein Adliger, der von seinen Ländereien lebte. Seine Mutter hat er nie kennengelernt, denn sie starb bei seiner Geburt – eine Leerstelle dort, wo eine Frau hätte sein sollen.

Seine Kindheit verbrachte er meistenteils allein; er war ein einsamer Junge in zu großen Zimmern. Er weiß bis heute nicht, ob sein distanzierter, wortkarger Vater grausam war oder unglücklich oder beides. Manchmal schlug sein Vater ihn, nicht oft und scheinbar immer ohne Grund. Und selbst dann schwieg er. Der Junge lernte, erst lautlos zu weinen und dann gar nicht mehr.

Das einzig wirkliche Geräusch im Haus war das Ticken der Uhren. In jedem Zimmer gab es eine, täglich aufgezogen von Dienern, deren Aufgabe es war, möglichst unsichtbar zu bleiben. Manchmal wurde der Junge mitten in der Nacht wach und glaubte, eine Frau weinen zu hören. Die Laute kamen aus dem Zimmer, in dem seine Mutter gestorben war. Sein Geburtszimmer. Doch die Tür blieb stets verschlossen.

Verschiedene Dienstboten wurden dafür bezahlt, dass sie ihm zu essen gaben, ihn einkleideten und unterrichteten. Im Alter von acht Jahren bekam er einen Privatlehrer, einen Jesuiten aus dem Ort, der zu ihm nach Hause kam. Sein Vater zeigte wenig Interesse am Lehrplan, und so konnte der junge Priester frei entscheiden, was er seinem Zögling beibrachte. Zuerst unterrichtete er ihn in Französisch, denn *wer Französisch lernt, lernt etwas über die Welt*, und sobald das Französisch des Jungen gut genug war, unterrichtete er ihn ausschließlich in dieser Sprache. Er unterrichtete ihn in Griechisch und Latein, Botanik und Mathematik. Im Fach Geometrie lasen sie die *Elemente* von Euklid. Auf die Geometrie freute der Junge sich immer am meisten. Wenn die Lösung einer Gleichung sich abzeichnete, verband er dies mit einer ganz besonderen körperlichen Empfindung, einem Gefühl der Stimmigkeit und Zugehörigkeit, als drehte sich ein Schlüssel reibungslos in einem Schloss.

Der Pfarrer war Amateurastronom. Eines Nachts, als der Junge elf Jahre alt war, nahm er ihn mit nach draußen auf die Terrasse, wo er ein Teleskop platziert und auf die Milchstraße ausgerichtet hatte.

»Oh«, staunte der Junge beim Blick hinein – denn etwas Schöneres hatte er nie gesehen. Er nahm die Sterne wahr wie Nadelstiche, winzige Löcher im Gewebe der Nacht, die eine strahlende Welt dahinter erahnen ließen. »Ist meine Mutter dort? Im Licht hinter der Dunkelheit?«

»Deine Mutter?«, fragte der Priester verwundert. »Nein, deine Mutter ist im Himmel.«

»Aber ist das denn nicht der Himmel? Das Licht hinter der Dunkelheit?«

»Dort gibt es kein Licht. Hinter der Dunkelheit befindet sich nur noch mehr Dunkelheit. Jeder Lichtpunkt, jeder Stern, den du siehst, ist eine Sonne, manche davon größer als die unsere. Das Wissen«, erklärte der Priester, »stelle ich mir ganz ähnlich vor. Es erhellt die Dunkelheit. Wir alle sind Sterne, und allein unser Wissen bestimmt, wie hell wir strahlen.«

Der Priester erzählte ihm von Galilei, von Newton und von einem Universum, das sich bewegt wie ein Uhrwerk. Er zeigte ihm, dass die Erde sich innerhalb einer Stunde um fünfzehn Grad dreht. Der junge Priester sprach im Brustton der Überzeugung, die Worte kamen ihm ganz natürlich über die Lippen und sein Glaube war so unerschütterlich, dass der Junge etwas begriff: In den Berechnungen zeigte sich das Antlitz eines göttlichen Uhrmachers, der über seine unendlich raffinierte Schöpfung wachte. Zum ersten Mal erlebte der Junge eine Offenbarung, und er fühlte sich getröstet. Es gab keinen Zufall, nichts blieb der Willkür überlassen, und alles in der Welt, jeder Teil davon, gehorchte seinem eigenen Naturgesetz. Plötzlich fühlte der Junge sich weniger allein, und das Ticken der Uhren im Haus war nicht mehr das Maß seiner Einsamkeit, sondern in Wahrheit der Herzschlag Gottes.

Danach sammelte der Junge all seinen Mut zusammen und bat um ein Teleskop, und zu seiner Überraschung willigte der Vater ein. Vielleicht war er froh, dass sein Sohn eine Beschäftigung gefunden hatte. Der Pfarrer zeigte ihm, wie er das Objektiv auf den Jupiter ausrichten und dessen Monde erkennen konnte, vier leuchtende Scheiben. Er lehrte ihn, danach Ausschau zu halten und geduldig zu warten, und als sie sich zeigten, erklärte der Priester ihm dort auf der Terrasse seines Elternhauses in Andalusien, wie er ihr Erscheinen und ihre Verdunklung notieren, in einer Tabelle darstellen und mit etwas Ausdauer und Geschick ihre Position auf der Karte bestimmen konnte.

Der Junge verbrachte viele Stunden im Freien. Die kurzen Sommernächte dufteten nach Mandeln, Orangen und Thymian, in den langen Winternächten gefror sein Atem zu Kristallen in der Luft. Manchmal leistete der Priester ihm Gesellschaft, aber meistens war er allein. Der Junge hielt alles akribisch in seinem Tagebuch fest und verbrachte viele Stunden damit, auf die Ankunft der Jupitermonde zu warten. Und jedes Mal, wenn sie sich zeigten – wie er es erwartet hatte, wie es sein sollte –, ergriff ihn dasselbe Gefühl. Sie waren berechenbar, auf sie war Verlass, und so wurden die leuchtenden Scheiben zu seinen Begleitern.

Als er dem Knabenalter entwachsen war, fasste er den Plan, wie sein Lehrer als Geistlicher zu leben. Das Priesterseminar war nicht weit entfernt. Er müsste einfach nur seine Sachen packen, das unglückliche Haus verlassen und ein paar Kilometer durchs Tal laufen. Sein Fernrohr könnte er mitnehmen. Er könnte sein Leben zwischen Büchern und Instrumenten verbringen, und in der tiefen Überzeugung, dass Wissenschaft und Glaube sich nicht ausschlossen, sondern einander ergänzen konnten.

Doch sein Vater hatte andere Pläne, und im Alter von dreizehn Jahren wurde er an der Marineakademie von Cádiz angemeldet.

Zum Abschied gab der Priester ihm ein Buch: seine persönliche Ausgabe von Euklids *Elementen*, ins Französische übersetzt und in weiches Ziegenleder gebunden. Das Geschenk war so großzügig, dass der Junge verstummte.

Er hätte sich gewünscht, dass sein Vater ihn nach Cádiz begleitete, doch der Vater wurde geschäftlich in Granada aufgehalten, und so brachte ihn am Ende ein Diener des Hauses und setzte ihn mitsamt seinem Koffer auf den Stufen der Akademie ab.

Der Junge hasste die Stadt auf Anhieb: den Wind vom Meer, der unablässig wehte und trotzdem nichts gegen den Fäkaliengestank in den engen Gassen ausrichten konnte; die Rattenscharen; das Gefühl von zu viel Leben auf beengtem Raum. Auch die Akademie, wo er sich mit zwanzig anderen Jungen einen Schlafsaal teilen musste, hasste er. Er konnte nicht verstehen, warum die unangenehme Nähe die anderen so glücklich machte. Er sah, wie sie miteinander umgingen, und musste sich eingestehen, dass er keine Ahnung hatte, wie er sich verhalten sollte. Er kannte weder ihres Codes noch ihre Spiele, ihren beißenden Körpergeruch, ihre Ausdrucksweise, ihr Gerangel, das jederzeit in Gewalt umschlagen konnte, oder ihre spielerischen und echten Kämpfe, und schon gar nicht kannte er die unberechenbaren Veränderungen ihrer Körper sowie die seines eigenen, der sich anscheinend darauf vorbereitete, ein finsteres, bei seiner Geburt gegebenes Versprechen einzulösen.

So lange kannten sie sich also schon, *die Vier*; sie waren zusammen zur Schule gegangen.

Der Baske: Spross einer alteingesessenen Familie aus dem Norden. Attraktiv. Arrogant. Sein Humor war verletzend und er selbst der geborene Tyrann. Er war erst vierzehn, trug aber schon einen Bart und hielt sich für den nächsten Cortés.

Der Peruaner: still, sanft, entschlossen. Ehrgeizig. Der Baske lachte ihn aus, weil er in Lima auf die Welt gekommen und ein Kreole war.

Und dann Miguel: schlank und dunkel, ebenfalls ein Andalusier, ebenfalls von adliger Abstammung, die er aber anders als der Baske nicht vor sich hertrug, sondern eher wie einen leichten Umhang. Etwas an Miguel irritierte den Basken, seine Selbstbeherrschung vielleicht, und oft nannte er ihn einen Mauren, wegen seiner Hautfarbe.

»Wer bringt die besten Seefahrer hervor?«, fragte der Baske. »Die Basken oder die Galizier? Die Andalusier oder die Balearen?«

Die Antworten blieben dieselben, wurden nur unterschiedlich ausgeschmückt, und immer waren die Basken die Besten. Die Andalusier waren schmutzig und nicht besser als die Mauren, die Galizier fickten die Schafe, die auf ihrem verregneten Bergland grasten.

Der Baske erzählte gern einen galizischen Witz:

Ein Galizier erfährt, dass seine Frau ihn mit seinem besten Freund betrügt.

Und erschießt seinen Hund.

Der Junge wusste nicht viel, aber er wusste genug, um sich von den anderen fernzuhalten. Er vermisste die Weite seines früheren Lebens, das leere Tal, die allein mit den Sternen verbrachten Nächte. Er vermisste sein Teleskop, das er nicht hatte mitbringen dürfen. Er vermisste die Monde, diese verlässlichen, leuchtenden Scheiben.

Doch eines Tages war es so weit, und die Aufmerksamkeit des Basken richtete sich auf ihn. »He, du. Was liest du da? Immerzu am Lesen.« Er rupfte dem Jungen den Euklid aus den Händen und hielt ihn in die Höhe. Der Baske war mindestens einen halben Kopf größer als er. »*Französisch?* Du verdammter Verräter. Dann müssen wir dich wohl einen Franzmann nennen.«

»Gib es wieder her.«

Der Baske warf es in die Luft. Die Seiten flatterten wie aufgeschreckte Vögel, das Buch fiel zu Boden.

»Nein!« Der Junge stürzte sich darauf, aber der Baske trat es ihm lachend aus der Hand.

»Lass ihn in Ruhe«, sagte Miguel da.

»Misch dich nicht ein.«

»Gib ihm einfach sein Buch zurück und lass ihn in Ruhe.«

Der Baske drehte sich achselzuckend um. Miguel kam herüber, hob das Buch auf und gab es dem Jungen, dann wandte er sich wieder an den Basken.

»Übrigens«, sagte er, »Frankreich ist jetzt unser Verbündeter. Wusstest du das noch nicht?«

Danach achtete er auf Miguel, wann immer er von der Lektüre aufsah. Miguel bewegte sich nicht wie die anderen Jungen, sein Gang war irgendwie leichtfüßiger und er schien es gar nicht nötig zu haben, sich vorzudrängeln oder laut zu werden. Seine Stimme war ruhig und leise. Oft hatte er ein Skizzenbuch dabei. Manchmal beobachtete der Junge ihn aus der Ferne, wie er stirnrunzelnd über das Papier gebeugt dasaß. Die wuchtige Stirn, die ausgeprägten Wangenknochen, das tiefe Grübchen im Kinn, als hätte jemand während seiner Erschaffung einen Daumen hineingedrückt.

Samstagnachmittags hatten sie frei und konnten tun, was sie wollten. Die meisten Kadetten zogen in kleinen Gruppen durch die Straßen oder gingen hinunter an die Promenade, um die Frauen in den von Maultieren gezogenen Kutschen zu begaffen. Meistens schloss der Junge sich ihnen an. Er fand ihre Gesellschaft genauso bedrückend wie die Stadt selbst, wusste aber nicht, wie er sich entziehen sollte. Nur Miguel nahm an keinem dieser Ausflüge teil. Er verschwand und kehrte erst zum Essen wieder zurück, Stunden später und mit gebräunter Haut, verfilztem Haar und Salzwassergeruch. »Wo warst du?«, fragte der Baske dann und verzog höhnisch die Oberlippe.

»Schwimmen.«

»Das Wasser ist dreckig. Es ist voller Scheiße.«

»Nicht, wenn man von den Klippen springt.«

»Wir sollen zur See fahren, nicht drin schwimmen, du Idiot.«

Doch Miguel zuckte nur die Schultern, als perlten die Worte des Basken von ihm ab wie schmutziges Wasser von einem Rücken.

In der Akademie gab es eine hervorragend ausgestattete Bibliothek, wo der Junge so viel Zeit wie möglich verbrachte, vor allem in der Kartensammlung, die bis weit in die Vergangenheit zurückreichte. Juan de la Cosas Weltkarte aus dem Jahr 1500 strotzte nur so vor Zeichnungen: hier die drei Könige bei ihrem Ritt nach Jerusalem, da die Königin von Saba, dort die Gestade einer großen, grünen Masse namens Neue Welt. Auf jeder neuen Karte trat die Küste deutlicher hervor, und die naiven Gestalten verschwanden. Immer genauere Messinstrumente übersetzten die Welt und halfen, sie rational zu erklären und die Geschichten daraus zu tilgen.

Aber es waren nicht die Eroberer, die ihn am meisten faszinierten, nicht Cortés, Pizarro oder Kolumbus, sondern die zeitgenössischen Seefahrer – Aufklärer, Wissenschaftler, Rationalisten. Antonio de Ulloa war an derselben Akademie ausgebildet worden, hatte sich im Alter von neunzehn Jahren der berühmten französischen Äquatormission angeschlossen und acht Jahre lang die Welt umsegelt. Jorge Juan war sein Begleiter gewesen; er hatte nachgewiesen, dass die Erde in der Tat keine Kugel war, sondern an den Polen abgeflacht, und damit Newtons *Principia* bestätigt. Aufgrund ihrer Verdienste waren beide in die Royal Society aufgenommen worden.

Die Kadetten belegten Kurse in Mathematik, Kosmographie, Trigonometrie und Kartographie. Die Rechenaufgaben fand der Junge simpel, meistens löste er sie binnen Minuten. Später dann, in ihrem letzten Ausbildungsjahr, wurden sie von dem berühmten Hydrographen Tofiño unterrichtet. Die Stunden fanden in der gerade erst fertiggestellten Sternwarte statt, die sich durchaus mit den Observatorien von Greenwich und Paris messen konnte. Sie befand sich hoch über der Stadt in einem mittelalterlichen Turm. Hinter der Fensterreihe erstreckte sich der Horizont, und wenn man auf die Galerie trat, konnte man den ganzen Himmel sehen. Dort oben fühlte der Junge sich am wohlsten, in der Schwebe zwischen Himmel und Wasser, hoch über den Straßen der Stadt, deren Schmutz im Gleißen der weißen Türme und goldenen Kuppeln und dem harten Glitzern der Sonne auf dem Meer unterging.

Tofiño war erst siebenundzwanzig und trotzdem Kapitänleutnant, und das schon seit seinem dreiundzwanzigsten Lebensjahr. Er stand in dem Ruf, der beste Kartograph des Königreichs zu sein, und alle versuchten, seine Aufmerksamkeit zu gewinnen. *Um seine Position auf See bestimmen zu können,* lehrte er sie, *muss man zuerst einmal lernen, sie an Land zu bestimmen.*

In der Sternwarte lernten die Kadetten den Umgang mit dem Quadranten, einem zweieinhalb Meter langen, an der Steinmauer befestigten Messinginstrument. Tofiño lehrte sie die Mondmethode: Wie man den Winkel zwischen einem bestimmten Stern und dem Mond misst, wie dessen genaue Position aus den Ephemeriden für diesen bestimmten Meridian hervorgeht, und wie sich über die Abweichung der Tabellen voneinander die geographische Länge bestimmen lässt.

Während die anderen Kadetten Mühe hatten, das grundlegende Konzept zu erfassen, war dem Jungen sofort klar, dass es vor allem auf Genauigkeit ankam, und darauf, immer kleinere Winkel zu bestimmen. Mit der Längenberechnung konnte er sich stundenlang beschäftigen. Zunächst schienen die Zahlen sich zu entziehen und vor ihm zu flüchten, sie erzeugten ein Chaos, einen Wirbelsturm, aber plötzlich waren sie zum Greifen nah, ließen sich zähmen und gaben ihr Geheimnis preis, und ab dann war die Richtung klar und er hatte den Weg nach Hause gefunden.

Die Astronomie, wie er sie mit dem Priester betrieben hatte, war immer nur ein Zeitvertreib gewesen, aber dort bei Tofiño, in Cádiz am Rand des Atlantiks, begriff der Junge, dass es um Macht ging. Zweimal im Jahr liefen aus dem Hafen von Cádiz Flotten aus, die europäische Handelsgüter nach Neuspanien brachten: Wein, Öl und Essig, Pfeffer, Oliven, Rosinen, Mandeln, Nadeln, Scheren, Stahl, Papier, Zinn sowie Leinen aus der Bretagne, Belgien und Frankreich. Die Kadetten beobachteten die Flotte von der Sternwarte aus, dreißig, vierzig oder fünfzig

Schiffe mit militärischer Eskorte, deren Segel wie Tupfen am Horizont standen. Und zweimal im Jahr kehrte eine Flotte zurück und die ganze Stadt stand Kopf. Das Dröhnen der Kirchenglocken, die knallenden Flaggen über den Wachtürmen, die Kaufleute, die sich auf der verzweifelten Suche nach ihren Waren am Anleger drängelten, dazu überall mit Schmuck behangene Frauen in leuchtenden Röcken, als hätte die Stadt sie plötzlich hervorgebracht, und über dem ganzen lautstarken Treiben in den Straßen schwebte das Gefühl, dass die Stadt nur für Momente wie diesen lebte.

Nach dem Unterricht rannten die Kadetten zu den Schiffen hinunter und schauten zu, wie Steige um Steige gelöscht wurde, Silber und Gold, Indigo, Karmin, Kakao, Tabak, Zucker, Kupfer, Porzellan und Seide aus China. Schätze aus der halben Welt trafen in Cádiz ein, und zu verdanken hatten sie das alles nur den mathematischen Kenntnissen der Seeleute, die diese Reichtümer nach Hause geschafft hatten.

Der Junge blieb nie lange am Hafen. Die Güter erschienen ihm zu schwer, zu *materiell*, vom Handel besudelt. Er wollte nicht ihretwegen segeln.

Meistens verabschiedete er sich irgendwann von den anderen und ging zur Akademie zurück in dem Wissen, dass er dort allein sein würde und sich in eine stille Ecke zurückziehen und ungestört lernen konnte.

An einem heißen Sommernachmittag, als die Flotte gerade im Hafen lag, bog der Junge auf dem Rückweg zur Akademie um eine Ecke und entdeckte Miguel. Er saß zusammen mit ein paar anderen im Schatten eines Lagerhauses. Sie ließen eine Weinflasche herumgehen und spielten mit abgegriffenen Karten. Der Junge starrte sie an. Es waren vier: Miguel, zwei andere Jungs – einer davon ein barfüßiger Schwarzer – und ein Mädchen. Miguel trug ein schlichtes Hemd und eine Hose, nichts wies auf seinen Rang hin. Auch er war barfuß.

Der Junge wich in einen Torbogen zurück, sich selbst und auch Miguel zuliebe, denn in so einer Situation wollte wohl niemand erwischt werden. Man hatte ihnen eingebläut, dass sie, wann immer sie in der Stadt unterwegs waren, die Akademie und somit den König repräsentierten. Er linste mit klopfendem Herzen um die Ecke. War das Mädchen Miguels Freundin? Sie saß neben ihm und hatte sich die Sandalen abgestreift, unter ihrem Rock war eine schlanke braune Wade zu sehen. Ihr langes Haar war offen und wurde von einem dünnen Tuch zurückgehalten. Sie saßen so dicht beieinander, dass kaum zu erkennen war, wem welches Glied gehörte. Den Anblick der verschlungenen Beine, schwarze Haut und braune Haut und helle Haut, die einander ohne Rücksicht auf Anstand oder Stellung berührten, fand der Junge unendlich verstörend.

Und da hob Miguel den Kopf, als hätte jemand seinen Namen gerufen.

Dem Jungen stockte das Herz: Miguel stand tatsächlich auf und kam durch die lärmende Straße herüber. »Du bist es«, sagte er.

»Ja. Tut mir leid.«

»Was tut dir leid?«

»Ich …«

»Bist du allein?«

Er nickte.

»Gott sei Dank.« Miguel lächelte, der Wein hatte seine Zähne verfärbt. »Komm, setz dich zu uns«, sagte er.

Nur fünf Worte, und dann wieder diese Berührung, eine leichte, ungezwungene Hand an seinem Arm.

Komm, setz dich zu uns.

Als wäre es so einfach. Als könnte der Junge aus dem Torbogen treten, die heiße, lärmende Straße überqueren und sich in den Schatten setzen, um mit den anderen zu trinken und Karten zu spielen.

»Du trägst keine Uniform«, sagte er mit gepresster Stimme.

Miguel blickte an sich hinunter, als wunderte er sich selbst über das Hemd, die knöchellange Hose, die schmutzigen Füße. »Nein«, sagte er mit einem schiefen Grinsen. »So ist es einfacher.«

Die Freunde riefen schon. Miguel drehte sich um, und der Junge nutzte den Moment, stieß sich von der Mauer ab und ging schnell und hoch erhobenen Hauptes davon, als wäre Miguel nur ein zerlumpter Straßenjunge und keines weiteren Blickes würdig. Doch bei jedem Schritt spürte er seine beengende, viel zu warme Kleidung – die stramm geknöpften Gamaschen, den schweren Gehrock, das verschwitzte Hutband, das im Nacken verknotete Halstuch –, und in dieser Umklammerung wurde ihm plötzlich bewusst, dass er sich immer gedankenlos gefügt hatte. Es war ihm nie in den Sinn gekommen, gegen die Regeln zu verstoßen.

An der nächsten Ecke blieb er stehen und drehte sich noch einmal um, aber Miguel beachtete ihn gar nicht. Er saß schon wieder mit seinen Freunden zusammen und war erst von dieser Sache abgelenkt und dann von jener. Der Junge stellte sich Miguels Leben genau so vor, als Abfolge von Ablenkungen, und jede einzelne davon war eine schimmernde Verlockung, während er selbst nur langsam vorankam. Denn wie sollte man vorankommen, wenn man vorher nicht die eigene Position bestimmte?

Nach der Ausbildung wurde er als Alférez de fragata eingesetzt, als Fähnrich auf einer Fregatte, die eine Handelsflotte in die Karibik eskortierte, und später dann auf Schiffen, die Kriminelle in Gefängnisse am Ende der Welt brachten. Einige seiner Kapitäne waren brutal. Als er zum ersten Mal den Äquator überquerte, wurden ihm und den anderen Novatos die Augen verbunden. Die Matrosen schmierten ihnen Fäkalien ins Gesicht und tauchten ihre Köpfe dreimal unter Wasser. Er war überzeugt, er müsse sterben.

Andere Kapitäne erwiesen sich als verständige Menschen, und wie er bald merkte, gefiel ihm der Alltag auf See: die Glasenuhren, die Wachen, der geregelte Tagesablauf. Und auch die Tatsache, dass man sich, sobald die Lichter der Küste nicht mehr zu erkennen waren, auf der weiten, gleichförmigen Wasseroberfläche orientieren musste, gerade so, als wäre der Ozean ein großes, von Gott entworfenes Rätsel, das der Mensch nun lösen musste.

Er sah Schlachten, und wie Chirurgen menschliche Gliedmaßen abtrennten und offene Wunden mit Teer verschlossen. Manche der Schiffe, auf denen er diente, beförderten Sklaven, die angekettet im Laderaum lagen und zu den Zuckerplantagen von Havanna und den Baumwollplantagen von Louisiana gebracht werden sollten. Wenn ein Sklave starb, warfen sie die Leiche über Bord. Die Schiffe wurden von Haien verfolgt, die das Blut rochen und auf die Leichen warteten.

Im Laufe der Zeit gewöhnte er sich an, nicht hinzusehen. Wenn ihm der Gestank und die Last und das Grauen des menschlichen Lebens zu viel wurden, konnte er einfach den Blick heben, denn die Sterne waren immer da, unveränderlich und geordnet. Er lernte, mit den Ungenauigkeiten der Kompassnadel zurechtzukommen und die Parallaxe zu kompensieren. Er wusste von Tofiño, dass Messungen auf dem Wasser um ein Vielfaches anspruchsvoller waren als auf dem Land, schließlich schwankte und schaukelte der Untergrund selbst an den schönsten Tagen.

Er wurde befördert und genoss bald den Ruf, effizient und versiert zu sein. Die Matrosen schienen ihn zu tolerieren, was nicht hieß, dass sie ihn mochten; aber mehr verlangte er gar nicht.

Und er führte weiterhin Tagebuch und stellte akribische Berechnungen an. Sein Aufstieg setzte sich fort, weiter und weiter.

Doch als er fünfundzwanzig war, kam es zu einer Verirrung und einem Moment der Schwäche. In Guayaquil drängte ihn ein schamloser Kapitän zu einem Bordellbesuch. Das Zimmer stank nach Sperma und Schweiß, er kam als Dritter an die Reihe. Das stumme indianische Mädchen mit dem Mondgesicht kniff die Augen zu und drehte den Kopf zur Seite. Die Kopulation dauerte keine drei Minuten. Später dann Schmerzen beim Wasserlassen, ein brennendes Gefühl, gefolgt von einer Schwellung und von Fieber, das ihn wochenlang ans Bett fesselte. Das Schiff und der Kapitän segelten ohne ihn nach Spanien zurück.

Er wurde von wortkargen Priestern gepflegt, die nach Knoblauch und Hanf rochen. Manchmal saß seine Mutter neben ihm. Er wusste, dass sie es war, denn quer über ihre Brust verlief der Nachthimmel mit Sternen und Milchstraße. Manchmal hielt sie seinen Kopf und tröstete ihn, wenn er weinte. Manchmal war sie von Blut und Eingeweiden bedeckt und streckte die Hände aus, damit er sie rettete. Manchmal stand sein Vater neben dem Bett und blickte kopfschüttelnd auf ihn nieder.

Einmal fand er sich im Haus seines Vaters wieder, wo alle Uhren stehengeblieben waren. Er ging durch die Zimmer, und nichts im Leben hatte ihm je mehr Angst gemacht als diese weiße Stille. Er öffnete die Tür zum Zimmer seiner Mutter. Auf dem Bett lag eine Gestalt. Er näherte sich ihr und berührte ihre Schulter, sie drehte sich um – und da sah er nicht seine Mutter, sondern den jungen Priester. Er war gestorben, erklärte ihm jedoch in heiserem Französisch, dass es keinen Gott gab. Il n'y a rien après – danach nur das Nichts. Kein Licht, gar nichts.

Wenn er bei klarem Bewusstsein war, fürchtete er, allein zu sterben, Tausende Kilometer von seinem Zuhause entfernt, das ihm nie wirklich ein Zuhause gewesen war. Er hatte niemanden auf der Welt, der ihn liebte, niemanden, der ihn je geliebt hatte.

Aber dann wich das Gift aus seinem Blut und er kehrte auf einem Handelsschiff nach Spanien zurück. In seinem geschwächten Zustand ging er nach Osuna, wo er sein altes Kinderzimmer bezog. Er besuchte das Seminar und erfuhr, dass der Priester einen Sommer zuvor an der Pest gestorben war. Vielleicht, dachte er bei sich, stimmte es; vielleicht war ihm der Geistliche im Fieber erschienen, um ihm zu sagen, dass es kein Danach gab, sondern nur das Nichts. Manchmal wachte er nachts auf, bekam keine Luft mehr und griff sich panisch an die Brust. Einmal betrat er das Zimmer seiner Geburt, das Zimmer, in dem seine Mutter gestorben war. An der Wand hing ihr Porträt, und er suchte in ihren Augen nach dem Grund für seine Einsamkeit. Hatte sie ihn berührt, bevor sie starb, hatte sie zu ihm gesprochen?

Eines Morgens, als die Fensterläden das grimmige Sonnenlicht noch draußen hielten, kam sein Vater herein.

»Wie alt bist du jetzt?«

»Sechsundzwanzig.«

»Mit sechsundzwanzig hatte ich ein Kind und eine tote Frau. Was hast du?«

Darauf wusste er keine Antwort.

Er schrieb einen Brief an die Marine. Er schrieb, es gehe ihm gut und er sei bereit, in den Dienst zurückzukehren.

Sein nächster Einsatz führte ihn als Rüstungsoffizier in das Fort von El Ferrol. Galizien war kalt und nass, aber er war froh, an Land zu sein. An Land ließen sich die Messungen so viel leichter vornehmen, das Land entglitt einem nicht. Wie immer schickte er seine Berechnungen an Tofiño, und an einem grauen Morgen im Spätherbst erhielt er einen Antwortbrief aus Cádiz. Er sollte auf Geheiß des Königs zu einer weiterführenden Ausbildung an die Akademie zurückkehren.

Und so trafen sie sich wieder: der Baske, der Peruaner, Miguel und er. *Die Vier.* Ihre letzte Begegnung lag vierzehn Jahre zurück, und jetzt waren sie Männer an die dreißig und nicht mehr jung.

Der Baske – korpulent und cholerisch, immer noch ein brutaler Tyrann – hatte es bis zum Oberleutnant gebracht. Der Peruaner wirkte so ruhig und entschlossen wie früher. Und dann Miguel – ebenfalls Oberleutnant und angeblich der fähigste Offizier der gesamten Armada. Sein vertrautes Profil, die wuchtige Stirn, die ausgeprägten Wangenknochen, das tiefe Grübchen in seinem Kinn. Dieselbe Selbstbeherrschung. Dasselbe Skizzenbuch, immer in Reichweite.

»Du bist es«, sagte Miguel am ersten Tag.

»Ja.«

Du bist es.

Komm, setz dich zu uns.

»Du siehst verändert aus.«

»Wirklich?«

Warum?

Später an dem Abend betrachtete er sich im Spiegel. *Du siehst verändert aus.*

Er sah, dass es stimmte – die Welt hatte ihn gezeichnet. Er war dünner und seine Augen waren argwöhnisch, die Mundwinkel nach unten gezogen. Er hielt die Schultern anders. Er sah seinem Vater verblüffend ähnlich.

Der Baske verlor keine Zeit, alle auf den neuesten Stand zu bringen.

»1493 hat der Papst die Welt in Tordesillas neu aufgeteilt und uns alle Frauen westlich des siebenundvierzigsten Längengrads zugesprochen. Und in den vergangenen vierzehn Jahren sind wir mehr herumgekommen als alle anderen. Also, raus damit – wo bekommt man im Empire den besten Ritt? Wenn die Herren nichts dagegen haben, mache ich den Anfang.« Er klatschte in die Hände. »Die chinesischen Huren in Manila packen einen Schwanz so fest wie ein Schraubstock. Wer ist der Nächste?«

»Ich liebe ein Mädchen aus Lima«, sagte der Peruaner. »Sobald ich wieder zu Hause bin, werden wir heiraten.«

»Ahhhh«, stöhnte der Baske. »Wie langweilig. Was ist mit Ihnen?«, fragte er den Kapitänleutnant. »Immer noch Eunuch?«

Er musste an das mondgesichtige Mädchen denken. An das Gift in ihrem Körper, das in sein Blut gelangt und dort explodiert war.

Er schlug die Augen nieder und betrachtete das Buch in seiner Hand, Jean Chappes *Voyage en Californie*, ein Bericht über den Venustransit von 1769.

»Die Franzosen …«, sagte er. »Ich hatte eine Frau in Paris, die mich mehr gelehrt hat als jede andere.«

»Frankreich zählt nicht, Idiot«, sagte der Baske. »Frankreich ist Frankreich. Als ich zuletzt nachgesehen habe, gehörte es nicht zu Neuspanien.«

»Und Sie?«, fragte er schließlich Miguel.

Aber Miguel zuckte nur die Schultern. »Ich bezahle nicht gern. Ich gehe auf die Jagd.«

»Tja dann … Wer war Ihre letzte Eroberung?«

»Eine Gräfin. Gestern Abend. Sie hat geblutet, aber ich habe sie trotzdem geleckt.«

Der Kapitänleutnant sah das Gesicht des Basken zucken. Seine Arroganz bröckelte – er war übertrumpft worden. »Um Gottes willen, Manrique. Sie sind eine Bestie. Mann, Frau, Tier, Ihnen ist wohl alles egal.«

In der ersten Unterrichtsstunde betrachtete Tofiño, der inzwischen die Akademie leitete, die vier jungen Männer voller Ernst. »Sie haben viel geleistet, andernfalls wären Sie nicht hier. Aber was Sie bis heute erreicht haben, bedeutet gar nichts. Es interessiert mich nicht. Es interessiert weder den Vizekönig noch den König. Uns interessiert nur, was Sie in Zukunft leisten werden.« Er erzählte ihnen von der Entwicklung der Navigationskunst, von den Fortschritten, die die Briten mit dem Marinechronometer gemacht hatten, von der Interpretation der Kompasswerte in Abhängigkeit vom Azimut; aber vor allem sollten sie sich im Umgang mit dem Sextanten üben.

Über ihre nächste Mission erfuhren sie nichts, noch nicht, und so machten sie ein Spiel daraus. *Wo schicken sie uns hin?*

Der Kapitänleutnant beteiligte sich an ihrem Spiel, aber er wusste so gut wie alle anderen, dass eigentlich nur eine Mission infrage kam. Er ging in die Bibliothek, studierte die alten Karten und hörte das Schicksal daraus rufen. Nur eine Abkommandierung verdiente eine solch gründliche Vorbereitung – vermutlich bereitete man sie auf den hohen Norden vor, auf den Ruf des Eises, denn wo sonst fanden sich die größten Leerstellen auf der Karte?

Er teilte sich ein Zimmer mit Miguel. Miguel hatte die Gewohnheiten eines Katers, er verschwand am Abend und kehrte oft erst im Morgengrauen zurück, wenn der Leutnant noch schlief. Manchmal nahm er sein Skizzenbuch mit, manchmal nicht. Eines Abends, Miguel war gerade gegangen, sah der Kapitänleutnant das Buch offen herumliegen. Er nahm es in die Hand und blätterte darin herum. Die Zeichnungen waren offensichtlich noch nicht alt und das Heft in Abschnitte gegliedert. Der erste widmete sich der Naturgeschichte: Skizzen von den hohen Schirmkiefern, die die Küste säumten, von den Salzwiesen bei Ebbe, von Salzkraut, Schlickgras und Strandflieder, und jede Pflanze war bis ins letzte Detail abgebildet. Der mittlere Teil des Buches bestand aus Porträts: Eine alte Frau mit runzliger Haut und fesselndem Blick; in andalusisches Schwarz gekleidet sitzt sie vor ihrer Haustür und stützt das Kinn in die Hand. Einen jungen Fischer, der sich mit nacktem Oberkörper und bis an die Knie aufgerollter Hose über ein Ruderboot beugt.

Als er da im Kerzenschein saß und die Porträts betrachtete, diese mit schwachen, schnellen Strichen gemalten Gesichter, hatte er den Eindruck, lebendige Wesen vor sich zu haben. Sie waren lebendiger, als er sich je gefühlt hatte, und rührten an etwas, was er nie berührt hatte. Im hinteren Teil fanden sich einzelne Skizzen von vielen verschiedenen Frauen, und viele Skizzen von ein und derselben Frau, mal von hinten betrachtet – die lange, flache Ebene ihres Rückens, das über die Schulter fallende Haar – und mal auf dem Rücken liegend – die schweren, zur Seite fallenden Brüste.

Eine Gräfin. Gestern Abend. Sie hat geblutet, aber ich habe sie trotzdem geleckt.

Ganz offensichtlich war es zu Intimitäten gekommen, oder sie standen kurz bevor. Doch die Porträts hatten auch etwas

Zärtliches. Er betrachtete sie wie gebannt und hatte plötzlich eine Ahnung: Falls eine Frau ihn jemals so anschauen würde wie diese Frau den Zeichner, würde vielleicht eine Art Splitter aus ihm herausgezogen, etwas Verborgenes, das sich nach dem Licht sehnt.

Weil er nicht schlafen konnte, saß er wach und arbeitete, bis Miguel viele Stunden später zurückkehrte.

»Woran arbeitest du so spät noch?«, fragte er und legte Hut und Mantel ab. Er roch nach der Stadt und nach der Nacht, eine fremdartige, vielschichtige Duftmischung, die ebenso erregend wie verstörend wirkte.

»Es ist früh«, antwortete der Kapitänleutnant. Draußen vor dem Fenster graute der Morgen.

»Stimmt.«

Miguel beugte sich über seine Schulter und betrachtete das tintengetränkte Papier auf dem Schreibtisch. »Was sind das für Berechnungen?«

Der Kapitänleutnant sah auf die lange Zahlenreihe hinunter. Eben noch hatte er sich gedanklich in ihr bewegt, aber nun erschien sie ihm plötzlich bedeutungslos. Er fand den Zugang nicht mehr.

»Ich versuche, anhand des Abstands zwischen Mond und Venus unseren Längengrad zu berechnen.«

»Aber du weißt den Längengrad doch.« Miguel trat einen Schritt zurück, setzte sich auf die Bettkante und machte sich daran, seine Stiefel aufzuschnüren. »Wir sind in Cádiz.«

»Ja, natürlich.« Er spürte einen Anflug von Gereiztheit. »Es ist nur eine Übung.«

»Und was ist die Lösung?«

»Das weiß ich nicht … Ich habe die Parallaxe und die Lichtbrechung noch nicht korrigiert.«

»So viele Messungen. So viele Berechnungen«, sagte Miguel sanft.

»Ja, und?« Er drehte sich um. Miguel saß hemdsärmelig auf dem Bett.

»Na ja, Kolumbus ist ohne ausgekommen, oder?«

»Kolumbus hat vor dreihundert Jahren gelebt.«

»Ich weiß, aber manchmal glaube ich …«

»Was?«, fragte der Kapitänleutnant.

»Dass man den Körper einer Frau vermessen kann und trotzdem nicht weiß, was sie fühlt, wenn man in sie eindringt.«

Der Kapitänleutnant spürte, wie seine Wangen zu brennen anfingen.

»Ein schwacher Vergleich«, sagte er.

»Warum?«

»Weil wir, wie du genau weißt, hier sind, um das Navigieren zu lernen. Nicht um zu fühlen.«

Im Juni setzten sie die Segel. Kurz vor ihrer Abreise kam ein fünfter Offizier dazu, ein junger galizischer Steuermann, der aufgrund seines Talents und seiner Jugend ausgewählt worden war.

Man klärte sie über ihre Mission auf. Sie würden als Passagiere einer Fregatte nach Vera Cruz segeln und von dort auf dem Landweg bis nach Mexico City weiterreisen. Die Einzelheiten würden sie nach ihrer Ankunft in der Stadt vom Vizekönig erhalten. Jedem Einzelnen von ihnen wurde noch vor dem Auslaufen eine Prämie von fünfhundert Pesos ausgezahlt, angeblich wegen der Reisekosten.

»Du liebe Güte«, sagte der Baske. »Das reicht für eine Menge Huren.«

Von Vera Cruz traten sie die beschwerliche zweimonatige

Reise über furchtbar schlechte Wege nach Mexico City an, wo sie als Gäste des Vizekönigs empfangen wurden. An ihrem letzten Nachmittag wurden sie in seine Privatgemächer gerufen. Sie bildeten einen kleinen Halbkreis, während der Vizekönig vor ihnen stand und zu ihnen sprach. Am Morgen sollten sie zur Westküste aufbrechen, wo sie drei Schiffe erwarteten: die *Santiago*, die *San Carlos* und die *Sonora*. Von dort aus würden sie nach Nordwesten segeln.

Er schärfte ihnen ein, dass bei ihren Reisevorbereitungen Eile geboten war – sie sollten im Februar auslaufen, allerspätestens im März.

Und dann wurden die Posten verteilt. Der Baske: Kommandant der Expedition und Kapitän der Fregatte *Santiago*. Miguel: Kapitän der *San Carlos*. Er selbst übernahm das Kommando auf der *Sonora*, einem Schoner, der die *Santiago* eskortieren sollte.

Am selben Abend lud der Vizekönig sie zu einem verschwenderischen Abendessen ein. Es gab iberischen Schinken, Wein von den Hängen um Málaga und Kerzen, deren Flammen Motten in der Größe von kleinen Vögeln anlockten. Der Kapitänleutnant saß zur Linken eines wohlhabenden Minenbesitzers und seiner Frau, Miguel zu deren Rechten. Die beiden hatten anscheinend beschlossen, all ihre wertvollsten Kleidungsstücke gleichzeitig zu tragen. Der Ehemann trug eine karminrote Weste mit Gold- und Silberflor, in den Haaren der Frau funkelten Edelsteine, an ihren Handgelenken Perlenschnüre und am Ausschnitt ihres Kleides Diamanten. Ihre Schläfe schmückten zwei seidene Schönheitsflecken in Form einer kleinen Sonne und eines Mondes.

»Sie können es wohl kaum erwarten, endlich aufzubrechen?«, fragte der Minenbesitzer bei der Vorspeise.

Er lächelte und sprach mit gedämpfter Stimme weiter: »Sicher sind Sie zur Verschwiegenheit verpflichtet, aber in meinem Fall brauchen Sie keine Rücksicht zu nehmen. Ich weiß ganz genau, warum Sie hier sind. Ich habe dem Vizekönig das Geld für die Schiffe geliehen.«

Er deutete auf den Vizekönig, der gerade mit dem Basken ins Gespräch vertieft war.

»Er würde es niemals zugeben, aber er steht mit einer Million Pesos bei mir in der Kreide. Ich stamme aus Asturien und war der Dritte in der Erbfolge, aber er«, fuhr der Minenbesitzer fort und nickte zum Kopfende des Tisches, »wird mich in den Stand eines Grafen erheben.« Sein Atem stank nach Fleisch und Wein. »Bringen Sie mir was Schönes mit, ja?«

»Was denn?«, fragte der Kapitänleutnant.

Der Minenbesitzer säbelte ein Stück von seinem Rindfleisch ab, spießte es mit der Gabel auf und leckte sich über die Lippen.

»Etwas für meine Frau.« Er legte ihr seine dicken Finger aufs Handgelenk. »Wie ich gehört habe, machen die Russen Jagd auf Seeotter. In Sankt Petersburg tragen alle diese Pelze, und in China bringen sie angeblich ein Vermögen ein. So einen hätte ich gern.«

Miguel lehnte sich vor. »Ist es hier in Mexiko nicht ein bisschen zu warm für einen Pelz?«

Der Mann runzelte die Stirn. Dass man ihm widersprach, war er offenbar nicht gewohnt.

»Den Winter verbringen wir meistens nicht in der Stadt, sondern in den Bergen. Sie kann ihn dort tragen.«

Miguel, der auf der anderen Seite des Paares saß, hob den Kopf, und der Kapitänleutnant fing seinen Blick auf und spürte die Missbilligung des Freundes wie einen dünnen, gespannten Faden.

»Aber natürlich«, sagte Miguel dann plötzlich leichthin und hob lächelnd sein Glas.

Am darauffolgenden Morgen brachen sie auf. Ihnen blieben zwei Wochen, um Hunderte Kilometer per Pferd und Maultier zurückzulegen; und dann die furchtbare, unvergessliche Enttäuschung bei ihrer Ankunft in dieser halbfertigen Stadt aus Holz und Stroh, die sich in der drückenden, stinkenden Hitze in den Windschatten eines Lavabergs kauerte, umgeben von einem Sumpf aus Mangroven, Krokodilen und Gott weiß was noch alles, der sich über weitere Hunderte Kilometer gen Norden erstreckte. Die übereilt zusammengezimmerten Schiffe befanden sich in unterschiedlichen Stadien der Unfertigkeit.

»Mein Gott«, sagte der Baske, als sie am ersten Tag zum Anleger hinunterritten. »Wir sind hier am Arsch des beschissenen Imperiums.«

Er hatte recht.

Doch egal, welchen Schrecken sie an diesem Ort begegnet sind – bald wird sie nur noch der Ozean umgeben.

Der Kapitänleutnant nimmt den Sextanten in die Hand, stellt den Zeigerarm auf die Null, hebt sich das Fernrohr ans Auge, klappt die Schattengläser aus, nimmt die Sonne ins Visier und dreht an der Schraube, bis sich der glühende Himmelskörper langsam, ganz langsam herabsenkt und der untere Rand den Felsen berührt.

Hier legt sich die Zeit (die Bewegung der Sonne) über die Zeitlosigkeit (den leblosen Fels).

Bitte sehr.

Es ist eine Täuschung – die Sonne am Horizont, eingefangen im getönten Glas –, aber eine Täuschung der schönsten Sorte. Kein Mythos, kein Laternenspiel am offenen Feuer, keine aufs

Wasser gesetzten Opfergaben. Sondern eine Täuschung, die den Fortschritt vorantreibt und der Wahrheit dient.

Siehst du, Miguel?

Wir navigieren, indem wir uns auf die Berechnungen verlassen, nicht auf den Instinkt.

Dies ist mein Ritual. Dies ist mein Blutopfer.

Die Genauigkeit unserer Messinstrumente wird uns davor bewahren, an den Klippen zu zerschellen oder von Untiefen überrascht zu werden. Sie werden uns Ruhm bringen, und dann werden sie uns helfen, allen Widrigkeiten zu trotzen und den sicheren Heimweg zu finden.

Er lässt den Sextanten sinken und legt ihn vorsichtig in den Kasten zurück. Es ist Zeit.

Über seinem Kopf kann er die Männer leise lachen hören. Sehr gut. Sie haben eine ordentliche Ration Brandy bekommen.

Schritte, dann ein zögerliches Klopfen, und zuletzt erscheint das Gesicht des Peruaners in der Tür.

»Kapitän?«

»Ja?«

»Die Männer sind oben an Deck. Sie sind bereit für den Segen.«

»Geben Sie mir noch einen Moment.«

Er sucht seine Bibel, verlässt die Kabine und klettert an Deck, wo die Männer schon warten. Der Peruaner, der Galizier, der Koch und zehn Matrosen, vier davon Seeleute, sechs Landarbeiter. Und jetzt wird er diesen zerlumpten Haufen zu einer Mannschaft formen.

Er schlägt die Bibel auf, fährt mit dem Finger über die feuchten Ränder und findet die Seite mit dem Abschnitt, den er früher am Tag markiert hat. Die Sonne geht unter, ein Wind hebt an und er spürt, wie sich die Antwort in seinem Herz zusammensetzt.

Im Abschiednehmen ist er gut, denn im Grunde gab es nie etwas, von dem er sich hätte verabschieden können. Er will nur fort.

Er räuspert sich. »Lasset uns beten.«

Die Männer senken den Kopf.

»Sie sprachen zu ihm: Befrage doch Gott, dass wir erfahren, ob unser Weg, den wir gehen, auch zum Ziel führt. Der Priester antwortete ihnen: Zieht hin in Frieden; euer Weg, den ihr geht, ist dem Herrn vor Augen.«

Während er liest, gewinnt seine Stimme an Festigkeit, und er kann spüren, wie seine Worte bei den Männern verfangen. Die untergehende Sonne berührt ihre Haut, der weiße Fels in ihrem Rücken leuchtet weinrot wie das Antlitz des Herrn.

Und da zerteilt es die Stille wie ein lauter Riss – Kanonenfeuer.

Die Männer lassen sich auf die Planken fallen. Schreie, Verwirrung, Rauch.

Der Galizier fängt sich als Erster. Schnell kriecht er zur Bordwand und zieht sich an der Reling hoch. »Kein feindlicher Angriff«, ruft er. »Das war die *San Carlos*, Señor. Sie hat die rote Flagge gehisst.«

Der Kapitänleutnant eilt an die Bordwand, holt sein Fernrohr heraus und beobachtet, wie die Besatzung der *San Carlos* sich an Deck drängelt. Er sieht, wie Miguels Steuermann Cañizares in ein Ruderboot klettert und den schmalen Streifen Meerwasser zwischen ihnen überwindet.

Kurz darauf ist das Ruderboot in Hörweite und er ruft in seine Richtung. »Gütiger Gott – was ist los, Mann? Was ist passiert?«

»Es ist Manrique«, ruft Cañizares. »Er hat den Verstand verloren. Er wütet.«

»*Was?*«

»Er hat sich in seiner Kabine eingeschlossen. Er ist bewaffnet.«

»Bewaffnet?«

»Mit vier Pistolen, Señor. Er sagt, er wird uns alle töten.«

DER WEISSE FELS

DIES IST DER WESTEN.

Lange Zeit gab es hier nichts als das Wasser, Wasser, das wogte und toste und nur zu sich selbst sprach.

Manchmal war das Wasser ein Adler mit Hirschgeweih.

Manchmal eine lange, doppelköpfige Schlange.

Manchmal ein riesiges Ohr, das der uralten, brackigen Dunkelheit lauschte.

Dann eines Tages schob sich ein Fels aus den Wellen, eine weiße Spitze: das erste solide Ding in der Welt.

Das Wasser warf sich dagegen. Es klatschte, schlug, sog und zog.

Und diese Bewegung, diese Reibung erzeugte Dampf und wurde zu einer Wolke, die als Regen herunterfiel und Leben spendete.

An diesem Ort verliebte sich die Formlosigkeit zum ersten Mal in die Form.

Und so, genau so wurde die Welt geboren, an jenem Ort und zu jener Zeit.

DER LEUTNANT

1775

DER KAPITÄNLEUTNANT KLETTERT AN einem Tau hinunter und springt zu Cañizares in das kleine Boot. Er setzt sich, und der junge Steuermann packt die Ruder und legt sich in die Riemen.

Hinter sich hört er die Rufe von der *Sonora*, und auch den Lärm von der benachbarten *Santiago*. Doch trotzdem scheint eine seltsame Stille sie zu umfangen – so verhält der Schall sich nur nach einem Kanonendonner, wenn der Schlag auf die Ohren alles verzerrt und fern klingen lässt, und zurück bleibt nur ein hohes, dünnes Klingeln, von dem er nicht sagen kann, ob es aus seinem Kopf kommt oder von woanders.

Der Abend dämmert. Der Nordostwind – der Wind, der sie von hier forttragen soll – wird immer stärker. Vielleicht wird das alles mit dem nächsten Blinzeln wieder verschwinden, und er findet sich an Bord wieder, wo er das Gebet beenden, den Anker lichten und Kurs auf Westen nehmen kann.

»Erzählen Sie mir alles«, sagt er zum Steuermann, und sogar seine eigene Stimme klingt vorübergehend fremd. »Schnell. Was ist passiert?«

»Kapitänleutnant Manrique wirkt irgendwie … verwirrt. Seit wir hier vor Anker liegen, hat er die meiste Zeit in seiner Kabine verbracht. Die Tür war immer geschlossen. Die Männer haben ihn reden hören.«

»Mit wem?«

»Mit niemandem.«

»Ich verstehe. Und heute?«, fragt der Kapitänleutnant. »Ich habe ihn durchs Fernrohr gesehen. Er ist zu dem Felsen geschwommen und schien bei bester Gesundheit.«

»Ja. Danach haben wir zusammen einen Rundgang gemacht, und alles war in Ordnung und bereit für die Abreise. Er sagte, er wolle sich kurz zurückziehen, und ist in seine Kabine gegangen. Kurz darauf habe ich Geschrei gehört. Ich bin in seine Kabine gestürmt, und da hat er … er hat mit der Pistole auf meinen Kopf gezielt.«

»Hat er etwas gesagt?«

»Ja.«

»Was?«

»Er sagte: ›Eine für jeden von euch.‹ Und dann hat er geschossen.«

»Du lieber Gott. Hat er Sie verletzt?«

»Nein. Er hat nicht getroffen. Hinter mir waren ein paar Männer, sie haben die Kabine gestürmt und ihn nach einem Handgemenge überwältigt und gefesselt.«

»Wurde jemand verletzt?«

»Kapitänleutnant Manrique vielleicht.«

»Wie schwer?«

»Das weiß ich nicht. Während er gefesselt wurde, hat er geschrien und getobt.«

»Was hat er gesagt?«

»Dass ich mit Ihnen sprechen soll.«

»Mit mir?«

»Ja. Mit Ihnen und niemandem sonst.«

Der Kapitänleutnant setzt sich auf, das Ruderboot schaukelt. »Was ist dann passiert?«

»Ich habe fünf Wachen vor die Tür gestellt. Ich habe den Befehl zu einem Kanonenschuss erteilt, und dann habe ich mich auf die Suche nach Ihnen gemacht.« Der Steuermann sieht ihn an. »Ich weiß, dass Sie befreundet sind, Señor. Vielleicht können Sie ihn ja zur Vernunft bringen.«

Er legt die rechte Hand an die Pistole, spürt die dumpfen, schnellen Schläge seines Herzens. Mit der linken klammert er sich ans Holz. Sie haben die *Santiago* fast schon erreicht. Oben auf dem Deck herrscht große Aufregung, die Männer schreien durcheinander, der Baske brüllt Kommandos. Der Steuermann rudert sie bis in Rufweite, und oben über der Reling erscheint der Kopf des Basken. Er klettert herunter und springt zu ihnen ins Boot. »Schießen Sie los«, sagt er.

»Kapitänleutnant Manrique hatte einen Tobsuchtsanfall«, erzählt Cañizares. »Er hatte vier geladene Pistolen in seiner Kabine. Er hat auf mich geschossen.«

»Wer bewacht ihn jetzt?«

»Fünf meiner Männer.«

»Alle bewaffnet?«

»Ja, Señor.«

»Und Sie?« Der Baske sieht den Kapitänleutnant an und stochert mit einem Finger in die Luft. »Warum sind Sie nicht bei Ihren Leuten?«

»Manrique wollte mit ihm sprechen«, erklärt Cañizares. »Ich wollte …«

»Sie wollten was? Dem Verrückten seinen Wunsch erfüllen?«

»Ich brauche nur etwas Zeit mit ihm«, sagt der Kapitänleutnant. »Ich glaube, ich wäre in der Lage, ihn zur Vernunft zu bringen.«

»Zur *Vernunft*?«, blaffte der Baske ihn an. »Du meine Güte – er hätte einen Kopfschuss verdient!«

»Nicht, solange wir die Ursache seiner Verwirrtheit nicht kennen …«

»*Die Ursache seiner Verwirrtheit?* Er hat versucht, seinen Steuermann zu erschießen und ist ganz eindeutig verrückt geworden.«

»Lassen Sie mich in Ruhe mit ihm sprechen. Ich kann diese Verzögerung genauso wenig gebrauchen wie Sie.«

Der Baske sieht zwischen den Männern hin und her. Sein Gesicht im Licht der Fackeln wirkt angespannt.

»Also gut«, gibt er schließlich nach. »Aber ich will Posten vor der Tür, und danach bringen Sie ihn her. *Unter Bewachung.* Und wir werden unterdessen ein Standgericht vorbereiten.«

»Jawohl.«

Der Baske klettert aus dem Boot, und der Steuermann macht sich daran, sie zur *San Carlos* hinüberzurudern. Als sie näher kommen, hängt ein beißender Geruch nach Schießpulver in der Luft. Auf einmal packt den Steuermann ein Zittern – es beginnt in den Händen und breitet sich von dort über den gesamten Körper aus. Selbst die Ruder beben. »Was ist los, Mann?«

»Es gibt jetzt schon so viele Gerüchte über das Schiff. Die Besatzung war ohnehin nervös«, sagt der Steuermann. »Sie zu beruhigen, wird nicht leicht.«

»Zur Not lässt sich das Problem mit Waffengewalt lösen.«

»Ja.«

»Und reißen Sie sich jetzt ein bisschen zusammen. Beweisen Sie Stärke. Die Männer werden sich an Ihnen orientieren.«

Sie klettern über die Strickleiter an Deck, oben wartet die schweigende Mannschaft. Während sie auf ihrem Weg zur Luke das Deck überqueren, folgen ihnen alle Blicke.

Die Luft im Schiffsrumpf ist stickig, es stinkt nach Schwefel und Scheiße.

Die Kabinentür ist verriegelt und wird von fünf Männern bewacht. Der Steuermann öffnet die Tür, und der Kapitänleutnant hebt seine Pistole.

Anfangs kann er kaum etwas erkennen. Eine einzige, fast

heruntergebrannte Kerze wirft längliche, krumme Schatten in den Raum. Und dort ist Miguel; sein Oberkörper und seine Fußgelenke sind an einen Stuhl gefesselt. Anscheinend hat er sich die Stirn aufgeschlagen, sein Hemd ist zerrissen und sein Gesicht voller Schrammen. Das eine Auge ist zugeschwollen und violett, am weißen Hemdstoff leuchtet ein dunkler Blutfleck. Auf dem Tisch vor ihm liegen vier Pistolen.

In der beengten Kabine nimmt der Kapitänleutnant den Geruch von verbranntem Papier und fettigem Kerzentalg wahr, und auf einmal schält sich etwas Außergewöhnliches, Unerwartetes aus der Dunkelheit heraus. Die Wände sind von unzähligen Zeichnungen bedeckt. Auf den ersten Blick vermitteln sie nichts als Unordnung und Chaos, aber nach längerem Hinsehen merkt er zu seinem Erstaunen, dass sie alle dasselbe zeigen: den weißen Fels. Aus der Perspektive der *San Carlos* hat Miguel ihn dargestellt wie ein Monster, allerdings als leidendes Monster mit verzerrtem Gesicht und dunklen Furchen statt Augen. Daneben die Perspektive, die das Gesicht des Herrn zeigt, nicht gütig, sondern kummervoll und düster. Und daneben eine weitere Skizze, und noch eine und noch eine – zwanzig, dreißig Ansichten des immer selben Felsens.

Dem Kapitänleutnant drängt sich ein Gefühl auf, das überhaupt keinen Sinn ergibt, aber zwingend erscheint, als würde er hier in dieser Kabine mit etwas konfrontiert, wovor er sein Leben lang davongelaufen ist.

Er versucht, sich zu sammeln, und dreht sich zu Cañizares um. »Lassen Sie uns allein, und ziehen Sie Ihre Männer von der Tür ab.«

»Aber der Baske hat gesagt …«

Er wartet. Er zählt. Er spricht so ruhig wie möglich.

»Was der Baske gesagt hat, weiß ich, aber Kapitänleutnant

Manrique ist gefesselt. Ich brauche eine halbe Stunde mit ihm, und danach bringen wir ihn wie vereinbart zur *Santiago* hinüber.«

»Ja«, sagt Cañizares und salutiert.

Er hört gemurmelte Befehle und sich entfernende Schritte, und dann sind sie allein.

Der Kapitänleutnant tritt vor eine kleine Anrichte, auf der ein Wasserkrug und mehrere Zinngefäße stehen. Er schenkt sich einen Becher ein, trinkt die warme Flüssigkeit, füllt einen zweiten Becher für Miguel.

Er trägt ihn hinüber und hält ihn Miguel an die Lippen.

Miguel blickt zu ihm auf. »Wenn du meine Hände losbindest«, sagt er, »kann ich selber trinken.«

Als er zögert, spricht Miguel weiter.

»Mein Oberkörper und meine Füße sind fixiert. Ich werde nirgendwo hingehen, bis sie kommen und mich mitnehmen. Und wenn es so weit ist, kann ich mich wahrscheinlich für eine längere Zeit nicht mehr frei bewegen. Bitte, binde meine Hände los, damit ich den Becher selbst halten kann.«

Der Kapitänleutnant geht langsam um den Stuhl herum. Die Fesseln an Miguels Händen sitzen so stramm, dass das Seil ihm in die Haut schneidet. Er löst den Knoten, und für einen langen Augenblick hängen Miguels Arme so schlaff herunter wie ausgekugelt. Der Kapitänleutnant weicht zurück und wartet. Selbst, wenn Miguel um sich schlagen würde, könnte er ihn vom Stuhl aus nicht erreichen.

Er schaut zu, wie Miguel die Arme vor den Körper bewegt – langsam, ganz langsam. Er greift nach dem Wasser, zieht es zu sich heran. Hebt den Becher. Trinkt.

Der Kapitänleutnant betrachtet die Pistolen, zählt sie sicherheitshalber noch einmal durch.

»Welche war für mich?«

»Ich hatte sie niemandem zugeteilt.«

»Dann tu es jetzt.«

Miguel stellt den Becher zurück.

Ein kurzer Blickkontakt, und dann mustert Miguel die Waffen auf dem Tisch. »Die da«, sagt er und nickt zu der kleinen Pistole, die dem Kapitänleutnant am nächsten ist. Der Kapitänleutnant streckt den Arm aus und nimmt sie in die Hand. Ein Griff aus Perlmutt. Er überprüft den Lauf – alle Kammern sind geladen. Dann richtet er die Waffe auf sein Gegenüber. Sie trennt nur der anderthalb Meter breite Tisch.

»Für wen war die vierte?«

»Wie meinst du das?«

»Der Baske, der Peruaner und ich ... Für wen war die vierte, für dich oder für den jungen Galizier?«

»Für den Galizier.«

»Du wolltest also lebend hier rauskommen?«

»Ja.«

»Und was wolltest du dann tun? Nachdem du uns alle erschossen hast?«

»Die Besatzung aufwiegeln.« Miguel spricht mit fester Stimme. »Dazu hätte es nicht viel gebraucht. Sie sind unter Zwang hier. Wir alle wissen, dass ihre Ergebenheit nur auf dem Papier Bestand hat. Ich hätte die Schiffe und alles, was sich darauf befindet, in Brand gesteckt. Ich wäre ans Ufer gerudert und hätte die Werft angezündet. Den Holzplatz. Wir hätten alles niedergebrannt.«

»Und dann?«

»Hätte ich der Welt vom Irrsinn dieser Expedition erzählt. Von unserer kollektiven Sünde.«

»Dem *Irrsinn dieser Expedition*? Und du hast keine Sekunde

lang daran gedacht, dass du derjenige sein würdest, den man für verrückt hält?«

»Doch, vielleicht«, sagt Miguel. »Aber für mich zählt jetzt nur noch, dass ich die Wahrheit spreche.«

Der Kapitänleutnant lässt die Pistole sinken und legt sie auf den Tisch zurück. »Hör mir gut zu.« Er spricht schnell. »Die bereiten gerade ein Standgericht vor.«

»Ja.«

»Du wirst degradiert werden.«

»Ja.«

»Man wird dich deines Postens entheben.«

»Keine Frage.«

»Und dich hinrichten.«

»Vielleicht.«

»Noch ist Zeit. Wenn wir diese Kabine gemeinsam verlassen … wenn du ihnen erklärst, dass es nur ein Krampfanfall war und nicht mehr … die Hitze, die Insekten, die Anstrengungen der letzten Wochen … dann wirst du vielleicht die Erlaubnis bekommen, mit uns zu segeln. Die brauchen dich. *Wir* brauchen dich.«

»Welchen Teil von mir braucht ihr?«

»Meine Güte! Wir brauchen dich als Kapitän dieses Schiffs. Du sollst in die Bucht von San Francisco segeln, sie vermessen, kartographieren und im Namen der Krone in Besitz nehmen. Du sollst *deine Pflicht erfüllen*.«

»Meine Pflicht wem gegenüber?«

»Deinem König. Deinem Land.«

»Ich bin nur meinem Gewissen verpflichtet.«

»Und was sagt dein Gewissen?«

»Es sagt, dass wir uns versündigen.« Beim Sprechen öffnet er die Hände, und da erinnert sich der Kapitänleutnant, wie Miguel früher am Tag auf dem weißen Fels stand – die ausgebreiteten Arme, die flehentliche Haltung. »Ich höre Stimmen. Sie sprechen zu mir. Ich kann sie hören, seit wir hier vor Anker liegen. Vielleicht auch schon länger. Vielleicht höre ich sie seit geraumer Zeit. Und konnte sie früher bloß nicht verstehen.«

»Und was sagen sie, diese *Stimmen*?«

»Dass wir der Fluch sind.«

Der Kapitänleutnant schüttelt den Kopf. »Du redest wirres Zeug. Du bist nicht du selbst. Sobald wir auf hoher See sind, wirst du dich besser fühlen. Wenn erst mal ein frischer Wind durch diese Kabine weht.«

»Nein«, sagt Miguel sanft. »Ich werde nicht mit euch segeln. Ich werde *nie wieder* segeln.«

»Das ist doch verrückt!«

»Für mich ergibt nichts anderes mehr Sinn. Könntest du mir einen Gefallen tun?«

»Welchen?«

»Reich mir mein Skizzenbuch.« Miguel gestikuliert in Richtung seiner Koje, wo das Buch aufgeschlagen liegt. »Bitte.«

Der Kapitänleutnant zögert, aber dann holt er es und legt es auf den Tisch.

»Rück es näher ans Licht, damit du es sehen kannst.«

Der Kapitänleutnant schlägt das Buch im Kerzenschein auf. Es sind nur noch wenige Seiten übrig, die meisten wurden herausgerissen, doch es öffnet sich auf der Seite einer heidnischen Pietà: eine indianische Mutter mit ihrem Sohn.

»Erkennst du sie wieder?«

Der Kapitänleutnant starrt auf das Papier. Er erinnert sich, wie sie ihr Kind gewiegt hat – genau so, unglaublich zärtlich. Wie wütend der Anblick ihn machte.

Er sieht seinen Freund an.

»Bitte«, sagt Miguel. »Sei ehrlich.«

»Was willst du von mir?«

»Ich will, dass du mir von diesem Tag erzählst. *Sie* wollen hören, wie du mir von diesem Tag erzählst.«

Der Kapitänleutnant schiebt das Skizzenbuch von sich. »Hör zu«, zischt er, »bald werden sie dich holen, sie werden dich aus dieser Kabine auf die *Santiago* schleppen, wo gerade das Tribunal vorbereitet wird, und …«

»Dann lass uns die wenige Zeit, die uns noch bleibt, sinnvoll nutzen. Bitte.« Miguel deutet auf den freien Platz. »Willst du dich nicht setzen?«

Der Kapitänleutnant flucht leise vor sich hin, lockert den Knoten seines Halstuchs, zieht den Stuhl heran und setzt sich.

»Danke«, sagt Miguel, und sein Blick ist konzentriert. »Und jetzt erzähl mir alles noch einmal, angefangen beim Holzplatz.«

»Ist das dein Ernst?«, fragt er lachend.

»Ja.«

Der Kapitänleutnant legt die Hände auf die Tischplatte, atmet ein und wieder aus. Ihn beschleicht das seltsame und beunruhigende Gefühl, dass er es ist, der hier vor Gericht steht, nicht Miguel. »Wie ich merkte, war der Mast der *Sonora* verrottet«, sagt er. »Von Holzwürmern befallen. Also habe ich mich auf dem Holzplatz umgesehen, aber die Kiefer, die ich für die Reparatur gebraucht hätte, war dort nicht vorrätig. Sie hatten nur Zedernholz – Zedernholz, so weit das Auge reichte, Bretter und Planken aus Zedernholz, aber keine Kiefer. Ich war … frustriert. Die Zeit wurde knapp.«

»Die Zeit wurde knapp«, wiederholt Miguel sanft. »Ja. Sprich weiter.«

»Der Werftleiter sagte, er warte auf eine Kiefer. Angeblich gab es weiter flussaufwärts einen Kiefernwald, am Fuß des Gebirges. Er hatte eine Gruppe von Indios hingeschickt, um Holz zu schlagen, aber nun waren sie schon seit einer Woche unterwegs. Er sagte, er würde einen Suchtrupp entsenden.«

»Und dann?«

»Ich sagte ihm, dass ich in seinen Suchtrupp kein Vertrauen hätte und selbst losreiten und mir das Holz besorgen würde. Du warst auch dort, in eigener Sache.« Er sah Miguel kurz an. »Du hast mir angeboten, mich zu begleiten. Du sagtest, es täte dir gut, mal rauszukommen. Einen Tagesausflug zu unternehmen. Angeblich hattest du vierzig Tage ohne Pause durchgearbeitet. Du sagtest, deine Mannschaft käme einen Tag ohne dich aus.«

»Das stimmt. Und dann?«

»Am nächsten Tag sind wir aufgebrochen, zu zweit. Wir sind bis ans Ende der Bucht geritten und dann landeinwärts.«

»Nicht so hastig.«

»Was?«

»Immer mit der Ruhe. Erzähl mir genau, wie es war.«

Der Kapitänleutnant schließt kurz die Augen. »Ich kann mich erinnern, wie dicht der Dschungel war und wie langsam wir vorankamen. Irgendwann haben wir die Pferde festgemacht und sind flussaufwärts gerudert.«

»Erinnerst du dich an die Vögel? Es kann nicht anders sein.«

»Ich erinnere mich. Da waren Hunderte Vögel, Tausende.«

»Und wie hat es sich angefühlt?«

»Ich verstehe die Frage nicht.«

»Wie hat es sich *angefühlt*? Den Fluss hinaufzurudern?«

»Ich …« Auf einmal hat er wieder die verdrehten, verbogenen Mangrovenstämme vor Augen, und er spürt Miguel dicht neben sich – sie waren allein und wurden doch von allen Seiten beobachtet: von den Vögeln und den Krokodilen und anderen, namenlosen Wesen, die sich über das glitschige Ufer ins Wasser gleiten ließen.

»Es fühlte sich irgendwie obszön an.«

Miguel nickt. »Sprich weiter.«

»Wir mussten lange rudern, aber dann erreichten wir den Oberlauf. Es gab dort eine Lagune, und eine Quelle. Und viele Indios. Sie waren gekommen, um in dem Becken zu schwimmen.«

»Wie viele waren es? Weißt du das noch?«

»Da waren … zwei Männer, zwei Jungen und ein paar Frauen und Kinder.«

»Erinnerst du dich an das Lachen der Kinder? Wie es von den Felsen widerhallte?«

Er nickt.

»Was ist dann passiert?«

»Du hast vorgeschlagen, dass wir uns ihnen anschließen, aber ich wollte nicht.«

»Ich bin ins Wasser gesprungen und geschwommen, und du hast herumgebrüllt. Erinnerst du dich?«

»Natürlich.«

»Warum? Warum hast du gebrüllt?«

»Weil sie nicht bei der Arbeit waren! Wir haben sie beim Faulenzen erwischt.«

Miguel nickt. »Und dann?«

»Dann sind sie aus dem Wasser gekommen. Und du auch.«

Er erinnert sich an ihre Leiber, wie sie nebeneinander am Ufer standen, und zwischen ihnen Miguel, ebenfalls halbnackt.

»Ich habe ihnen befohlen, sich zu bedecken. Ich habe ihnen erklärt, dass sie ausgepeitscht werden. Dass die Krone sie bezahlt und sie Untertanen des Königs sind.«

»Und dann?«

»Dann … trat ein Junge vor. Er war elf oder zwölf. Er sagte, er allein habe die Peitsche verdient. Er habe die anderen angestiftet.«

»Und dann?«

»Dann habe ich ihn ausgepeitscht.«

»Ja«, sagt Miguel. »Ja, das hast du. Ich erinnere mich an das Blut. Du auch? Es ist im hohen Bogen gespritzt, bis ins Laub der Bäume. Scharlachrot auf Grün.«

»Wenn ein Mann ausgepeitscht wird, fließt immer Blut, oder etwa nicht? Das hast du doch sicher schon vorher gesehen? Sicher schon selbst getan?«

Miguel lächelt matt. »In der Tat. Aber ich weiß noch, wie präzise du mir erschienst. Wie viel Zeit du dir gelassen hast. Eben noch warst du in Eile gewesen, aber plötzlich hattest du alle Zeit der Welt und die Auspeitschung zog sich endlos hin.

Ich weiß noch, wie hässlich du plötzlich warst. Und wie du hässlicher und hässlicher wurdest mit jedem Hieb. Du hast einfach nicht mehr aufgehört.

Und ich erinnere mich, wie ich dachte, dass der Körper des Jungen eben noch in Bewegung gewesen war. Der Körper des Jungen war geschwommen. In Freiheit.«

»Ich musste ihnen zu verstehen geben, worauf es ankommt. Ich musste ein Exempel statuieren.«

»Ich erinnere mich an den Aufschrei einer Frau. Seine Mutter. Wie sie zu ihm lief und ihn in die Arme nahm. Diese Hoffnungslosigkeit.«

Die beiden Männer schweigen, und nach einer Weile fragt Miguel: »Glaubst du, du hast ihn umgebracht?«

»Ich weiß nur, dass die Schiffe nicht fertig waren. Dass wir eine Kiefer finden mussten. Dass sie für die Krone arbeiten sollten und wertvolle Zeit verlorenging.«

Miguel sieht ihn an, dann fragt er sanft: »Möchtest du wissen, was ich dachte, als ich diese Menschen sah? Als ich mit ihnen im Wasser war?«

»Was?«

»Ich dachte mir, dass ich zum ersten Mal einen Ort gefunden hatte, an dem die Zeit keine Macht hat. Und willst du wissen, was ich dort sah? Als du den Jungen ausgepeitscht hast?«

»Was?«

»Ich sah den Garten Gottes, und darin seine Kinder. Und dann kamen wir, um sie daraus zu vertreiben. Wir haben ihnen die Sünde gebracht. *Wir* sind die Gefallenen, nicht sie.«

»Du hast wohl den Verstand verloren.«

»Wenn es so ist, habe ich mich damit selbst gefunden. Sag mir eins. Falls du ihn getötet hast – wofür ist dieser Jungen gestorben?«

»Ich *musste* ihm zu verstehen geben«, wiederholt er, »*worauf es ankommt.*«

»Ich werde dir sagen, wofür er gestorben ist. Für die Zeit. Denn du musst jetzt seine Zeit nehmen, und du darfst sie nicht vergeuden. Das ist es, was ich dir sagen soll. Das ist es, was ich höre. Von den Stimmen.« Er hebt beide Hände. »Sie sagen, wir müssen lernen zu leben.«

»Und wie sollen wir das deiner Meinung nach tun?«

»Ich sehe dich. Ich sehe dich in dem Käfig, in den man dich gesteckt hat. Dem Käfig, den du dir selbst gebaut hast. Wir alle bauen uns Käfige. Aber du kannst immer noch entkommen. Du kannst frei sein.«

Hier in dieser Kabine klingt er plötzlich wie ein Zauberer. Seine Augen schimmern im Kerzenlicht, seine Stimme ist tief und klar wie ein Bach, der sich seines Laufs gewiss ist.

»Wie?«

»Sie werden mich verurteilen. Sie haben keine andere Wahl. Sie werden mich an Land schicken, damit ich mich meinem Schicksal stelle.«

»Ja.«

»Wenn das Standgericht sein Urteil gefällt hat und ich nicht an Ort und Stelle erschossen werde, wirst du dich freiwillig melden und mich an Land bringen.«

»Und dann?«

»Wirst du um Vergebung bitten.«

»Wen?«

»Den Fels. Den weißen Fels. Das ist es, was ich in den letzten Tagen getan habe.«

»Du redest, als wäre er lebendig.«

»Ist er auch. So lebendig wie du und ich.«

Lachend schüttelt er den Kopf. »Und dann?«

»Dann bittest du um Vergebung und fängst an zu leben.«

»Wie? Und wovon?«

»Lebe, wie es uns eigentlich bestimmt war. Wir werden aus dem Käfig entkommen und auf eine andere Weise weiterleben. Ohne Uniform. In Freiheit.«

»Nein, sie werden uns wegen Fahnenflucht hängen.«

»Nur, wenn sie uns erwischen.«

Seine Stimme klingt sanft, tröstlich, nüchtern.

Schritte nähern sich, jemand klopft an die Tür. Der Kapitänleutnant hebt eine Hand, um Miguel zum Schweigen zu bringen, und im nächsten Moment kommt der Steuermann herein und salutiert. »Auf der *Santiago* ist die Flagge gehisst. Das Standgericht ist bereit. Wir werden erwartet.«

»Sehr gut. Wir haben die Angelegenheit geklärt. Ich werde oben an Deck warten.« Der Kapitänleutnant geht hinaus, ohne sich noch einmal umzudrehen, durchschreitet den stinkenden

Schiffsrumpf und klettert wieder an Deck. Während er unten war, hat der Wind zugenommen und bläst nun warm vom Land herüber, *Nordnordost.*

Plötzlich fühlt er sich unglaublich müde. Er möchte sich ausruhen, sich einfach hinlegen und schlafen, aber da wird Miguel schon von unten heraufgeholt. In Seile geschnürt und mit schwarzer Kapuze auf dem Kopf wird er durch die Luke gezogen. Der Kapitänleutnant und der Steuermann klettern ins Ruderboot hinunter und recken dann die Arme in die Höhe, um den baumelnden Körper in Empfang zu nehmen. Miguels Haut ist warm und sein Hemd schweißnass, doch unter der Kapuze gibt er keinen Laut von sich.

Der Steuermann greift zu den Rudern. Der Kapitänleutnant spürt seine fragenden Blicke, bemüht sich um eine ausdruckslose Miene und wundert sich, ob der Mann womöglich die ganze Zeit hinter der Tür stand. Wurden sie belauscht?

»Wird er zum Tode verurteilt?«, fragt der Steuermann, als könnte Miguel ihn wegen der Kapuze nicht hören.

»Das weiß ich nicht.«

»Wer wird ihn in dem Fall erschießen?«

»Das weiß ich nicht.«

Hauptsache nicht der Baske.

Sie nähern sich der *Santiago.* Überall an Deck brennen Fackeln, die Wasseroberfläche scheint orange zu glühen.

Die Besatzungsmitglieder rufen und debattieren. Ein Seil wird heruntergelassen und an Miguels Fesseln geknotet, anschließend wird er mit einer Winde emporgezogen. Als er schon auf Höhe der Kanonen ist, kommt es oben an Deck zu einem Tumult, anscheinend gibt es ein Problem mit der Winde, und so baumelt Miguel sechs Meter über der Wasseroberfläche. Dann lässt jemand die Winde los und sie schert aus. Miguel schwingt frei über ihren Köpfen und schleudert dann gegen die Bordwand. Bis jemand die Winde wieder unter Kontrolle bringt. Hände greifen nach Miguel und hieven ihn über die Reling.

Als Miguel gesichert ist, klettert der Kapitänleutnant die Strickleiter hinauf. Die Gesichter der anderen Männer erscheinen ihm wie in einem Traum. Das schweißnasse Gesicht des Basken glänzt im Licht der Fackeln. »Der Mallorquiner bleibt hier bei der Besatzung. Wir gehen nach unten in die Kabine des Bordarztes.«

Sie folgen Miguels verschnürtem Körper aufs Unterdeck, wo er auf einen Stuhl gesetzt und von der Kapuze befreit wird. Sein Gesicht ist ein blutiger Brei, und plötzlich hat der Kapitänleutnant dasselbe Gefühl wie beim Anblick der Skizzen, als befände er sich auf der Schwelle zu einem heillosen Chaos. Einer Auflösung. Einer Unordnung, in der alles denkbar ist.

Er blinzelt und räuspert sich. »Diese Verletzungen«, sagt er zum Bordarzt, »hat er sich erst zugezogen, als er auf das Schiff gebracht wurde.«

»Untersuchen Sie ihn«, befiehlt der Baske.

Der Arzt tastet Miguels Rippen ab. »Mindestens fünf sind gebrochen.«

Der Baske nickt. »Kapitänleutnant Manrique. Den Berichten zufolge haben Sie Ihrem Verstand Landurlaub gegeben. Bevor wir mit der Verhandlung beginnen, sollten wir versuchen, Sie zu Sinnen zu bringen.« Er wendet sich an den Arzt. »Aderlass!«

Der Arzt öffnet einen Schrank und wählt ein kleines Skalpell aus. Er beugt sich über Miguels Oberarm, setzt mehrere kleine Schnitte und fängt das Blut in einer Schale auf. Als sich ein knapper halber Liter darin gesammelt hat, stellt er sie auf den Tisch. Alle schweigen minutenlang. Von dem Blut geht eine unheimliche Kraft aus. Es hat den Körper verlassen, scheint aber immer noch zu pulsieren, als wäre es voller Leben. Der Arzt verbindet die Schnitte und tritt dann zurück, der Kaplan murmelt ein Gebet.

»Wir brauchen einen Schreiber«, sagt der Baske.

»Das übernehme ich«, sagt der Arzt, setzt sich an den Tisch und notiert die Namen der Anwesenden. Er fragt nach der Uhrzeit und notiert auch die: Viertel vor neun am Abend.

Der Baske wendet sich an Cañizares. »Wenn Sie dann bitte die Ereignisse des heutigen Tages zu Protokoll geben würden.«

»Jawohl, Señor. Sobald wir hier vor Anker gegangen sind, schien sich der Zustand von Kapitänleutnant Manrique zu verschlechtern. Mit anderen Worten, seit drei Tagen.«

»Wie meinen Sie das?«

»Er hat sich in seine Kabine eingeschlossen und gesprochen, obwohl niemand bei ihm war.«

»Und was haben Sie getan? Warum wurde ich nicht informiert?«

»Wenn Kapitänleutnant Manrique die Kabine verließ, machte er einen zurechnungsfähigen Eindruck. Er erteilte Befehle und kommandierte die Mannschaft. Als die Besatzung heute Nachmittag drüben auf der *Santiago* war, um die Heuer zu kassieren, sagte er mir, er wolle nicht gestört werden.«

»Und dann?«

»Ein Schiffsjunge kam zu mir und machte mich darauf aufmerksam, dass etwas nicht stimmte. Manriques Tür war von innen verbarrikadiert und er hat gebrüllt.«

»Was hat er gebrüllt?«

»Dass es an der Zeit sei. Die Zeit sei gekommen. Ich habe mir sofort Zugang verschafft. Als ich die Tür aufschob, hat er auf mich geschossen.«

»Glauben Sie, dass er Sie töten wollte?«

»Ja, Señor. In seiner Kabine befanden sich drei weitere geladene Pistolen. Eine für jeden von uns, hat er gesagt.«

»Ich verstehe.«

»Wir haben ihn überwältigt und entwaffnet und an einen Stuhl gefesselt, und dann haben wir das Notsignal gegeben. Anschließend wollte er den Kapitänleutnant sprechen.«

Der Baske drehte sich um. »Sie waren eine halbe Stunde bei ihm?«

»Ja.«

»Wer war noch zugegen?«

»Wir waren allein.«

»Und worüber haben Sie geredet?«

Der Kapitänleutnant breitet die Hände aus. »Ich habe versucht, ihn zur Vernunft zu bringen.«

»Hat er sich darauf eingelassen?«

»Nein.«

Der Baske wendet sich an den Schreiber. »Stopp«, sagt er. »Nicht mitschreiben.« Dann baut er sich vor Kapitänleutnant Manrique auf. »Wir wissen, dass Sie ein Mann der Vernunft sind. Ein gebildeter Mann. Wir wissen, Sie sind einer der fähigsten Seemänner der Marine, und wir wissen auch, dass diese Küste für ihre Insekten und ihre ansteckenden Krankheiten berüchtigt ist. Ein jeder von uns wurde früher oder später davon heimgesucht. Aus diesem Grund ist es nur wahrscheinlich, dass Sie von einer vorübergehenden Unzurechnungsfähigkeit befallen wurden. Wie heißt es doch: *Im Zweifel für den Angeklagten*. Was haben Sie dazu zu sagen?«

Der Kapitänleutnant schließt die Augen. Er sieht das Schiff neben dem weißen Felsen, ringsum nichts als die Nacht und der Ozean, der schier endlose Dschungel und die kilometerlangen Strände, und diese ganze dunkle Welt scheint nur auf das zu warten, was als Nächstes geschieht. »Ich sage …«, beginnt Miguel, aber wegen des gebrochenen Kiefers ist er kaum zu verstehen.

»Lauter, Mann. Der Schreiber muss Sie hören.«

»Wir verbreiten die Sünde. Wir müssen Buße tun, Opfer darbringen und umkehren.«

»Mein Gott«, sagt der Baske leise. Er geht zum Schreiber und nimmt das Protokoll an sich. »Das reicht. Wir haben genug Zeit mit diesem Unsinn verschwendet.« Er hält das Papier in die Kerze, und es geht lichterloh in Flammen auf. »Kapitänleutnant Manrique wird hiermit seines Postens enthoben. Das Kommando über die *San Carlos* geht an Sie über«, sagt er mit einem Blick zum Kapitänleutnant. »Der Peruaner übernimmt die *Sonora*, der Galizier wird ihm als Steuermann dienen.«

Die Flammen zucken, das Papier ist fast vernichtet. Der Baske ruft nach Wasser und wirft die versengten Reste in eine Schale. »Wir werden über das Geschehene nicht sprechen. Wir werden es nicht schriftlich festhalten. Niemand wird je davon erfahren. Kapitänleutnant Manrique ist verrückt geworden, und mehr ist nicht passiert.«

Die Männer sehen einander an und nicken. *Ja. Dies ist die einzige Lösung.* »Jemand muss Manrique an Land bringen«, sagt der Baske.

»Ich«, meldet sich der Kapitänleutnant.

»Sie?«

Alle beobachten ihn, er spürt ihre Blicke, die Enge im Raum, die schale Luft. Sein Herz rast, aber seine Miene ist ausdruckslos und sein Blick leer und gleichgültig. »Meine Instrumente und meine Habe müssen auf die *San Carlos* gebracht werden«, erklärt er. »Ohne sie kann ich nicht in See stechen, und ich weigere mich, die Instrumente eines anderen zu benutzen.«

Der Baske nickt. »Liefern Sie ihn im Gefängnis ab und sagen Sie denen, sie sollen ihn bis auf Weiteres dort festhalten und dem Vizekönig schreiben. Der kann entscheiden, ob er leben oder sterben soll. Während Sie unterwegs sind, wird der Peruaner Sorge tragen, dass Ihre Sachen auf die *San Carlos* gebracht werden.

Wir sind hier fertig«, sagt er zum Arzt. »Setzen Sie ihm die Kapuze wieder auf und fesseln Sie ihn, und dann sollen die Männer ihn ins Ruderboot verfrachten.« Er schickt sich an, die Kabine zu verlassen, kommt noch einmal zurück, zieht seine Pistole und schlägt sie Miguel mit Wucht gegen die Schläfe. Miguel stößt ein tierähnliches Schmerzgeheul aus. »Du warst immer ein verfluchter Maure.«

Der Baske und der Peruaner treten ab. Der Kapitänleutnant folgt ihnen an Deck, wo er dem Peruaner Anweisungen wegen der Instrumente gibt. Sobald der Peruaner sich auf den Weg zur *Sonora* gemacht hat, sucht er sich eine dunkle Ecke, lehnt sich über die Bordwand und würgt. Er bleibt eine lange Zeit dort stehen. Er kann hören, wie sie Miguel heraufholen und abermals ins Ruderboot abseilen. In seinen Eingeweiden fühlt er ein Kribbeln wie von einer rotierenden Kompassnadel, am Himmel über seinem Kopf hat sich eine Anarchie aus Sternen breitgemacht.

Der Baske ruft seinen Namen. Der Kapitänleutnant richtet sich auf, wischt sich mit einem Tuch über den Mund und tritt aus der Dunkelheit.

»Fühlen Sie sich gut?«

»Halbwegs.«

»Sind Sie der Aufgabe gewachsen?«

»Natürlich.«

»Sie brauchen keinen Begleiter?«

»Nein.«

»Gut. Ich weiß, Sie beide waren immer wie … Verbündete.«
Die Heckflagge kräuselt sich in der Brise.

»Beeilen Sie sich«, sagt der Baske. »Mit etwas Glück wird der
Wind halten.«

Der Kapitänleutnant klettert am Seil ins Ruderboot hinunter. Miguel ist schon da und kauert mit Kapuze über dem Kopf und hinter dem Rücken gefesselten Händen am Boden.

Der Kapitänleutnant setzt sich und beginnt zu rudern.

Er ist schon lange nicht mehr selbst gerudert. Wie seltsam, das harte Holz an den Handflächen zu spüren, wie seine Arme die Paddel durchs Wasser ziehen, wie das kleine Boot auf jede Bewegung reagiert.

Blatt eintauchen, anheben, flach halten; eintauchen, anheben, flach halten.

Er beginnt zu schwitzen.

Sie schweigen. Er beschleunigt das Tempo, und bald ist nichts mehr zu hören als sein angestrengtes Grunzen und das Klappern der Schäfte in den Ringen.

Miguel liegt zusammengesackt im Kiel und hat den Kopf an einen Spant gelehnt. Der Kapitänleutnant versucht, das kleine Boot ruhig zu halten. Ihm ist klar, wie sehr der Freund leidet, das Ausmaß seiner Verletzungen ist beträchtlich, aber er spricht kein Wort; nur manchmal, wenn das Boot auf eine Welle schlägt, gibt er ein ersticktes Stöhnen von sich.

Der Kapitänleutnant rudert, bis der weiße Fels neben ihnen aufragt. Im Mondlicht schimmert er dunkelgrau.

Als sie an der Nordseite und außer Sicht der Schiffe sind, hält der Kapitänleutnant inne und holt die Ruder ein.

Er beugt sich vor und zieht Miguel die Kapuze vom Kopf. Das blutige, zerstörte Gesicht, der zermalmte Kiefer. »Wir sind da«, sagt er. »Da ist er, dein Fels.«

Das Ruderboot dümpelt auf dem Wasser. Der Mond ist immer noch fast voll und hängt dicht über dem Gebirge. Kein Lüftchen regt sich. Der Kapitänleutnant kann den aufgeheizten Boden und das Gestrüpp der Landzunge riechen, und den salzigen Uringeruch des nahen Felsens, irgendwie weiblich, uralt und unendlich verstörend. Über der Wasserlinie bewegen sich Tiere, Krebse vermutlich; der untere Teil des Gesteins ist von einem wuselnden Klicken bedeckt. Aus nächster Nähe: Geruch von Miguels Schweiß und Blut.

»Ich habe dir deinen Wunsch erfüllt. Was gibt es jetzt zu tun?«

Miguel regt sich nicht, sein geschundener Körper hat eine gekrümmte Haltung eingenommen. »Bitte um Vergebung.« Er bringt die Worte nur unter Mühen hervor. »Entscheide dich.«

»Wie? Wofür?«

»Für ein anderes Leben. Rudere ans Ufer und flieh landeinwärts. Bis zur nächsten Siedlung sind es viele Kilometer.«

Der Kapitänleutnant beugt sich über den am Boden liegenden Freund und sieht verschiedene Empfindungen über sein Gesicht huschen: Schmerz, Hoffnung, die vage Ahnung seines Scheiterns.

»Du bist verletzt. Du kannst nicht laufen, geschweige denn fliehen.« Auf einmal überflutet ihn ein Gefühl, das er noch nie mit Miguel verbunden hat: Mitleid. »Es lässt sich nicht mehr ändern«, sagt er. »Wenn wir es nicht sind, dann sind es die Russen oder die Briten. Das Ganze ist ein Wettlauf, siehst du das nicht? Jeder Tag, jede Stunde, jede Minute zählt. Wir dürfen nicht zulassen, dass sie uns schlagen.«

»Ich weiß, wohin dieser Wettlauf führt. In den Ruin.«

Der Kapitänleutnant schüttelt den Kopf. »Nein, du irrst dich. Er führt zum Ruhm.«

Noch während er den Satz ausspricht, wird ihm klar, wie wahr er ist. »Wir haben keine Wahl«, sagt er und zieht Miguel die Kapuze wieder über den Kopf. »Hatten wir nie.«

Er richtet die Kapuze, lässt die Ruder ins Wasser und zieht. Er kann fühlen, wie die Kraft in seine Arme und Hände zurückkehrt.

Er umrundet den Fels, und der von hellen Fackeln beleuchtete Anleger kommt in Sicht. Am Ufer warten Soldaten mit Laternen und Gewehren. Er hätte nicht gedacht, dass es so viele sind, und als sie das Boot entdecken, fangen sie an zu rufen. Sie sind mit Musketen und mit Spießen bewaffnet, jeder Einzelne von ihnen. Es ist, als nähmen sie eine marodierende Armee in Empfang, nicht einen einzelnen, schwerverletzten Mann.

Auf den letzten Metern schweigen sie. Die Ruder zerteilen die Wasseroberfläche, das orangerote Licht der Fackeln scheint darauf zu schwimmen wie Blut.

Miguel bäumt sich nicht auf. Als er aus dem Boot gezogen wird, leistet er keinen Widerstand. Er sagt etwas zum Abschied, ist aber wegen des gebrochenen Kiefers und der Kapuze kaum zu verstehen. Etwas über Vergebung, und dass ihm verziehen wird.

Der Kapitänleutnant gibt die Befehle des Basken an den Kommandanten weiter und klettert dann wieder ins Ruderboot.

Auf dem Rückweg fühlt er sich einen Moment lang ohne Halt, aber dann umrundet er die Landzunge und entdeckt die wartenden Schiffe. Beim Anblick zuckt sein Herz: der weiße Fels im Schatten der Schiffe und ihrer prächtigen Ladung; die gehissten, zum Auslaufen bereiten Segel. Abermals dieses Zucken – *ja* – sie werden heute noch gen Westen segeln, die ganze Nacht hindurch.

Er richtet den Blick nach oben in die große Himmelsuhr. Noch ist Zeit.

Es ist noch sehr viel Zeit bis zur Morgendämmerung.

DAS MÄDCHEN

1907

DAS SCHIFF HAT SEINEN Bogen vollendet und gewendet, nun schiebt es sich langsam durch den schmalen Kanal. Die Küste ist jetzt nah, sehr nah – die Gefangenen drängeln sich an der Reling und betrachten die einzelnen, am Ufer verteilten Gebäude und die kleinen, an Pfosten festgemachten Holzboote. Unter den hohen Bäumen schießen Kindergruppen hin und her wie Fischschwärme, sie rufen, zeigen, lachen und beobachten das vorbeiziehende Schiff.

Der große Vater kümmert sich um seine Familie. Er sammelt alle Habseligkeiten zusammen, wirft hin und wieder einen prüfenden Blick in ihre Richtung und nickt – er ist froh, dass sie noch da sind und er ihnen helfen konnte. Das Mädchen weiß, er wollte nur nett sein, aber am Ende wird seine Nettigkeit sie vielleicht das Leben kosten, denn der weiße Fels ist plötzlich genauso außer Sicht wie die Berge und das offene Meer. Sie weiß, sie haben ihre einzige Chance vertan.

Sie sieht zu ihrer Schwester hinüber, aber Maria-Luisa hat die Augen fest geschlossen und die Hände zu Fäusten geballt.

Das Schiff wird langsamer, und schon sind am Anleger die ersten Soldaten zu sehen, Rurales, die das Schiff in Empfang nehmen werden. Bei ihrem Anblick dreht sich dem Mädchen der Magen um: Sie tragen die gleichen grauen Uniformen wie die Männer im Dorf und die Männer im Gebirge. Ein Soldat springt vom Schiff auf den Anleger und gibt ein dickes, ölverschmiertes Tau an einen anderen weiter, der es um einen riesigen Metallpoller schlingt. Das Schiff bäumt sich auf und weicht zurück, es stöhnt wie ein Tier und stößt Rauch aus. Das Tau ist straff gespannt, aber es hält, und schon werden weitere Seile geworfen, um das Schiff einzufangen und zu bändigen. Und als hätte es die Aussichtslosigkeit seiner Lage verstanden, seufzt es ein letztes Mal gequält auf, erschaudert und hält dann still. Die Flagge über dem Kopf des Mädchens schlägt schwer gegen den Mast.

Eine Planke wird hinuntergelassen, und die Soldaten laufen rufend und gestikulierend auf den Anleger. Sie heben die Gewehre und fordern die Leute in den vorderen Reihen auf, das Schiff zu verlassen.

Die Gefangenen setzen sich mit stockenden, unbeholfenen Schritten in Bewegung. Zum ersten Mal seit Tagen benutzen sie ihre Beine. Das Mädchen sieht Frauen mit schweren Bündeln auf dem Kopf und Kinder, die sich an die Hand der Mutter klammern.

Doch sobald sie oben an der Planke stehen, geschieht etwas Seltsames: Sie zögern, als widerstrebte ihnen plötzlich etwas. Und das Mädchen weiß, was sie denken: Egal, wie schlimm das Schiff war, wie schrecklich der Gestank, die Hitze und die Angst – es hatte trotzdem etwas von zu Hause, denn es war der Ort, an dem sie ihre letzten Tamales gegessen und das letzte Wasser aus den eigenen Quellen und Brunnen getrunken haben. Sobald sie über die Planke gegangen sind, stehen sie auf fremdem Boden. Sie werden nicht wissen, wo sie sind. Aber die Soldaten pieksen sie mit den Klingen an den Enden ihrer Gewehre und zwingen sie voran, und so gehen sie, langsam und mit steifen Knien. Unten auf dem Anleger bleiben sie stehen und sehen sich um, benommen und ein bisschen verunsichert, weil sie nicht wissen, was sie tun oder wohin sie gehen sollen. Die Soldaten treiben sie in einen schattenlosen Pferch. Immer mehr Menschen kommen vom Schiff herunter, und schließlich sind auch sie an der Reihe.

»Komm«, sagt der große Vater und beugt sich über Maria-Luisa, »ich trage dich. Steig auf meinen Rücken.«

Maria-Luisa reagiert nicht, und als wäre sie gewichtslos, nimmt er sie einfach auf den Rücken und seinen jüngeren Sohn vor den Bauch. Das Baby liegt in einem Tragetuch an der Brust der Mutter, der ältere Bruder läuft nebenher.

Das Mädchen folgt ihnen. Sie und Maria-Luisa haben kein Gepäck, und so trägt sie ein kleines Bündel der Familie, während die Mutter ein größeres auf dem Kopf balanciert. Das Mädchen weiß, jeder Schritt, den der Vater macht, ist schmerzhaft für ihre Schwester. Die Röte hat sich inzwischen ausgebreitet und wandert zum Knie hinauf.

Im Pferch bückt sich der Vater und setzt Maria-Luisa vorsichtig ab, und sie sinkt mit einem langen, leisen Stöhnen zu Boden.

Dicke, schwere Seile begrenzen den Pferch, ähnlich wie bei den Rindergattern auf dem Markt in Hermosillo. Die Gefangenen müssen sich in geraden Reihen auf den Boden setzen. Das Mädchen sitzt zwischen dem Truthahngeiermann und Maria-Luisa. Beide halten die Augen geschlossen. Der Untergrund fühlt sich eigenartig an, als würde er sich bewegen. Anscheinend ist ihr Magen immer noch auf See.

Als der letzte Passagier das Schiff verlassen hat, beginnen die Soldaten mit der Zählung.

Anscheinend gibt es einen Vorgesetzten. Seine Uniform ist eleganter als die der anderen Soldaten, die Goldpaspeln an seinen Hosenbeinen funkeln noch heller in der Sonne. In seinen auf Hochglanz polierten Stiefeln schreitet er auf und ab, auf und ab, und aus seinem Mund rattern Zahlen. Als er vorbeigeht, sieht das Mädchen, dass seine Augen grau sind wie seine Uniform, grau wie die einer Klapperschlange. Das Mädchen starrt geradeaus und verzieht keine Miene.

Ihr Blick geht nach Westen. Sie weiß das, weil sie die Sonne im Rücken spürt und ihre Schatten sich vor ihnen am Boden drängen, gerade so, als berieten sie im Flüsterton den nächsten Schritt.

Vor ihnen ragt der hohe Metallrumpf des Schiffes auf, dahinter ist ein schmaler Streifen Wasser zu sehen und jenseits davon ein kleiner, steiniger Hügel, über dem Bussarde kreisen und sich hoch und höher in die Lüfte schrauben. Sie weiß, dass hinter diesem Hügel der weiße Fels aufragt.

Hätten sie überlebt? Wenn sie gesprungen wären?

Nicht weit von ihnen zwängt sich grünes, fauliges Wasser in einen Kanal. Umgestürzte Holzboote mit fehlenden Planken liegen am Ufer wie abgenagte, von der Sonne gebleichte Gerippe. Dazwischen sitzt ein Fischer und bessert seine Netze aus. Er ignoriert die vielen Menschen in seiner Nähe, die der Sonne ausgesetzten Gefangenen.

Aus dem Pferch erhebt sich eine Stimme. »Wasser«, ruft jemand auf Spanisch. *Agua.* »Wir brauchen Wasser. Die Kinder brauchen Wasser! Wollt ihr uns umbringen?«

Weitere Stimmen fallen ein – *agua, agua, agua.*

Aber es gibt kein Wasser für sie.

Das einzige Wasser hier sind die kleinen braunen Pfützen am Boden.

Eine seltsame Stille senkt sich über alles, und fast fühlt es sich an, als müssten sie für immer hierbleiben. Dem Mädchen rinnt der Schweiß über den Rücken und sammelt sich am Steiß.

Ihr Durst erscheint ihr als etwas Großes und Schreckliches, das sie, wenn sie sich ihm zuwendet, vernichten könnte. Er lauert am Rand ihres Bewusstseins, zusammen mit ihrem Hunger und ihrer Angst.

Sie sieht zu Maria-Luisa hinüber, aber ihre Schwester hat

sich in sich selbst zurückgezogen. Sie hat einen Ort gefunden, an dem es keinen Schmerz mehr gibt. Wo es nichts mehr gibt.

Geräusche sind zu hören. In der Nähe Hundegebell. Die lachenden, plaudernden Soldaten. Die Frau aus Hermosillo, die die Namen ihrer Kinder singt wie eine Litanei. Maria-Luisas Atemzüge, die immer schneller werden.

Die Brüder tuscheln. Der Ältere beugt sich zu dem Jüngeren hinüber und malt mit dem Finger ein Bild in den Staub.

»Chuu'u«, ruft der Jüngere glücklich und zeigt lachend darauf. Hund.

Der große Bruder lächelt, nickt, wischt das Bild weg und malt ein neues.

Kuchu – Fisch.

Maaso – Hirsch.

Sie ist dankbar, in der Nähe dieser Familie zu sein. Es fühlt sich immer noch wie ein großes Glück an. Selbst hier finden die Jungen eine Möglichkeit zu spielen. Aber sie weiß auch, dass dieses Glück auf dem Marsch schwinden wird. Der Vater mag Maria-Luisa eine Weile tragen können, aber nicht dreißig Kilometer weit. Er wird an seine eigenen Kinder denken, und wenn seine Jungs müde werden, wird er sie tragen müssen. Dann wird auf dem Rücken des Vaters kein Platz mehr sein.

Sie sieht hinüber zu dem Truthahngeiermann, der gleichgültig dasitzt und Tabak kaut.

Sie erinnert sich an seine Worte auf dem Schiff.

In der Stadt mit dem weißen Fels warten die Mexikaner. Sie werden sich die Kinder ansehen. Einige werden sie vielleicht fortbringen.

In unterschiedliche Familien, damit sie als Mexikaner aufwachsen. Indem sie aus unseren Kindern Mexikaner machen, löschen sie uns langsam aus.

Ihr Herz beginnt zu rasen, denn sie begreift: Das ist der einzige Ausweg. Sie sind fleißig, können kochen, putzen, Mais mahlen und auf kleinere Kinder aufpassen; sie werden arbeiten und sich beweisen, und dann, wenn Maria-Luisas Fuß verheilt ist und die Rurales verschwunden sind, wenn sie mit ihren Gefangenen das Gebirge überquert haben und den ganzen Weg nach Yucatán gelaufen sind – dann werden sie entkommen. Sie werden fliehen und den Weg zurück nach Haus finden, zu ihrer Großmutter.

Ihre Schwester Maria-Luisa sitzt mit geschlossenen Augen und einem Tuch über den Haaren da. Sie ist schmutzig und ihr Rock noch immer mit dem braun verkrusteten Blut von Carlos befleckt. Dazu kommt die hässliche Wunde an ihrem Fuß. Niemand wird sie einstellen wollen, wenn dies das erste ist, was er von ihnen zu sehen bekommt.

Das Mädchen bückt sich, tunkt einen Tuchzipfel in die braune Pfütze und fährt sich damit durchs Gesicht und über die von Dreck und Salz verkrusteten Arme.

Sie tunkt den Zipfel abermals ein und wischt ihrer Schwester die weißen Rückstände aus den Mundwinkeln und die Blutschlieren von den glühenden Wangen. Maria-Luisa zuckt zurück, leistet aber keinen Widerstand.

Im selben Moment und aus unerfindlichem Grund richten die Soldaten die Gewehre auf die Gefangenen und brüllen, dass es weitergeht. Die Leute stehen auf, setzen sich ihre Bündel auf den Kopf. Der Vater bückt sich und hebt Maria-Luisa abermals in die Höhe.

»Alles gut, kleine Schwester?«, fragt er das Mädchen. »Jetzt dauert es nicht mehr lange.« Sie versteht nicht, wie er das meint, aber sie versteht, dass er sie beruhigen möchte.

Sie müssen ein kurzes Stück gehen und dann in eine breite Straße abbiegen, und da ist eine Stadt, eine Stadt mit Häusern aus Backsteinen und Läden, und die Leute gehen hinein oder kommen heraus.

Was hatte sie erwartet? Sie weiß es nicht. Aber gewiss nicht das hier, nicht diese gewöhnliche Stadt.

Kinder auf dem Schulweg bleiben stehen und glotzen. Sie zeigen und lachen. Einige rufen etwas, im Staub vor den Füßen des Mädchens landet ein Stein.

Vor einem Gebäude mit hohen, steinernen Torbögen hält die Kolonne an. Die Soldaten brüllen herum, die Gefangenen müssen stillstehen. Wer vorn ist, wird in das Gebäude gebracht, alle dahinter müssen in der heißen Sonne warten.

Nach einer Weile fangen die Leute an, sich wieder hinzusetzen, sie drängen sich zusammen und spenden einander so viel Schatten wie möglich. Der Vater beugt sich herunter und setzt Maria-Luisa ab. Sie öffnet die Augen, ihr Blick ist glasig. »Mir ist kalt«, sagt sie und fängt an zu zittern. Der Ausschlag an ihrem Bein ist aufgeblüht.

Die Mutter streckt eine Hand aus, legt sie Maria-Luisa auf den Arm und runzelt die Stirn.

»Mir ist kalt«, sagt Maria-Luisa noch einmal.

Die Mutter schnürt eins der Bündel auf, holt ein warmes Tuch heraus und legt es Maria-Luisa über die nackten Arme. Das Mädchen staunt. Das Tuch ist wunderschön, die Farben scheinen im Sonnenlicht zu singen und von einer fernen Vergangenheit zu erzählen, als es noch Zeit gab zu sticken, bunte Garne auszuwählen und nähend im Schatten zu sitzen.

Auf der anderen Straßenseite steht ein geducktes, rötliches Gebäude, ein gepflegtes Haus – hinter den großen Seitentoren sind Gärten zu erkennen. Menschen bewegen sich über einen grünen Rasen, scheinen sich um das Grün zu kümmern, und der Garten wirkt still und kühl. Ein Mann sieht herüber, und da ist etwas in seinem Blick, etwas Suchendes vielleicht, und das Mädchen bleibt daran hängen. Vielleicht, denkt sie, sucht er eine Haushaltshilfe. Vielleicht hat er Kinder, und vielleicht braucht seine Frau jemand, der diese Kinder ins Bett bringt, mit ihnen spazieren geht oder ihnen in dem himmlisch kühlen Garten etwas vorsingt. Sie drückt den Rücken durch. Der Mann sieht noch eine Weile herüber und wendet sich dann ab.

Die Schlange schiebt sich langsam vorwärts, und bald stehen sie unter den Torbögen, wo es kühler ist. Die Soldaten winken immer mehr Menschen hinein. Die Schlange schiebt sich ein weiteres Stück vor, und dann steht auch die Familie auf. Maria-Luisa wird abermals vom Vater geschultert, die Frau balanciert ihr Bündel auf dem Kopf, die Jungen halten sich bei der Hand und das Mädchen folgt als Letzte.

Als sie hineingehen, schlägt das Herz des Mädchens schneller. Drinnen ein großer Saal mit Tischen zu beiden Seiten, überall stehen Leute und Soldaten herum. Viele der Gefangenen haben ihren Besitz auf den Tischen ausgebreitet. Die betende Frau ist auch schon da, sie steht an einem der Tische vor ihrem aufgeschnürten Bündel. Ein Soldat wühlt in ihren Sachen, als suchte er etwas Bestimmtes, während sie weinend daneben steht.

»Kinder?«, ruft einer der Soldaten. »Alle mit Kindern hier herüber.«

Der Soldat spricht Yoeme. Auch sein Gesicht ist das eines Yoeme. Er ist jung, kaum älter als Carlos, doch er trägt die Uniform der Rurales. Torocoyori – ein Verräter. »Alle mit Kindern hierher.«

Das Mädchen folgt der Familie mit ein paar Schritten Abstand. So ist es leicht zu glauben, dass sie zusammengehören und alle unter dem Schutz des Vaters stehen, der sich zwischen sie und die Soldaten stellen wird, und auch die freundliche Mutter wird ihnen helfen, so gut sie kann. Und egal, wie schlimm ihre Lage wird, die Brüder werden weiterspielen.

Vielleicht, denkt sie, kann die Stärke dieser Familie uns schützen. Vielleicht wird am Ende doch noch alles gut.

Sie werden in einen anderen Gebäudeteil abseits der hohen Fenster gebracht. Hier ist es dunkler und kühler. Hinter einem Schreibtisch sitzt eine Frau. »Setz die Kinder ab«, sagt sie zu dem Vater.

»Warum?«, fragt er.

»Setz sie einfach ab. Wir wollen sie sehen. Sie sollen stehen.«

Der Torocoyori richtet sein Gewehr auf den Vater, der sich vorbeugt und Maria-Luisa neben dem Mädchen absetzt. Dann richtet er sich wieder auf, hält seinen Jüngsten fest im Arm und flüstert ihm etwas ins Ohr.

»He«, sagt die Frau hinter dem Schreibtisch streng. »Alle beide. Runter auf den Boden!«

»Sind das alles deine?«, fragt der Torocoyori.

Der Vater sieht Maria-Luisa und das Mädchen fragend an. Das Mädchen schüttelt den Kopf und greift mit pochendem Herzen Maria-Luisas Hand.

»Nein«, sagt sie auf Spanisch. »Wir gehören nicht zusammen. Wir sind nicht seine Töchter.«

Die Augenlider des Vaters zucken, aber das Mädchen nickt ihm zu. »Bitte«, sagt sie auf Yoeme. »Es ist besser so.«

Er dreht sich wieder zu der Frau um. »Nur die Jungen«, sagt er.

Die Frau trägt etwas in ein großes schwarzes Buch ein, dann legt sie ihren Stift beiseite. »Nun«, sagt sie, »dann tretet mal vor, Jungs.«

Der Soldat bedroht den Vater immer noch mit dem Gewehr. Die Frau lächelt die Jungen an. Es sieht merkwürdig aus, aber der kleine Bruder mit dem fröhlichen Gesicht lächelt zurück. Die Frau nickt, deutet auf ihn und sagt etwas zu dem Soldaten.

Auf einmal scheint die Zeit sich auszudehnen. Der Soldat hebt den kleinen Bruder hoch, der kleine Bruder schreit, der Vater stürzt sich mit bloßen Händen auf den Soldaten. Ein weiterer Soldat erscheint und hält sein Gewehr an den Kopf des Vaters.

»Nehmt mich«, schreit der ältere Junge. »Nehmt mich, nicht ihn!«

Aber der kleine Bruder ist schon weg. Fortgeschafft. Wo bringen sie ihn hin?

Die Mutter stößt ein Heulen aus, es ist ein furchtbarer, animalischer Laut. Sie drückt ihr Baby an sich und der Vater greift nach dem anderen Sohn. Der Soldat richtet das Gewehr unverändert auf den Kopf des Vaters. »Raus«, sagt er. »Alle.« Er sieht die Mädchen an: »Ihr auch.«

Die Familie setzt sich in Bewegung, den Gewehrlauf im Rücken, aber das Mädchen bleibt stehen.

»Warte.« Sie berührt den Arm des Torocoyori.

Er sieht widerwillig in ihre Richtung und weicht ihrem Blick aus, aber bevor er sich entziehen kann, redet sie schnell und auf Yoeme auf ihn ein.

»Meine Schwester ist krank. Sie wird den Marsch nicht schaffen. Bitte – wir können arbeiten. Ich arbeite für zwei! Ich pflege sie gesund, und dann kann auch sie arbeiten. Wir sind stark, wir können kochen und putzen und Kinder versorgen. Bitte!«

Der Soldat sieht erst das Mädchen an und dann Maria-Luisa. Er zögert. Sie kann sehen, dass er kaum ein Mann ist, eher ein Junge. Sicher hat er selbst eine schwierige Vergangenheit, sie kann es spüren – trotz seiner Uniform ist er noch nicht ganz abgestumpft. Er empfindet immer noch so etwas wie Scham. Sein

Blick ist verzweifelt – er fleht sie an, ihn nicht anzuflehen, aber sie bleibt standhaft.

»Bitte.«

»Du bist zu alt«, sagt er.

»Zu alt wofür?«

»Sie wollen nur die Kinder.«

»Aber wir können arbeiten«, wiederholt sie.

Der Soldat überlegt. »Warte«, sagt er. Die Hand von Maria-Luisa fühlt sich schlüpfrig an. In Gedanken ist sie längst woanders. Nichts von dem hier berührt sie mehr, nicht wirklich, sie nimmt es aus großem Abstand wahr, aber das Mädchen ist im Hier und Jetzt und alles erscheint ihr überdeutlich. Die Stiefel des Verrätersoldaten knallen auf den Fliesenboden, das Sonnenlicht malt einen schrägen Streifen über sein Gesicht, während er auf Spanisch mit der Frau spricht. Sie wirft einen Blick in die Richtung, wo sie halb im Schatten und halb in der Sonne stehen. Ein kurzes Flackern in ihren Augen, dann schüttelt sie den Kopf.

Der Torocoyori kommt zurück. »Tut mir leid«, sagt er. »Ihr müsst jetzt gehen. Sofort.«

Sie legt ihrer Schwester einen Arm um die Taille und Maria-Luisa lehnt sich an. Langsam, ganz langsam gehen sie hinaus, das Mädchen spürt Maria-Luisas Gewicht an der Schulter und blinzelt in die Sonne. Sie werden in einen zweiten Pferch hinter dem Gebäude geschickt, wo die Gefangenen sich auf einem unbefestigten Platz drängeln. Sie lehnen sich an einen dünnen Baumstamm.

Über dem Platz hängt eine schreckliche Stille.

Der Vater sitzt auch dort. Er betrachtet das Gebäude, aus dem sie gerade gekommen sind, als könnte sein kleiner Sohn jeden Augenblick herauskommen. Die Mutter beugt sich über ihr Baby und weint, der ältere Sohn hat sich zusammengerollt und starrt in die Leere, die sein Bruder hinterlassen hat.

»Seid nicht traurig«, sagt der Truthahngeiermann plötzlich. »So bleibt dem Kleinen der Marsch erspart.«

Alle sehen ihn an: der Vater, die Mutter, der große Bruder.

»Euer Kind wird leben«, setzt er nach.

»Sei still«, sagt der Vater. »Wir wollen nichts hören.«

Die Verzweiflung drückt dem Mädchen auf die Brust wie ein schwerer Stein. Das Atmen fällt ihr schwer. Am liebsten würde sie jemandem wehtun.

Hinter der Absperrung laufen Menschen hin und her. Die meisten würdigen sie kaum eines Blickes: Fischer, die mit bis an die Knie hochgekrempelten Hosen und Eimern voller Fische vom Meer zurückkehren. Frauen mit Einkäufen auf dem Arm. Rennende, lachende Kinder. Manchmal sieht jemand in ihre Richtung, und dann meint das Mädchen, Mitleid und Angst in den Augen der Leute zu sehen, bevor sie sich abwenden und weitergehen. Die Sonne erreicht ihren höchsten Stand, Wolken ziehen auf und verdecken bald die Sonne.

Was würde sie jetzt tun, wäre sie zu Hause? Bohnen einweichen. Holz nachlegen. Den Hof fegen. Dem ganz normalen Tagesrhythmus folgen.

Nachmittags, wenn die Hausarbeit erledigt war, haben sie einander oft die Haare gekämmt.

In Gedanken holt das Mädchen den Kamm heraus – ein Stück Orgelpfeifenkaktus mit teilweise abgebrannten Stacheln – und löst die Zöpfe der Schwester. Maria-Luisas Haar fällt ihr über die Schultern wie dunkles Wasser. Das Mädchen zieht den Kamm langsam und gleichmäßig hindurch, wie um die Welt wieder in Ordnung zu bringen.

In dem Moment hören sie ein lautes Rumpeln. Ein Mann

schiebt einen Karren mit einem riesigen Kochtopf die Straße herauf. Er passiert das Gebäude mit den rötlichen Mauern, kommt herüber und rollt den Karren in die hinterste Ecke des Platzes.

Das Mädchen schaut zu, wie der Mann ein Holzkohlefeuer entfacht. Kurz darauf weht der Duft von Bratfett und dann von Zwiebeln herüber, die Wartenden heben den Kopf. Der Geruch von Fleisch kommt hinzu. Neben dem Mann mit dem Karren sitzt eine Gehilfin, vielleicht seine Frau, sie knetet Teig, formt ihn zu Tortillas und stapelt die fertigen Rohlinge. Sie legt sie auf den Grill, immer sechs zur selben Zeit. Das Mädchen sieht genau hin – wie die Frau die Fladen im Auge behält, wie sie sie wendet. Wie oft hat sie dieselbe Arbeit verrichtet? Der kühle, nach Limetten duftende Teig zwischen ihren Handflächen, die sich kräuselnden Ränder der Tortillas im heißen Ofen – ein Zeichen, dass sie fast fertig sind und blitzschnell umgedreht werden müssen.

Das Mädchen stellt sich eine warme Tortilla mit schwerer Füllung vor. In Speckfett gebratene Kartoffeln. Nopales. Kaffee. Das Wasser läuft ihr im Mund zusammen und ihr Magen beginnt zu knurren.

Leute nähern sich dem Stand. Sie warten und kommen ins Gespräch, grinsen und lachen. Niemand sieht zu dem Platz hinüber, wo die Gefangenen hinter der Absperrung sitzen. Die Wolken werden dichter und der Himmel verdunkelt sich weiter.

Ein gutaussehender junger Mann überquert die Straße und geht zu dem Karren. Er trägt einen dunklen, eleganten Anzug mit Hut und hat einen Gehstock dabei. Sein Schnurrbart ist breit. Das Mädchen erkennt ihn sofort an seinem suchenden Blick. Eben noch stand er im Garten der Hacienda und starrte zu ihnen herüber. Er spricht mit dem Händler, tritt einen Schritt zurück und wartet auf sein Essen. Währenddessen betrachtet er den Platz, wo die Gefangenen sitzen.

Das Mädchen richtet sich auf, aber der gutaussehende Mann ist abgelenkt.

Der Familienvater hat sich indessen das Hosenbein hochgekrempelt. Er zieht einen Geldschein aus dem Bündel und gibt den Rest seiner Frau, die alles in ihrem Kleid versteckt. Anschließend steht er auf und nähert sich dem Torocoyori.

»Meine Familie hat Hunger«, sagt er langsam und bedächtig. »Da hinten gibt es Essen.« Er zeigt auf den Taco-Karren. »Ich habe Geld. Ich möchte uns etwas zu essen kaufen.«

»Nein.« Der Soldat schüttelt den Kopf. »Setz dich wieder hin.«

Aber der Mann setzt sich nicht wieder hin. Er ist einen Kopf größer als der Soldat, der selbst nicht gerade klein ist. »Meine Familie hat Hunger«, wiederholt der Vater. »Meine Frau stillt. Da hinten gibt es Essen. Ich habe Geld.« Er zeigt auf den Stand, wo der junge Mann in dem eleganten dunklen Anzug gerade seine Bestellung bezahlt.

Alle beobachten die Szene. Alle auf dem Platz haben ihre Augen auf den hochgewachsenen Vater gerichtet, und da geschieht etwas mit seinem Körper. Es ist, als würde er wachsen und noch größer werden. Vielleicht lässt ihn die Bedürftigkeit all jener wachsen, die auch Hunger haben und auf seiner Seite sind.

»Geh und setz dich hin«, sagt der Soldat zu dem großen Vater, aber schon klingt seine Stimme weniger fest. Und da erkennt das Mädchen erneut, dass dieser junge Soldat kein schlechter Mensch ist; er ist selbst ein Gefangener. »Geh zurück in den Pferch, wo du hingehörst.«

»Nein«, sagt der Vater ruhig. »Ich gehöre nicht in den Pferch.

Genauso wenig, wie du in diese Uniform gehörst. Ist es das wert?«, fragt er den Soldaten. »All das für ein paar glänzende Knöpfe? Für ein Gewehr?«

Der Soldat schweigt.

»Meine Familie hat Hunger«, sagt er noch einmal, »und ich werde uns etwas zu essen kaufen.«

Der Vater kehrt dem Soldaten den Rücken zu und geht los. Bis zum Taco-Stand ist es nicht weit, keine zehn Schritte. Er wendet sich nach links und läuft dann an der Stirnseite des Platzes entlang.

Seine Stiefel treffen hart auf den Boden. Er geht, wie er spricht – langsam, aber zielstrebig. Eins und zwei, eins und zwei, eins und zwei. Alle schauen hin. Es ist, als wage niemand mehr zu atmen. Das Mädchen hält die Luft an. Der gutaussehende Mann an der Taco-Bude beobachtet das Schauspiel ebenfalls, seine Lippen umspielt ein kleines Lächeln.

Da kracht ein Schuss. Und noch einer.

Das Mädchen kneift die Augen zu und sieht Carlos' glitzernde Innereien, das rote Gemetzel seines Todes. Sie hört einen weiteren Schuss, und noch einen. Jemand schnappt nach Luft.

Der große Vater steht immer noch aufrecht da. Er ist nicht verletzt, aber der zweite Soldat – der mit den Klapperschlangenaugen – hält ihm ein Gewehr an den Kopf. Er brüllt etwas auf Spanisch, der Torocoyori muss übersetzen.

»Das nächste Mal«, sagt der Torocoyori auf Yoeme, »werde ich nicht in die Luft schießen.«

Die Mutter will, dass ihr Mann zurückkommt. »Bitte«, sagt sie und ruft weinend seinen Namen. »Bitte, komm zurück.«

Der Vater lässt den Kopf hängen.

»Tut mir leid, Bruder«, sagt der Torocoyori leise. »Sei vernünftig und geh zurück hinter die Absperrung.«

Der Vater geht am Seil entlang, und als er auf der Höhe seiner Familie angekommen ist, steigt er hinüber. Er setzt sich zu seiner Frau und den beiden Kindern. Der Soldat mit den Klapperschlangenaugen ist ihm gefolgt.

»Dein Geld«, sagt er.

»Es gehört mir«, sagt der Vater, aber seine Stimme klingt verändert. Er schämt sich, weil er seine Frau und seine Kinder nicht ernähren kann. Weil man ihm den Sohn weggenommen hat. Er schämt sich für alles, was passiert ist, und für alles, was, wie er jetzt weiß, noch auf ihn zukommt.

»Das Geld«, sagt der Soldat mit den Klapperschlangenaugen ruhig.

Die Frau gibt dem Vater das Geld, und er reicht es an den Soldaten weiter, der es sich in die Jacke steckt.

Das ganze Geld.

Wie lange hat er gebraucht, es zu sparen? Wie viele Tage hat er dafür gearbeitet?

Alle wenden die Augen von der Familie ab, als könnten sie den Anblick nicht ertragen.

Nur der gutaussehende Mann am Taco-Stand sieht nicht weg.

Er beendet seine Mahlzeit, gibt der Frau die Pappe zurück, wischt sich die Hände an einem Tuch sauber und tritt den Rückweg an, immer am Platz entlang. Diesmal geht er auffällig dicht an dem Mädchen, Maria-Luisa, dem großen Vater und seiner Familie vorbei, und die ganze Zeit lässt er sie nicht aus den Augen. Er dreht sich um, überquert die Straße, bleibt vor dem gedrungenen rötlichen Haus stehen und lässt den Blick hin und her schweifen, als warte er auf etwas. Er blickt die Straße hinauf und hinunter. Und auf einmal fängt er an zu lächeln – jemand kommt auf ihn zu. Ein kleines Mädchen von fünf oder vielleicht sechs Jahren geht an der Hand einer Frau, und die Frau trägt das prächtigste Kleid, das das Mädchen je gesehen hat. Sie sieht aus, als hätte sie die Vögel aus gleich mehreren Wäldern gefangen, und nun ragen die Federn hoch von ihrem Hut auf. Das Kleid des Kindes und auch das der Frau ist hochgeschlossen und so lang, dass der Saum über den Boden schleift. Sie sehen aus wie seltsam steife Wesen aus Stoff und Federn, weder Mensch noch Vogel, sondern irgendetwas dazwischen. Das Haar des kleinen Mädchens ist wie das der Mutter in steife Löckchen gelegt, die bei jedem Schritt wippen. Als das Kind bei dem Mann ankommt, jauchzt es vor Freude, und der Mann wirbelt es hoch in die Luft, so hoch, dass es lachend mit den Beinen strampelt. Seine Stimme ist wie ein helles Klingeln.

Das Mädchen ahnt, wie die Kleine sich fühlt, hoch in der Luft und mit einem Ziehen im Magen, sicher gehalten von den Armen des Vaters. Sie sieht zu, wie das Kind dem Mann die Hände an die Wangen legt. Die glatte Haut, der dichte, borstige Schnurrbart.

Der Vater setzt die Kleine ab und ihre Mutter kümmert sich um sie, richtet ihr Kleid und ordnet ihr Haar. Ihre Schuhe glänzen, als wären sie noch nie getragen worden. Das Mädchen ergreift die Hand des Vaters und sie überqueren zusammen die Straße. Als sie am Pferch vorbeikommen, bleibt der Mann abrupt stehen. Er scheint zu überlegen, dann winkt er den Torocoyori zu sich und sagt etwas auf Spanisch. Die Frau zupft an seinem Ärmel, aber er beachtet sie gar nicht. Ihr Blick wandert von den Gefangenen in die immer dunkleren Wolken hinauf. Das Mädchen glaubt zu spüren, wie das Herz der Mutter hilflos flattert, sie fürchtet sich vor ihnen allen, doch der Vater hat keine Angst.

Der gutaussehende Mann sagt etwas zu seiner Tochter und gestikuliert, als meinte er das Mädchen, Maria-Luisa, den großen Vater, seine Familie und alle anderen Leute auf dem Platz, und das Mädchen mit den Locken hört zu und beobachtet sie aus großen braunen Augen. Als er fertig ist, bedeutet er dem Torocoyori, seine Worte zu übersetzen.

»Diese Indios«, sagt der Torocoyori, »werden deportiert.« Er zieht das Wort in die Länge: de-por-tiert. »Sie werden auf den Plantagen arbeiten und sich nützlich machen.«

Der gutaussehende junge Mann spricht mit lauter Stimme weiter.

Der Soldat übersetzt: »Der Indio steht dem Fortschritt im Weg. Er ist faul und schwach und versteht nichts von der modernen Welt. Lieber hungert er, als sich mit dem Ackerbau zu quälen. Aus diesem Grund muss man ihn zur Arbeit zwingen.«

Dann lächelt der Mann und legt seiner Tochter eine Hand auf den Scheitel. Seine Stimme verändert sich und wird sanft, fast süßlich.

»Aber«, übersetzt der Soldat, »am Ende helfen sie uns. Die Indios. Weil sie sich nützlich machen.

Denn unsere Welt ist auf ihrer Welt gebaut. Sie arbeiten hart auf den Plantagen, und wir verkaufen die Agaven und stärken unsere Republik. Unseren Präsidenten. Sie sorgen dafür, dass wir zu essen haben, und auch unsere Kleidung haben wir ihnen zu verdanken, sogar unsere Häuser. Wir sollten ihnen danken, weil sie für den Fortschritt unserer Nation ihr Leben geben. Ordnung und Fortschritt, so lautet das Motto unseres Präsidenten.«

Der Mann fragt etwas, und der Soldat sagt ihm das Wort für »danke« auf Yoeme. *Liohbwana*. Das Mädchen sieht den Soldaten zögern. Ganz offensichtlich wollte er dem Mann dieses

Wort nicht geben. Er will es nicht aus seinem Mund hören, aber nun ist es zu spät.

»Liohbwana«, sagt der Vater.

»Liohbwana«, sagt seine Tochter lächelnd und entblößt dabei ihre weißen Zähne. Die Mutter quakt wie ein gequältes Huhn, aber der Vater nickt zufrieden. »Liohbwana«, sagt er noch einmal und lüpft seinen Hut.

Dann schließen sich seine Finger sanft um die Hand seiner Tochter und sie spazieren davon, immer die Straße hinunter. Die Kleine hopst, ihre Locken wippen.

Das Mädchen sieht ihnen nach. Sie kann fühlen, wie sicher sich die Tochter fühlt. Wie beschützt, wenn die große Hand des Vaters ihre kleine umschließt.

Unsere Welt ist auf ihrer Welt gebaut.

Sie begreift, wie er und seine Tochter sie sehen. Nur Indios. Nur die braune Erde, auf der sie ihre Welt errichtet haben. Auf einmal weiß sie, wem sie wehtun will – sie will diesem Mädchen wehtun, und auch der Mutter. Und dem schönen Mann. Ihnen allen. Sie will sie verfluchen. Sie will, dass vor ihnen auf der Straße ein Hexenkessel explodiert und sie mit Nägeln, Fröschen und Nadeln beschießt.

Die Wut steigt in ihr auf und lässt ihre Knochen glühen.

Wie kommt es, dass manche Väter ihre Töchter beschützen können und andere nicht?

Wie kommt es, dass die Hand des einen Vaters auf dem Dorfplatz an ein Brett genagelt wird, während die Hand eines anderen auf dem Scheitel seiner Tochter liegt?

Wie kommt es, dass dieses Mädchen die Straße hinunterhopst, während sie und ihre Schwester hinter einem Seil sitzen müssen?

Wie kommt es, dass manche Töchter in Sicherheit sind?

Aber im nächsten Augenblick hat sie einen anderen Gedanken, und er ist überwältigend, erschreckend und befriedigend zugleich: Wie sicher ist die Welt dieses kleinen Mädchens, wenn sie auf Vernichtung errichtet wurde? Auf vernichteten Menschen und vernichteten Dingen? Auf der vernichteten Welt des großen Vaters? Auf Kosten des verschleppten kleinen Bruders und der Familie des Truthahngeiermanns. Auf Kosten von Carlos, der in der Morgendämmerung stirbt.

Wie lange wird es dauern, bis auch ihre Welt vernichtet wird? Die Mutter mit den Federn? Das kleine Mädchen mit den Locken?

Was ist, wenn ihnen ein noch größerer Untergang bevorsteht?

Denn wie kann es nach all dem neue Welten geben?

»Kleiner Schatten«, sagt Maria-Luisa.

Sie dreht sich um.

»Oh«, sagt sie, denn in den Augen ihrer Schwester ist wieder Leben; sie weinen.

»Es tut mir leid«, sagt Maria-Luisa. »Es tut mir so leid. Das ist alles meine Schuld.«

»Nein.«

»Lass mich ausreden. Du wolltest nicht mit. An dem Abend. Wenn ich dich nicht gezwungen hätte, mich zu begleiten, wärst du jetzt zu Hause im Dorf. In Sicherheit.«

Stirn an Stirn und Hand in Hand sitzen sie da.

»Nicht mehr lange«, sagt das Mädchen, und noch während sie es ausspricht, weiß sie, dass es stimmt. »Früher oder später wären sie ins Dorf gekommen. Sie verfolgen jetzt alle von uns.«

»Hör zu«, sagt Maria-Luisa und packt sie bei den Armen, »du musst fliehen, sobald du kannst. Wenn die Soldaten nicht hinschauen, läufst du los, hörst du? Du läufst und drehst dich nicht um.«

»Nein …«

»Es muss sein.«

Das Mädchen sieht an sich hinunter. Maria-Luisas Nägel drücken sich so tief in ihre Arme, dass es blutet. »Ich kann nicht gehen«, sagt sie, und immer mehr Tränen fließen. »Aber du, du kannst rennen.«

Das Mädchen betrachtet Maria-Luisas Gesicht und sieht darin ihren Tod. Der Tod umgibt sie. Er war die ganze Zeit da, dieser Tod, ist ihnen immer näher gekommen. Sie wusste es die ganze Zeit und wollte es nicht sehen.

»Nein.« Das Mädchen schüttelt den Kopf, damit er wieder verschwindet.

Dabei ist es deutlich zu sehen: Maria-Luisa ist tot, ihre Schwester ist tot, sie kann sie am Straßenrand liegen sehen. Ihr Tod ist nah. Er ist fast schon hier.

»Nein«, sagt sie zum Tod ihrer Schwester. »Das darf nicht sein.«

Aber der Tod ihrer Schwester, der sie die ganze Zeit begleitet, mit ihnen Schritt gehalten hat, erwartet sie schon. Der Tod ihrer schönen Schwester. Er wartet darauf, sie in Empfang zu nehmen, er sitzt ruhig da und wartet darauf, sie in seine Umarmung zu ziehen.

»Ich habe Angst«, sagt Maria-Luisa. Und das Mädchen spürt die Angst ihrer Schwester, die auf sie übergeht und sie frösteln lässt.

»Nein.« Sie streicht der Schwester die Haare aus dem Gesicht. »Du bist Maria-Luisa und hast vor nichts Angst. Du bist mutiger als Lola Kukut.«

Neben ihnen landet ein Regentropfen auf dem Boden.

Das Mädchen legt den Kopf in den Nacken und sieht, wie der Himmel aufreißt. Die Gefangenen blicken in die Höhe und öffnen den Mund, strecken die geschwollene Zunge heraus, um die Tropfen aufzufangen. Auch das Mädchen streckt die Zunge heraus und spürt, wie die trockene, rissige Oberfläche weich wird. Maria-Luisa tut es ihr gleich.

Und im nächsten Moment prasselt der Regen auf sie nieder, schlägt auf den Boden und das Laub der Bäume.

In den Löchern auf der Straße sammelt sich kaffeebraunes Wasser. Die Menschen suchen Zuflucht. Am anderen Ende des Platzes laufen der Mann und die Frau um den Taco-Stand herum und ziehen die Markisen aus, damit nicht alles nass wird.

Das Mädchen sieht zu den Wachsoldaten hinüber. Sie stehen dicht beieinander unter einem der Bäume und sind ins Gespräch vertieft.

»Du musst gehen«, sagt Maria-Luisa. »Lauf!«

Das Mädchen sieht sie an.

»Geh«, sagt Maria-Luisa.

Das Mädchen beugt sich vor und legt eine Wange an die der Schwester. »Lauf«, flüstert Maria-Luisa ihr ins Ohr. »*Jetzt*. Lauf weg.«

Und damit schiebt sie sie sanft von sich. Das Mädchen steht auf. Und dreht sich um.

Niemand bemerkt, wie sie hinter den Baum schlüpft. Sie ist unsichtbar. Sie ist der kleine Schatten. Das war sie ihr Leben lang.

Sie zieht sich das Tuch über den Kopf und rennt über die Straße, und auf einmal ist sie nur ein Mädchen, ein junges Mädchen, das durch die Straßen einer kleinen Stadt läuft. Das Herz hämmert ihr gegen die Rippen, ihre Füße berühren kaum den Boden. Sie wirft keinen Blick zurück, obwohl sie es gern tun würde – sie dreht sich nicht um zu dem Platz, wo die Soldaten und die Gefangenen sind, Maria-Luisa, die Familie, die betende Frau und der Truthahngeiermann.

Sie wartet auf einen Schrei, auf Schüsse, aber nichts passiert.

Sie läuft immer schneller. Sie läuft an Marktständen vorbei: Fleisch und Obst, glitzernde Fische mit nur halbtoten Augen. Sie sieht Hunde, und Hühner, die in den Pfützen scharren. Andere Kinder rennen lachend durch den Regen. Sie sieht einen unbewachten Obststand, und im Vorbeigehen streckt sie die Hand aus, greift sich zwei reife Mangos und lässt sie unter ihrem Tuch verschwinden. Sie flitzt durch eine Seitenstraße, kommt an einer neuen Ecke heraus, duckt sich in eine kleine Gasse, bleibt stehen und sieht sich um. Sie holt eine der Mangos heraus, zieht ein Stück Schale ab und hebt sich die Frucht an die Nase. Wärme und Sonnenlicht. Ihr Mund füllt sich mit Speichel. Sie beißt hinein und fühlt, wie das Fleisch nachgibt. Sie beißt bis auf den Kern, der Saft läuft ihr über Wangen und Kinn. Sie schließt die Augen. Sie isst die ganze Frucht und bearbeitet den Kern so lange, bis von dem faserigen Fruchtfleisch nichts mehr übrig ist.

Der Regen trommelt auf den Boden, das Wasser schießt rauschend und wirbelnd durch die Straßen, reißt Kieselsteine mit, wird immer schneller.

Sie muss an das Mädchen mit den Locken denken. Bestimmt sind die Haare jetzt nass und die Locken platt. Die Mutter wird mit hoher, dünner Stimme zetern und der Vater wird seine Tochter beschützen. Er wird sie auf den Arm nehmen, damit sie nicht nass wird. Wie sicher sie sich fühlen wird, weil der Regen ihr nichts mehr anhaben kann; aber diese Sicherheit ist schwach und brüchig.

Das Mädchen fragt sich, ob es zu Hause im Dorf regnet, und falls ja, ob der Fluss jetzt anschwillt, immer weiter anschwillt und die Felder überflutet, die nördlich gelegenen Felder und die Felder der Amerikaner im Süden. Ob er die Arroyos und die von Hand und von Maschinen ausgehobenen Gräben überschwemmt. Ob der Regen die Wasserlöcher in den Bergen füllt, wo die Männer dichtgedrängt und hungernd ausharren, bis sie wieder herunterkommen können. Sie denkt an den Fluss, an das Feuer, an den Geruch der Hütte ihrer Großmutter.

Und dort im Regen wird ihr etwas klar – sie wird zurückkehren. Sie wird nach Hause zurückkehren. Ganz kurz überschwemmt dieses Wissen – das Wissen um ihr Überleben – ihren ganzen Körper, und Schwindel ergreift sie.

Sie weiß, sie wird überleben, selbst wenn sie in diesen furchtbaren Pferch zurück und durchs Gebirge marschieren und auf einer Plantage arbeiten muss. Sie wird die Wüste wiedersehen, und auch die Berge und das Gesicht ihrer Großmutter. Den Mesquitebaum im Garten. Sie wird die Hände ihres Vaters berühren. Sie weiß nicht, woher sie das alles weiß, aber so ist es. Auf einmal kann sie weit, sehr weit sehen – der Regen nimmt jeden Schleier von ihren Augen.

Sie weiß, sie wird ihre Geschichte an einen höhergelegenen, sicheren Ort bringen. Die Geschichte ist leicht, sie wiegt nichts. Und wenn das Wasser sich zurückgezogen hat, wird sie ihre Geschichte hervorholen und ausbreiten wie eine Tierhaut am Feuer, damit sie in der Wärme trocknen kann. Und wenn sie bereit ist, erzählt zu werden, wird sie einen Weg auf ihre Zunge finden.

Und durch diese Geschichte wird die Zukunft hallen, und auch sie wird einen Weg finden.

Sie spürt die Entscheidung, dabei ist es eigentlich keine, es ist alles andere als das.

Sie macht kehrt und läuft abermals an den Marktständen

und den Hühnern und den Kindern und den Hunden vorbei. Sie lässt alle komplizierten, undurchsichtigen Dinge hinter sich, die das Leben auf dieser Seite des Seils ausmachen.

Sie läuft den ganzen Weg zurück, ihre Füße platschen durch die Pfützen. Die Soldaten sind immer noch abgelenkt.

Kleiner Schatten. Sie ist dankbar für ihren Namen. Sie weiß, er passt zu ihr. Sie schlüpft unter dem Seil durch, das jetzt schwer vom Regen ist, und schleicht zu dem dünnen Baumstamm zurück. Sie war kaum weg, doch während ihrer Abwesenheit ist die Welt untergegangen und neu auferstanden. Sie breitet das Tuch über ihren und Maria-Luisas Kopf, um sie vor den Blicken der Soldaten zu schützen.

»Nein«, sagt sie. »Ich kann nicht weglaufen.«

Sie beugt sich hinüber und legt die Wange an die ihrer Schwester. Ihre Schwester sagt kein Wort. Sie atmet schnell, so schnell, als könnte sie von ihrem strahlenden Leben gar nicht genug bekommen, als wäre sie diejenige, die gerade gerannt und frei ist.

Zwischen ihnen, schwer im Stoff der Röcke, liegt die Mango.

»Für dich«, sagt das Mädchen.

Und nach einer Weile streckt Maria-Luisa die Hand aus.

Sie hebt sich die Frucht an die Nase. Sie riecht daran. Und sie lächelt.

DER SÄNGER
1969

DER JUNGE MIT DEM schlaksigen Gang gibt das Tempo vor, der Sänger folgt ein paar Schritte dahinter. Der Weg zieht sich am Strand entlang, macht eine Biegung nach links und dann nach rechts.

Der Sänger versucht, Schritt zu halten und das Risiko einzuschätzen. Schwer zu beurteilen, ob der Junge gefährlich ist. Wahrscheinlich eher nicht, aber man kann nie wissen. Der Sänger fühlt sich an die Teenager erinnert, die er vor zehn Jahren in Florida kannte – schmale Hüften und zurückgegelte Haare, die als Entenschwanz unter dem strahlend weißen T-Shirtkragen verschwinden. Die Jeans des Jungen sitzen eng, den Gesäßtaschen nach zu urteilen ist er unbewaffnet. Aber der Junge sitzt am längeren Hebel. Er weiß, wer der Sänger ist, und dass er sich versteckt. In so einer Lage würde sich sogar der netteste Mensch fragen, ob sich aus der Situation nicht vielleicht ein Gewinn schlagen ließe. Und der Junge ist nervös; er strahlt die Nervosität in Wellen aus. In diesem Moment durch sein Tempo.

Hey, ruft der Sänger. Wozu die Eile?

Der Junge wirft einen Blick über die Schulter.

Die Sandfliegen, sagt er. Bald fangen sie an zu stechen. Die sind echt übel.

Er sieht wieder nach vorn und geht weiter.

Sie befinden sich auf einem sandigen Weg, vor sich das Meer, hinter und neben sich den dichten Dschungel. Der Sänger spürt seine Nähe als leises, grünes Raunen am Rand des Bewusstseins, und dazu eine abwärts wandernde Schwäche in den Armen, in den Fingerspitzen. Es ist noch keine fünf Minuten her, da hatte er einen Plan, aber jetzt läuft er plötzlich diesem Jungen hinterher. Wohin eigentlich?

Auf einmal hat er eine Vision: Ein Auto rast auf sie zu, zwei Männer springen heraus, schlagen ihn mit einem Pistolengriff bewusstlos, fesseln ihn und werfen ihn in den Kofferraum. Sekundenlang bekommt er keine Luft mehr.

Er bleibt wie angewurzelt stehen und beugt sich vornüber. Unter seinen Rippen und auf Höhe der Leber ein dumpfer Schmerz. Er spuckt in den Sand zwischen seinen nackten Füßen, richtet sich wieder auf. Das Dach des Hotels ist gerade noch zu erkennen. Es ist nicht weit weg. Keine fünf Minuten, immer den Weg entlang. Er sollte umkehren und zum Hotel zurückgehen. Er könnte zurückgehen, sich ein Taxi bestellen und zum Flughafen fahren. In ein Flugzeug steigen und verschwinden, bevor es zu spät ist. Er tastet nach seiner Gesäßtasche, spürt die Konturen der kleinen Klinge.

Der Junge dreht sich um. Sein Blick ist stechend, ungeduldig.

Warum bleibst du stehen?

Der Sänger bewegt die Zehen im Sand und zieht ein Clownsgesicht. Wenn wir in die Stadt gehen, brauche ich meine Stiefel, Mann.

Der Blick des Jungen gleitet an ihm hinunter und wieder aufwärts. Er tritt von einem Bein aufs andere.

Der Sänger deutet mit gekrümmtem Daumen hinter sich.

Ich gehe kurz in mein Zimmer und hole meine Stiefel.

Nein!

Er runzelt die Stirn. Was soll das heißen, *nein*?

Es heißt nein. Du kannst nicht zurück.

Warum nicht?

Die werden erfahren, wer du bist.

Wie?

Ich werde es ihnen sagen.

Im Ernst?

Schwer zu sagen, wie ernst der Junge es meint. Er sieht verzweifelt aus, sein Gesicht verrät etwas – aber was?

Der Sänger zählt – einundzwanzig, zweiundzwanzig, dreiundzwanzig.

Willst du mir drohen? Er lächelt matt.

Hör mal, sagt der Junge, du wolltest doch den weißen Fels sehen, oder? Ich kann ihn dir zeigen. Ich kann dir alles zeigen, und du kannst ein Lied über mich schreiben und mich berühmt machen, ja?

Der Sänger lacht. Klar, sagt er leichthin, aber sein Herz wummert und ihm wird schwindelig. Er muss nachdenken, jetzt sofort. Klar kann ich das.

Er holt seine Zigaretten heraus und bietet dem Jungen eine an, doch der schüttelt den Kopf. Der Sänger zündet sich eine an.

Wie alt bist du?

Zwanzig.

Woher kommst du?

Aus Mexiko.

Ja, klar, aber woher genau?

Sinaloa, sagt der Junge tonlos.

Wo liegt das?

Der Junge zeigt strandaufwärts. Nächster Bundesstaat, sagt er. Aber sehr weit weg.

Wie kommt es, dass du hier bist?

In den Augen des Jungen ein Flackern. Zu Hause gibt es keine Arbeit.

Und deine Familie?

Er zuckt mit den Schultern und sieht plötzlich noch jünger aus. Der Sänger stellt sich seine Mutter vor, und ein kleines Haus irgendwo in der Pampa. In einem Drecksloch.

Er raucht die Zigarette, der Junge tritt weiter von einem Bein aufs andere. Ein Plan nimmt Gestalt an. Er sollte versuchen, sich mit dem Jungen anzufreunden. Er sollte ihn in die Stadt begleiten und so richtig abfüllen. Bis zum Blackout. Später kann er dann zurückkommen, in Ruhe seine Sachen packen und verschwinden. Weiterziehen. Bis der Junge wieder zu sich kommt, wird er Tausende Kilometer entfernt sein. Der Plan ist ein bisschen schäbig, aber er weiß, er kann es schaffen. Einen Blackout kriegt er hin.

Er trinkt einen Schluck Mescal und bietet dem Jungen die Flasche an.

Hier, sagt er. Trink aus.

Der Junge sieht die Flasche an und dann wieder den Sänger und schüttelt den Kopf.

Nun komm schon. Wir wollen doch in die Stadt, oder?

Der Junge nickt.

Wollen wir Spaß haben, oder was?

Die Flasche ist noch zu einer Handbreit gefüllt.

Er schwenkt sie vor dem Gesicht des Jungen, der tatsächlich zugreift und trinkt. Er hustet, schneidet eine Grimasse und gibt sie zurück.

Der Sänger lacht, knufft ihm in den Oberarm. Gutes Zeug, was?

Der Blick des Jungen schweift immer wieder ab, wandert den Weg hinunter. Wartet er auf etwas? Auf jemanden? Aber da ist nur der menschenleere Pfad. Nur das Meer, der Strand, der Dschungel und in der Ferne ein paar strohgedeckte Hütten. Das blaue Tosen der Wellen. Die Nachmittagshitze.

Hey, sagt er. Wir haben Spaß, oder?

Der Junge nickt. Anscheinend kommt er wieder zu sich. Ja, sagt er.

Genau! Und du kennst die besten Bars, oder?

Der Junge grinst. Ja, sagt er.

Bars! Musik! Frauen!

Ja, wiederholt der Junge.

Tja dann, Kumpel. Der Sänger klopft ihm auf die Schulter. Oh, bevor ich es vergesse. Hier, für dich. Er tastet nach der Meskalinkette. Ich hab schon was genommen.

Der Junge starrt ihn an.

Die kann man essen, erklärt er und schüttelt die aufgereihten Kügelchen. Echt gut. Er nimmt die Kette ab. Man beißt einfach rein. So. Er zerbeißt eine Kugel mit den Backenzähnen und dann noch eine. Er kaut: Sand, Kaktus, Speichel.

Er reicht die Kette dem Jungen, der sie nimmt und auf Armeslänge von sich hält.

Nun komm schon.

Der Junge schiebt sich ein Kügelchen zwischen die Backenzähne, beißt zu und verzieht das Gesicht. Nicht gut, sagt er.

Doch, ich sag es dir, die sind super. Es geht nicht um den Geschmack. Du wirst schon sehen. Komm, nimm noch eine. Eine große. Bist doch ein großer Kerl.

Der Junge beißt zwei weitere Kügelchen ab.

Und jetzt runterspülen. Er reicht ihm den Mescal.

Der Junge legt den Kopf in den Nacken und trinkt. Puta madre, sagt er und wischt sich über die Lippen.

Ja. Der Sänger lacht und kippt den Rest. Puta madre, verdammt.

Der Junge sieht aus, als müsste er sich übergeben. Am Ende ist die Sache vielleicht einfacher, als er dachte.

Er zündet sich eine weitere Zigarette an und hält dem Jungen die Schachtel hin, und diesmal greift er zu. Komm – er schlägt ihm auf den Rücken –, los jetzt. Auf geht's!

Und mir nichts, dir nichts hat sich das Gleichgewicht der Kräfte verschoben. Der Sänger kann es spüren, er ist wieder am Drücker.

Sie gehen weiter, wenn auch ein bisschen langsamer. Jetzt ist er der Schrittmacher. Da ist nichts, wohin er auch blickt, keine Häuser, keine Menschen, nur Sträucher, Sand und Meer.

Es liegt wirklich am Ende der Welt, oder?

Was?

Das Hotel. Irgendjemand hat mir erzählt, es läge am Ende der Welt.

Gefällt es dir? Das Hotel?, fragt der Junge.

Klar. Dir nicht?

Der Junge zuckt die Schultern. Geht so. Zu dem Hotel gibt es eine Geschichte. Willst du sie hören?

Klar.

Angeblich ist es verflucht. Weil es auf verfluchtem Land steht.

Der Sänger kann den Gedanken sofort nachvollziehen. Die niedrigen Dünen haben etwas Trostloses. Nirgendwo Häuser, keine Leute, keine Zeugen. Es ist immer noch nicht ganz auszuschließen – das Auto aus dem Nichts. Die Pistole am Kopf.

Er geht mit gleichmäßigen Schritten, spürt den warmen Sand unter den Füßen.

Der Präsident persönlich ist gekommen, um es einzuweihen, erzählt der Junge, aber die Mücken und die Sandfliegen haben ihn vertrieben. Der Junge schlägt sich auf den Arm. Außerdem gibt es Geräusche. Nachts.

Was für Geräusche?

Der Junge zuckt mit den Schultern.

Einmal bin ich morgens zur Arbeit gekommen und der

Nachtportier sah ziemlich erschreckt aus. Er hat behauptet, er hätte Geräusche gehört. Ein Scharren und Weinen. Er hat nachgesehen, konnte aber nichts finden. Die Geräusche waren immer wieder zu hören, die ganze Nacht ging das so. Am Morgen hatte er große Angst, und einen Tag später hat er gekündigt. Er hat gesagt, es würde spuken.

Cool.

Der Junge sieht ihn an. Glaubst du an Geister?

Klar.

Hast du schon mal einen gesehen?

Klar.

Welchen?

Wie viel Zeit hast du?

Ihre Schritte sind jetzt entspannt. Das Tempo behagt ihm. Wenn der Junge ein Jaguar ist, ist er selbst ein Bär. Ein riesiger, schwerer Grizzly.

Der Junge beäugt ihn von der Seite.

Einmal, erzählt er, bin ich in Venice Beach die Straße runtergegangen und habe einen Satyr gesehen.

Einen Satyr?

Kennst du die?

Was ist ein Satyr?

Ein Ziegenmann. Der Sänger grinst. Ein kleiner Ziegenmann. Hat sich einfach zwischen den geparkten Autos durchgeschlängelt und mir zugewinkt. Er hat mich mindestens fünf Blocks lang verfolgt.

Der Junge zieht die Nase kraus. Das war kein Geist.

Nein. Klar. Aber ein Dämon. Ein kleiner Teufel. Ist mir nachgelaufen, mit einem leichten Hinken.

Hattest du Angst?

Nein. Ich habe mich gefreut. Scheiße, ich war begeistert.

Du magst Teufel?

Klar, du nicht?

Der Junge schüttelt den Kopf. Er bekreuzigt sich mit weit aufgerissenen Augen und wirkt immer jünger. Sechzehn? Siebzehn?

Ah, ich fand ihn toll. Den kleinen Dreckskerl.

Rechts von ihnen der Dschungel mit einem Grillenorchester voll singender Sägen, vor ihnen die Sonne und das Meer.

Nach etwa hundert Metern tauchen niedrige, strohgedeckte Hütten mit Bierschildern auf dem Strand auf. Vor der ersten bleibt der Sänger stehen.

Ich hole mir einen Drink. Willst du auch was?

Der Junge wirkt wieder nervös und trippelt auf der Stelle, als müsste er mal.

Sag mal, hast du es eilig? Geh ruhig vor, ich hole dich ein.

Nein! Der Junge sieht ihn panisch an. Nein, nein, wir gehen zusammen.

Wenn du meinst.

Da ist diese Sache mit seiner Stimme – wenn er ganz leise spricht, kann er Tiere beruhigen. Jetzt wendet er den Trick an. Klar, wenn du meinst, sagt er.

Das Innere der Hütte ist dunkel und muffig, es riecht nach altem Fisch und feuchtem Holz. Ein dünnes Mädchen im Teenageralter sitzt auf einem Barhocker und starrt in die Ferne. Auf ihrem T-Shirt steht *Mexico '68*, darunter sind die olympischen Ringe zu sehen. Der Schriftzug schwankt und schimmert im Licht der nackten Glühbirne. Neben ihr sitzt eine ältere Frau mit einem Kleinkind auf den Knien, dahinter plärrt ein Fernseher. Bilder von Astronauten flimmern über den Schirm, eine Stimme aus dem Off redet aufgeregt auf Spanisch.

Dos cervezas, sagt der Junge und wirft ein paar Münzen auf

den Holztresen, wie um abermals die Führung zu übernehmen. Para llevar. Er klatscht sich an den Hals.

Das dünne Mädchen gleitet vom Hocker, geht zum Kühlschrank und nimmt zwei Bierflaschen heraus. In der Mitte der Hütte haben sich die Mücken zu einer Art Wolke formiert. Der Sänger schaut auf seinen Arm hinunter und sieht, wie zwei von ihnen sein Blut saugen. Er schlägt zu, verschmiert das Blut auf seiner Haut.

Hier in dieser Hütte wird ihm plötzlich klar, wie high er ist, Scheiße noch mal, er ist wirklich verdammt high. Er blickt zum Bildschirm auf, wo die Astronauten beim Training gezeigt werden; sie drehen sich auf diesen Schwerkraftgestellen immer rundherum, auf diesen Leonardo-Gestellen. Er schaut gebannt zu, sieht die tumben blonden Helden in den funkelnden Raumanzügen, wie sie immer weiterkreiseln. Wie weit muss man sich ins All hinauswagen, bis man den Falkner nicht mehr hört?

Und dann eine Aufnahme der Rakete. Apollo 11.

Apollo, der Gott des Lichts. Der Bote.

Mit Apollo konnte er nie viel anfangen. Zu glatt. Zu brav. Zu verklemmt.

Wie sie da über der Küste Floridas in der Luft steht, sieht die Rakete klapprig aus, irgendwie unzuverlässig. Er kennt den Küstenstreifen, er wurde dort geboren, in Melbourne, am anderen Ende der Bucht und keine fünfunddreißig Kilometer von Cape Kennedy entfernt.

Dieser beschissene Sumpf.

Bad Moon Rising.

Als er abgereist ist, lief das Lied in allen Bars von L.A., und in allen Bars von Mexico City.

Trouble on the way.

¿Puedes abrirlas?

Das dünne Mädchen öffnet die Flaschen und reicht sie hinüber.

Der Sänger lächelt sie an, greift nach dem kleinen kalten Wunder namens Bier und verlässt die Hütte auf der anderen Seite. Er tritt auf den Strand, wo gerade die Sonne untergeht und die hohen Zirruswolken, zinnoberrot und blau, von unten anstrahlt. Auf den Strand werfen sich kleine, perfekte Wellen.

Er blickt am Ufer entlang und entdeckt den weißen Fels.

In der Nähe kauern zwei Fischer neben ihren aus dem Wasser gezogenen Booten und reparieren ihre Netze. Der Sänger setzt sich in den warmen Sand, zündet sich eine Zigarette an und schaut zu. Einer der Fischer putzt den Fang, von seinem Messer springen silbrig funkelnde Schuppen. Der Mescal entfaltet jetzt seine volle Wirkung, hinzu kommt das Bier, das den Effekt des Peyote ein wenig dämpft. Alles ist lebendig, alles atmet wie ein Körper, das große Spektakel des Animus; er kann förmlich fühlen, wie der Dschungel sich ausdehnt und wie viel Wissen er birgt. Alles windet und fickt und leckt und saugt sich ins Leben und ist gleichzeitig sicher aufgehoben – in der Reinheit des goldenen Sandes, des Meers, des Himmels. Apollo und Dionysos. Alles im Gleichgewicht.

Und mittendrin flicken diese Männer ihre Netze; die Netze sind ausgebreitet und der fangfrische Fisch gart im Rauch des Holzkohlefeuers, während sie auf diesem perfekten Stück Sand das Universum zusammenflicken. Die Männer arbeiten gründlich und methodisch, hin und wieder lachen sie.

Er atmet aus.

Er könnte ein Fischer sein. Sich ein Boot besorgen, angeln und schreiben und vom Meer leben.

Hey!

Er dreht sich um. Der Junge steht direkt hinter ihm und wirkt fahrig und nervös.

Ganz kurz hatte er vergessen, dass der Junge existiert.

Wir müssen weiter.

Komm, setz dich. Für eine Minute.

Nein, sagt der Junge und tritt von einem Bein aufs andere. Nein. Du kannst hier nicht sitzen bleiben.

Warum nicht?

Wegen der Sandfliegen. Sie werden dich auffressen.

Ach, scheiß auf die Sandfliegen. Du immer mit deinen Sandfliegen. Er streckt seine Beine aus, schiebt die nackten Füße in den Sand. Ich hab meine Jeans.

Der Junge geht neben ihm in die Hocke.

Wir müssen weiter.

Nein.

Und da ist sie wieder, seine Angst. Ganz bestimmt hat der Junge einen Plan. Er will ihn … was? Ans Messer liefern?

Hey, sagt er. Sieh dir das an. Er holt weit mit dem Arm aus: das Meer der Himmel der Dschungel die Fischer. Das hier ist der beste Ort auf der ganzen beschissenen Welt. Lass dich drauf ein, Mann. Nimm es in dich auf.

Der Junge greift sich an die Gesäßtasche, anscheinend will er sich vergewissern, dass der Zeitungsausschnitt noch da ist. Der Sänger braucht sich nicht zu vergewissern; er spürt die harte Klinge auch so.

Er klopft neben sich auf den Sand. Und der Junge nimmt zögerlich Platz. Das Herz des Sängers schlägt schneller. Der Junge ist unbewaffnet, es wäre ein Leichtes, ihn einfach zu packen, in den Sand zu drücken und ihm die Obsidianklinge an den Hals zu halten. Den Artikel an sich zu bringen, ihn zu verschlucken oder ins Wasser zu werfen.

Aber der Moment ist zu friedlich. Zu schön. Alles wird gut. Der Junge ist ja fast noch ein Kind.

Hast du Gras?, fragt der Sänger.

Gras?

Marihuana?

Oh, sagt der Junge. Mota. Nein.

Könntest du uns welches besorgen? In der Stadt?

In der Stadt kann ich uns alles besorgen. Der Junge springt auf. Komm, wir gehen weiter.

Du hast es so eilig, sagt der Sänger. Warum? Komm mal runter, Mann. Spürst du schon was?

Der Junge schüttelt den Kopf.

Was für ein Sonnenuntergang. Siehst du das? Siehst du diese Farben?

Der Junge blinzelt ins Licht.

Hast du schon mal einen Trip eingeworfen?

Der Junge schüttelt den Kopf.

Hast du Angst?

Nein.

Aber er hat Angst, das ist nicht zu übersehen.

Der Sänger blickt aufs Meer hinaus.

Man muss vorsichtig sein, raunt er sanft. Die Geister … die Teufel … alles, wovor du dich fürchtest, springt dich an, sobald du richtig high bist. Er dreht sich zur Seite. Buh!, macht er, und der Junge zuckt zusammen.

War nur Spaß.

Er steht er auf und hält dem Jungen eine Hand hin.

Wir gehen da lang. Der Junge zeigt zum Weg hinauf.

Nein. Der Sänger schüttelt den Kopf. Wir gehen über den Strand.

Hier am Strand holt ihn kein Auto oder Pick-up ohne Kennzeichen ein. Aber auf dem schweren, nassen Sand zu laufen ist gar nicht so einfach.

Der Junge runzelt die Stirn und zuckt dann die Schultern. Okay.

Sie gehen an den Fischern, den umgedrehten Booten und den ausgebreiteten Netzen vorbei, der Sänger hebt die Hand. Die Fischer lächeln, entblößen abgebrochene Zähne, grüßen prompt zurück.

Unten am Wasser ist der Sand feuchter und fester. Der Sänger beugt sich hinunter, krempelt seine Jeans hoch und lässt die Wellen über seine Zehen schwappen. Der Junge bleibt auf Abstand, damit seine Kleidung nicht nass wird.

Probier es mal, sagt der Sänger. Fühlt sich gut an.

Die Pelikane sind zurück, gleiten über die Wellen. Hier und dort springt ein Fisch aus dem Wasser.

Zu ihrer Rechten säumen Hütten den Dschungelrand. Hin und wieder steht ein Tisch im Sand, sie begegnen weiteren Fischern. Der weiße Fels kommt stetig näher, aber dann stoßen sie auf eine Flussmündung und können nicht weiter. Sie biegen ab und gehen auf einer breiten Straße weiter. Immer weiter weg vom Strand. Geschäfte tauchen auf, und kleine Lebensmittelläden, die Mangos und Papayas anbieten. Vor einer Tortilleria hängt der Geruch von warmem Teig in der Abendluft. Sie biegen abermals ab und kommen durch ein Wohnviertel. In den Höfen Ziegen, Hühner und Hunde. Sie sehen Fischer, die mit schmutzigen Plastikeimern voller Fische auf dem Heimweg sind. Es riecht nach Küchendünsten, Kinder spielen auf der Straße Fußball. Flackernde Straßenlaternen mit Büscheln aus herabhängenden Kabeln. Auf einer dunklen Veranda steht eine schöne Frau und blickt in die Abenddämmerung.

Der Junge wird immer nervöser und bewegt ständig den Kopf hin und her. Die Wirkung setzt ein.

Hier. Der Sänger reicht ihm den Mescal. Trink aus.

Der Junge nimmt einen Schluck und gibt die Flasche zurück. Der Sänger leert sie und stellt sie oben auf eine Mauer.

Die Häuser lichten sich, zu ihrer Linken kommt abermals Wasser in Sicht, ein kleiner, stiller Kanal und gegenüber etwas, das wie eine Insel aussieht. Oben auf einem niedrigen Hügel steht ein Leuchtturm, darüber der Abendstern. An einem schmalen Holzsteg sind mehrere Boote festgemacht, die sanft gegeneinanderstoßen.

Der Sänger bleibt stehen. Was ist das? Er zeigt zur Insel hinüber.

Die Isla del Rey.

Die Königsinsel?

Ja.

Welcher König?

Der Junge zuckt die Schultern.

Sie stehen nebeneinander, blicken hinüber und spüren die kühle Luft, die vom Wasser aufsteigt.

Der Junge scheint sich zu verspannen.

Warte, zischt er und hält den Sänger mit ausgestrecktem Arm zurück.

Er zieht ihn in den Schatten, weil auf dem Steg eine kleine Gruppe erscheint, einige Männer, zwei Frauen, eine davon mit Baby auf dem Arm, dahinter zwei weitere Männer. Menschen wie diese hat der Sänger noch nie gesehen. Ihre Hosen enden knapp über den Knöcheln und sind üppig mit Tiermotiven bestickt, und im Dämmerlicht scheinen die Tiere sich zu bewegen; Hirsche springen über die Säume. Die Frauen haben sich Tücher über den Kopf gelegt, ihre Röcke reichen bis zum Boden. Die Nachhut bildet ein alter Mann. Er trägt einen kunstvoll gefertigten Hut, wie ihn auch ein chinesischer Bauer tragen könnte, aber dieser ist mit winzigen Federn und Bommeln verziert. Der Hut könnte lächerlich wirken, doch er ist nichts weniger als das. Die Leute reihen sich auf und warten. Der alte Mann holt etwas aus der Tasche, einen mit Federn besetzten Stock. Er schreitet die Wartenden ab und berührt die Männer, die Frauen und das Kind mit den Federn, saugt daran und beginnt zu singen.

Dieses Lied. Es macht etwas mit dem Sänger – er kann nicht länger stillstehen, sein Körper zuckt wie eine Marionette an Fäden.

Halt still, zischt der Junge.

Der Sänger schüttelt den Kopf. Ich kann nicht.

Er tritt vor und geht auf den alten Mann zu, er möchte in diesem Lied baden, aber der Junge hält ihn am Arm fest. *Nein*, zischt er. Seine Augen scheinen nur noch aus Pupillen zu bestehen. Bleib hier.

Der alte Mann mit dem Hut verstummt, hebt den Kopf und starrt direkt zu ihnen herüber. Er bedeckt seine Augen. Und der Sänger stiert unverhohlen zurück.

Scheiße, flüstert er. Heilige Scheiße.

Im selben Moment steigt ein Mann aus einem der am Steg festgemachten Boote und winkt die Leute heran. Die Gruppe läuft schweigend über die Holzplanken. Einer der jungen Männer springt als Erster hinunter und hilft den anderen nacheinander an Bord, und dann legt das Boot ab. Die Ruder tauchen fast lautlos ins Wasser ein, während die Gruppe sich aus dem Blickfeld des Sängers entfernt und in der Abenddämmerung verschwindet.

Sein Körper beruhigt sich wieder.

Scheiße, sagt er. *Was zur Hölle war das?*

Indios. Brujos. Paganos. Hexer. Böse Leute.

Was tun sie da?

Sie bringen Opfergaben auf die Insel. Für den Fels.

Den weißen Fels?

Ja.

Komm, sagt der Sänger und will zum Steg gehen.

Nein! Der Junge klammert sich an seinen Arm. Nein! Geh da nicht hin. Die töten Tiere!

Der Sänger lacht. Wir alle töten Tiere, Junge.

Sie betreiben dunkle Magie. Mit Flüchen und Zaubersprüchen!

Oh.

Auf dem Felsen spukt es. Das ist ein böser Ort.

Wirklich? Bei dir spukt es wohl überall.

Nein, nein. Der Junge sieht aus, als würde er gleich in Tränen ausbrechen. Wenn du weitergehst, schreie ich! Ich schreie deinen Namen. Jetzt sofort. Alle werden kommen und sehen, dass du es bist. Du hast keine Chance.

Okay, sagt der Sänger leise. Ist ja schon gut. Du meine Güte, beruhige dich.

Die Indios kann er später immer noch suchen. Seinem Aussehen nach zu urteilen ist der Junge bald hinüber.

Komm, sagt der Junge, wir gehen in die Stadt. Wir suchen uns eine Bar. Okay?

Klar, sagt der Sänger sanft. Wie du meinst. Du gehst vor.

Sie durchqueren eine kleine Kopfsteinpflasterstraße, an deren Ende sie sich zwischen Kolonialbauten wiederfinden. Auf der einen Seite des Platzes steht ein Gebäude mit hohen Torbögen, auf der anderen ein Hotel mit Backsteinmauern im Stil einer Hacienda, daneben eine Kapelle und ein Schwimmbad.

Hey, sagt der Sänger, glaubst du, der Indio mit dem Hut hat uns mit einem Fluch belegt?

Der Junge sieht ihn an.

Er hat uns einen ziemlich seltsamen Blick zugeworfen, oder?

Sie gehen weiter.

Hey, sagt er. Alles in Ordnung, Kleiner? Du siehst ein bisschen komisch aus.

Komisch?

Ja.

Sie kommen an einem Geschäft vorbei. Davor ist ein Spiegel aufgestellt und im Hintergrund sind Kleiderständer zu sehen. Klamotten. Gut. Klamotten sind gut. Sein Hemd. Er braucht ein neues Hemd.

Hier, sagt er und bleibt vor dem Spiegel stehen. Er betrachtet sich, seine Pupillen sind riesig. Sieh dich mal an. Du siehst wirklich ein bisschen komisch aus.

Der Junge bewegt sich zögerlich vor den Spiegel und sieht hinein. Er mustert sein Gesicht, berührt seine Wangen, die Nase. Seine Augen sind panisch und aufgerissen wie die eines in die Enge getriebenen Tiers.

Der Sänger lässt ihn dort stehen und betritt den dunklen Laden. Hinter der Theke sitzt eine große Frau in einem Hauskittel und raucht. Ein Ventilator rührt in der drückenden Luft.

Buenas noches, señora.

Die Frau nickt.

Er durchwühlt die Hemden in den Regalen und zieht eines aus schwerer weißer Baumwolle heraus, ein mexikanisches Hemd mit bestickten Borten an den Vordertaschen und einem kleinen G für Grande auf dem Kragenetikett. Er trägt es zum Tresen.

Hey, sagt er zu der Frau, haben Sie auch was gegen Flüche? Ich glaube, der Junge ist krank. Muy malo.

Er nickt zu dem Jungen hinüber, der immer noch vor dem Spiegel erstarrt ist, sein Gesicht eine Fratze der Angst.

Un brujo. Es muy malo.

Die Frau runzelt die Stirn. Nein, sagt sie.

Schade.

Diez dólares, sagt die Frau. Para la camisa.

Diez Dollar? Pfff.

Er zieht sein Geld aus der Hosentasche, drei Hundertdollarscheine. Mehr ist von den fünfhundert, die er in Mexico City bekommen hat, nicht übrig. Er klatscht einen davon auf den Tresen. Die Frau sieht auf das Geld hinunter, dann wieder in sein Gesicht, und schüttelt den Kopf.

No tengo cambio.

In dem Moment sieht der Junge herüber, der Bann ist gebrochen. Er wankt leicht unsicher zum Tresen.

»Ich bezahle das«, sagt er und zupft einen Zehndollarschein aus der Rolle in seiner Tasche.

Der Junge nimmt den Hundertdollarschein und gibt ihn dem Sänger zurück. Damit solltest du vorsichtiger sein, sagt er.

Der Sänger knöpft sich das Hemd auf – inzwischen könnte es wahrscheinlich allein nach L. A. zurücklaufen –, der Stoff verströmt einen Geruch nach zerkochtem Fleisch. Un regalo, sagt er. Ein Geschenk für dich. Er gibt das Hemd der Frau, die es entgegennimmt wie eine Handgranate. Sie dreht sich um und wirft es in den Mülleimer hinter dem Tresen.

Hast du das gesehen?, fragt er den Jungen und knöpft sich dabei das neue Hemd zu. Direkt in den Müll! Zu der Frau sagt er: Zu Hause sind sie verrückt nach meinen Hemden. Loco. *Lo-co*, verdammt! Er tippt sich an die Schläfe.

Der Junge muss lachen – erst leise, dann ein bisschen lauter.

Je stinkender, desto besser, fährt der Sänger fort. Sie stecken ihre kleinen Nasen rein.

Jetzt biegt sich der Junge vor Lachen, ha ha ha ha. Jetzt hat der Kaktus ihn.

So was von loco!, wiederholt der Sänger. Und jetzt muss auch er lachen, sein ganzer Körper bebt, die beiden krümmen sich und schütteln sich und müssen fast würgen.

Callate, zischt die Frau. Raus aus meinem Laden.

Sie richten sich auf und schaffen es, sich vor dem zweiten Lachkrampf auf die Straße zu schleppen, sie heulen vor Lachen und müssen einander stützen. Als das Lachen verebbt ist, fühlt der Sänger sich gereinigt. Leer.

Ein Geschenk!, platzt der Junge heraus. Du hast ihr ein Geschenk gegeben! Dein stinkendes Hemd!

Ja!

Dein pinche Hemd war wirklich ekelhaft.

Ja, das beschissene Hemd war echt pinche, oder?

Er weicht einen Schritt zurück, zündet sich eine Zigarette an und beobachtet den Jungen.

Wenn das Scheißhemd nicht gewesen wäre, säße ich jetzt nicht hier mit dir fest.

Der Junge verzieht das Gesicht. Was?

Wenn. Das. Scheißhemd. Nicht. Gewesen. Wäre, sagt er und rammt dem Jungen einen Finger in die Brust. Säße. Ich. Jetzt. Nicht. Hier. Mit. *Dir*. Fest.

Der Junge ist einen Kopf kleiner als er.

Auf einmal fällt ihm wieder ein, wie er früher seinen kleinen Bruder gequält hat. Er drückte ihn zu Boden, ließ sich über seinem Gesicht einen Spuckeklumpen aus dem Mund laufen und saugte ihn im letzten Moment wieder ein. Er stößt noch einmal mit dem Finger zu, fester diesmal. Der Junge schwankt und geht fast zu Boden. *Cabrón*, sagt er und fängt sich wieder.

Klar, sagt der Sänger achselzuckend. Was auch immer. War nur Spaß.

Ich glaube, ich bin betrunken, sagt der Junge.

Nein, nein, du bist nicht betrunken. Du bist noch lange nicht betrunken genug. Komm, wir besorgen uns noch eine Flasche.

Inzwischen ist es dunkel geworden, auf eine für diese Orte typische Weise, plötzlich und absolut. Das Städtchen kommt in Fahrt – junge Frauen in hübschen, schulterfreien Oberteilen mit zu viel Parfüm und Lippenstift, junge Männer mit gierigen Blicken lungern an den Straßenecken herum. Die Szenerie verströmt eine glamouröse Endzeitstimmung. Restaurants mit zur Straße hin offenen Fronten.

Hey. Er legt dem Jungen einen Arm um die Schultern. Mir gefällt es hier. Das ist eine coole kleine Stadt. Weißt du was? Ich bin froh, dass ich dich getroffen habe. Ich glaube, das wird ein lustiger Abend. Er zieht den Jungen an sich und nimmt seinen Geruch wahr, Haarwachs, billiges Aftershave und Armut. Dann lässt er ihn wieder los. Ein bisschen zu grob. Nur, um ihm zu zeigen, wer hier das Sagen hat. Der Junge taumelt, blickt zu ihm auf. Der Boden unter seinen Füßen scheint zu schwanken. Er kann es selbst fühlen. Der Junge vertraut ihm nicht mehr. Gut so.

Motorräder, Roller, Taxis, Fahrräder. Rücklichter und Fahrspuren. Auf Außenmauern gemalte Bierwerbung. Als hätte jemand in Sachen Farben, Sex und Sound alle Regler hochgeschoben. Der Trip ist in vollem Gange. Gerade noch zu bewältigen, trotzdem könnte er Hilfe gebrauchen.

Hey – hast du Speed? Benzedrin? Dexedrin?

Mit Speed wäre er schlagartig wieder klar.

Speed? Der Junge nickt. Die Vorstellung scheint ihn zu beleben, er steht gleich ein bisschen aufrechter da. Am Platz, sagt er. Da gibt es was. Wir sind fast da.

Der Junge geht zu einer Apotheke an der Ecke, deren weiße Innenbeleuchtung in den Abend hinausstrahlt. Davor steht eine kleine Bank. Der Sänger lässt sich daraufsinken. Du gehst rein, sagt er und winkt. Rote Pillen, blaue Pillen, was auch immer.

Okay. Warte hier. Rühr dich nicht von der Stelle.

Der Junge verschwindet im Laden. Er wirft immer wieder einen Blick über die Schulter, um sich zu vergewissern, dass der Sänger noch da ist. Der Sänger könnte weglaufen, aber er weiß, der Junge würde ihn wahrscheinlich einholen. Abgesehen davon ist er fast am Ziel. Der Junge schwächelt jetzt schon. Und bevor der Abend zu Ende ist, können sie sich genausogut amüsieren. Wann war er zuletzt so völlig inkognito in einer fremden Stadt unterwegs? Es ist Jahre her.

Gleich neben der Apotheke befindet sich ein Spirituosengeschäft mit vollgestelltem Schaufenster.

Er rappelt sich auf, geht hinein, nimmt ein paar Bierflaschen aus dem Kühlschrank und fragt nach Mescal. Und nach Zigaretten. Er zieht einen Hundertdollarschein heraus und knallt ihn auf den Kassentresen. Der Verkäufer sieht ihn ungläubig an.

Und noch eine Flasche Johnnie Walker, sagt der Sänger. Dann sind wir quitt.

Der Junge steht draußen auf dem Gehweg, sein Kopf ruckt nach rechts und links, Panik steht ihm im Gesicht. Der Sänger schlendert hinüber. Hast du alles bekommen?

Der Junge zeigt ihm das Fläschchen. Zwanzig Pesos, sagt er.

Mann, da hättest du zwei nehmen sollen!

Sie betreten die Plaza über eine kleine Rampe. Ein hübscher Platz mit Bäumen, Bänken, Lichterketten in den hohen Ästen und heiserem Vogelgezwitscher. Familien sind da und tun, was Familien so tun. Der Sänger setzt sich auf eine schmiedeeiserne Bank, zündet sich eine Zigarette an, schraubt den Mescal auf, legt den Kopf in den Nacken und gießt sich den Schnaps in die Kehle. Er reicht die Flasche an den Jungen weiter, der ebenfalls trinkt.

Na dann mal los, sagt er. Mach es auf.

Der Junge schraubt das Fläschchen auf und schüttelt sich ein paar Pillen in die Hand.

Wie viele?, fragt er.

Willst du nüchtern werden oder abgehen wie eine Rakete?

Nüchtern werden.

Echt? Du willst nicht zum Mond fliegen?

I see the bad moon a-rising.

I see trouble on the way.

Nimm fünf, sagt der Sänger.

Der Junge kippt sich drei in den Mund und spült sie mit Mescal hinunter.

Ach, komm schon, sei nicht so eine Spaßbremse. Nimm noch ein paar. Hier. Er nimmt das Fläschchen, schüttelt sich fünf Pillen in die Hand, wirft sie ein und spült mit Bier nach.

Auf der Platzmitte spielt eine Band unter einem Pavillon, Straßenhändler verkaufen Popcorn, Zuckermais, Eiscreme und Schmuck. Ein komplettes mexikanisches Straßenfest.

Scheiße noch mal, ich liebe dieses Land, sagt er. Ihr habt einfach alles.

Er lehnt sich zurück und kippt einen Schluck Mescal auf den harten Boden unter den Bäumen. Auf dein Land. La tierra. La libertad.

Er fährt mit zwei Fingern durch den Staub, malt sich einen Streifen quer über die Nase.

Was soll das?, fragt der Junge. Was machst du da?

Ich bin Tezcatlipoca, raunt er sanft. Schon mal gehört?

Der Junge schüttelt den Kopf. Wisch das weg, sagt er.

Warum?

Weil es seltsam aussieht.

Er lacht. Ich bin seltsam, Junge.

Und dann legt er den Kopf zurück und heult den Abendhimmel an.

Er öffnet die Augen wieder, sieht alle Konturen doppelt. Scheiße, sagt er.

Was?, fragt der Junge.

Ich bin so verdammt high.

Ihnen gegenüber sitzt eine kleine Gruppe. Zwei Frauen haben ihre Webstühle an einem Baumstamm befestigt und arbeiten vor sich hin, zu ihren Füßen spielen Kinder. Am Boden liegt ein Tuch ausgebreitet, darauf Handarbeiten. Der Sänger geht hinüber und kniet sich hin. Ein kleiner Junge mit runden Augen blickt zu ihm auf. Hey. Er schneidet eine Grimasse. Der Junge ist höchstens eins oder zwei, um seine Körpermitte ist ein langer Schal gebunden. Die Frauen sehen schüchtern zu dem Sänger hinüber und wenden dann die Augen ab. Sie verkaufen Blusen, Ohrringe und kleine Webkreuze, alles in leuchtenden Farben.

Was ist das?, fragt er und nimmt ein aus vier Rauten zusammengesetztes Kreuz in Blau und Grün in die Hand.

Ojo de Dios, sagt die Frau.

Das Auge Gottes?

Die Frau nickt. Azul. Para el mar. Haramara.

Für das Meer?

Sí. Ein Dollar, sagt die Frau.

Er hält es sich vor die Nase. Die Mitte des Auges besteht aus schwarzem Faden. Er starrt hinein.

Er wird es kaufen, für Eva. Um zu beweisen, dass er hier war und dass er Gott begegnet ist.

Ich gebe Ihnen hundert, sagt er und zieht den Schein aus der Tasche.

Die Frau mustert den Geldschein und dann den Sänger. Ihre Begleiterin schnattert ein paar hohe Laute, wie ein verängstigter Vogel. Daraufhin streckt die Verkäuferin blitzschnell die Hand aus, nimmt den Schein, steckt ihn ein und macht sich daran, den Webstuhl und die Waren zusammenzupacken. Wenige Sekunden später ist alles verstaut, und die Frauen sind mitsamt ihren Kindern und ihren Sachen in der Menge verschwunden.

Der Sänger dreht sich um. Der Junge sitzt immer noch auf der Bank. Er sieht aus, als hätte er sich in einen sehr engen, sehr dunklen Winkel seiner selbst zurückgezogen.

Hey, sagt er. Hast du das gesehen?

Der Junge hebt den Kopf.

Ich habe Gottes verdammtes Auge.

Er hält es dem Jungen unter die Nase. Sieh dir das an, sagt er. Sieh dir das Auge an. Es beobachtet dich. Hey, bist du high? Er stupst den Jungen mit dem Ellenbogen an. Bist du schon high?

Der Junge sieht besorgt aus. Du solltest dir das aus dem Gesicht wischen, sagt er und zeigt auf den Streifen aus Erde.

Auf keinen Fall! Hey, ich brauche einen Drink. Gehen wir jetzt in diese Bar oder nicht? Hallo? Hey, Kleiner, alles in Ordnung?

Der Junge schüttelt den Kopf.

Nimm noch welche von den Blauen, dann geht es dir gleich

besser, versprochen. Dieser ganze Mist, den du gerade denkst, diese furchtbaren Ängste in deinem Kopf werden sich – er schnipst mit den Fingern – in Luft auflösen. Nun komm, wir haben doch gerade erst angefangen.

Er hebt das Ojo de Dios in die Höhe. Sieh mal, sagt er. Gott wacht über uns. Wir sollten dafür sorgen, dass er sich nicht langweilt. Er dreht das kleine, gewebte Kreuz im Kreis, immer rundherum. Der Junge sieht aus wie hypnotisiert oder seekrank.

Der Sänger hält inne und schiebt sich das Kreuz in die Brusttasche.

Dann wollen wir mal, sagt er, beugt sich vor und zieht den Jungen auf die Beine. Du kennst den Weg, Kumpel.

Der Junge findet sein Gleichgewicht wieder und führt sie von der Plaza hinunter in eine schlecht beleuchtete Seitenstraße. Abgemagerte Hunde, Brackwasserpfützen. Die Bar ist eigentlich nur ein langgezogener, schmaler Raum, aus dem blaues Licht auf die Straße fällt. Im vorderen Teil stehen ramponierte Plastiktische wie in einer Cantina, seitlich gibt es eine kleine Bühne für die Band. Dafür, dass der Abend gerade erst angefangen hat, ist das Lokal gut besucht; die meisten Tische sind besetzt.

Sie gehen zu der hölzernen Bar in Form eines Einbaums.

Die junge Frau dahinter trägt Jeans und ein besticktes Hemd, wie man es in den Secondhandläden am Sunset Boulevard kaufen kann, bloß dass es an ihr anders aussieht. Besser. Irgendwie echt. Die Blumen lösen eine Kettenreaktion in seinem Gehirn aus. Er mustert die Stiche, sieht die Nadel in den Stoff fahren und wieder heraus, die Blumen, die Farbe des Fadens, die hineingesteckte Liebe – welche Art von Liebe bringt so etwas Schönes hervor? Das Hemd ist perfekt. Die junge Frau ist perfekt. In seinem ganzen Leben hat er noch nie etwas Schöneres gesehen.

Verstehst du mich?

Ja.

Oh, wow. Super. Einfach super.

Was willst du?

Ich habe Mescal, sagt er unbeholfen und hält die Flasche in die Höhe.

Schön für dich. Möchtest du etwas dazu? Wenn du willst, mixe ich dir einen Cocktail damit.

Wow. Klar. Wow.

Ihr Englisch ist fließend. Er reicht ihr die Flasche über den Tresen und schaut zu, wie sie über einer kleinen Keramikschale Orangen auspresst. Ihre zierlichen Finger drücken sanft und vorsichtig zu. Und diese Schale – die braune Glasur – all das beschwört etwas Vollkommenes herauf, für das er keine Worte hat, keine passenden, er hat nur die Liebe, und die ganze Welt scheint sich aus liebevollen Gesten zusammenzusetzen: Cointreau, Tequila, Orangen, Mescal.

Wir sind auf einem Trip, sagt er, packt den Jungen und zieht ihn an sich. Wir sind echt high!

Schön, sagt die junge Frau.

Sie verleiht der Margarita den letzten Schliff, und er weiß, Frauen wie sie sind der Grund dafür, dass er auf dieser Welt niemals einer Frau treu sein kann. Sie schiebt die beiden Margaritas über den Tresen. Er gibt eine an den Jungen weiter, sie prosten sich zu. Er leert sein Glas in einem Zug, leckt das Salz vom Rand und fährt sich mit dem Handrücken über den Schnurrbart.

Verdammte Scheiße, ruft er, ich liebe dich!, und er meint es ernst. Die Frau lacht.

Die Krokodile, sagt der Junge. Hast du die Krokodile gesehen?

Wo?

Da hinten. Der Junge zeigt in eine Richtung, aber da stehen Leute im Weg und der Sänger kann nichts erkennen.

Was zur …?

Wollt ihr Camarones?, fragt die schöne Frau. Um die Krokodile zu füttern?

Ich fasse es nicht, sagt er. Ja, bitte.

Die Frau lacht wieder, bückt sich und schaufelt getrocknete Krabben aus einem Eimer. Der Junge wirft ein paar Pesos auf den Tresen und nimmt die Schaufel, und dann zwängen sie sich zwischen den Plastiktischen durch. Hinter einem niedrigen Holzzaun liegen zwei Krokodile in einer Grube, jedes etwa einen Meter lang.

Heilige Scheiße.

Seite an Seite stehen sie da und starren auf die Tiere hinunter. Sie sind so reglos wie aus Gips.

Einmal hat der Sänger gesehen, wie ein Alligator ein Wildschwein gerissen hat. Das war in Florida, er ging noch aufs College und kam spätabends von einer Party zurück. Er parkte den Wagen am mondbeschienenen Straßenrand, weil sie alle mal pinkeln mussten, und da sah und hörte er es – der nicht enden wollende Kampf, das Quieken und Grunzen, dann wieder die Stille und die Geräusche des Sumpfes.

Was glaubst du, was sie denken?, fragt er. Meinst du, sie betrachten uns als Beute?

Der Junge wirft eine Handvoll Krabben hinein. Die Krokodile drehen sich in ihre Richtung und schnappen zu.

Scheiße!

Der Junge schwankt, der Sänger streckt eine Hand aus, um ihn zu stützen. Es wäre ganz einfach, ihn aus dem Gleichgewicht zu bringen – das Strampeln und Fuchteln, das Blut, die nachfolgende Stille. Der Zeitungsausschnitt würde einfach gefressen, zusammen mit der Jeans.

Er spürt fremde Blicke und hebt den Kopf. Durch den Zigarettenqualm erspäht er einen voll besetzten Tisch. Gringos. Sie sehen ziemlich runtergekommen aus, sitzen über ihr Bier gebeugt und starren herüber.

Komm, sagt er zu dem Jungen. Setzen wir uns.

Gegenüber bereitet die Band sich auf den Auftritt vor: Saxophon, Schlagzeug, Trompete. Ein Mikrophonständer.

Sie schlängeln sich zu einem freien Tisch in der Ecke durch, wo er sich und dem Jungen einen Whisky einschenkt. Er trinkt einen großen Schluck. Die Amerikaner glotzen immer noch in seine Richtung. Er prostet ihnen zu und sie schauen weg.

Er spürt die Angst am Rand seines Bewusstseins. Das Kribbeln in seinem Blut. Die Verspannung in seinem Kiefer, befeuert vom Speed. Pillen, Peyote, Mescal, Bier, Margarita und jetzt der Whisky. Er zündet sich eine Zigarette an, atmet den Rauch tief ein und als stetigen Strom wieder aus.

Der Junge tappt mit dem Fuß einen Rhythmus auf den Boden.

Geht es dir besser?

Ja, sagt der Junge.

Siehst du? Hab ich doch gesagt. Auf die Blauen ist Verlass.

Er schenkt eine weitere Runde aus.

Alle Tische sind jetzt besetzt, an der Bar herrscht Gedränge. Die Musiker auf der Bühne spielen sich warm, das erste Set des Abends steht an. Er erinnert sich an ein Gefühl: das London Fog, das Whisky, die anderen Clubs auf dem Strip. Das erste Set vor leerem Saal. Beim ersten Set stand nichts auf dem Spiel. In den Jahren vor dem Ruhm spielten sie ihre besten Konzerte manchmal vor einem Publikum, das aus dem Clubbetreiber und einem einzigen Teenager bestand, danach ging es auf ein Bier, einen Burger, einen Whisky und manchmal auch etwas LSD rüber in die Beanery, und anschließend standen sie wieder auf der Bühne. Der Club hatte sich unterdessen gefüllt, es gab ein Publikum und Tänzerinnen in Käfigen, und sie begannen zu spielen.

Spielen.

Das reine Glück, mit offenem Ende zu spielen. Keine Plattenverträge, keine Geldgeber, keine Produzenten mit ihrem ewigen noch mal noch mal nochmalnochmal – keine Regeln, einfach nur ein Spielen ohne Ende wie bei besonders gutem Sex – die Neckereien, die Andeutungen, das stundenlange Vorspiel, und wenn es dann zum Höhepunkt kommt, ist es größer und schräger und atemberaubender als alles, was man sich hätte vorstellen können. Das Beste an diesen Abenden war, dass niemand konkrete Vorstellungen hatte. *Keine Regeln.* Sobald man Regeln aufstellt, wird das Spielen zum Spiel. Und die Regeln des Spiels sind immer manipuliert; man kann nicht gewinnen. Trotzdem liebt die Band das verdammte Spiel. Sie glauben, sie hätten es gewonnen, weil sie jetzt Autos, Häuser und dicke Scheckbücher besitzen. Aber sie irren sich: Zu spielen ist das Leben, das Spiel ist der Tod.

Der Trompeter hebt sein Instrument und schmettert einen Ton. Die Band fällt ein – absolut eingespielt – der Schlagzeuger konzentriert sich auf die Snare – sie spielen eine Art Bossa-Nova-Rock – eine Coverversion von »Satisfaction«.

Gefallen sie dir?, fragt der Junge grinsend.

Ja, klar. Die sind gar nicht schlecht.

Das ist mein Onkel, sagt der Junge. Mein Onkel ist der Sänger!

Du machst Witze! Er verschiebt seinen Stuhl, damit er besser sehen kann. Der Onkel trägt ein gestärktes weißes Hemd und eine Schlaghose.

O Mann, sagt er. *Deshalb* hattest du es so eilig? Du wolltest deinen Onkel spielen sehen?

Der Junge nickt und grinst, als wäre heute Weihnachten.

Und sie gefällt dir wirklich? Die Band?

Ja, wirklich.

Er spürt, wie alles von ihm abfällt, die ganze Angst. Der Junge ist harmlos. Er hat nie etwas Böses im Schilde geführt.

Er betrachtet den Jungen, dessen Profil im schummrigen Licht aussieht wie gemeißelt, und da erkennt er es: Er ist ein Gott aus gelber Bronze.

Hey, sagt er. Du bist wunderschön. Du bist der verdammte Blumenprinz.

Der Junge wird rot und schlägt die Augen nieder.

Der Sänger beobachtet die Frau hinter der Bar, ihre Bluse, die im schwachen Licht schimmernde Blumenstickerei.

Hombre, ich hole mir noch ein Bier, sagt er. Willst du auch eins?

Der Junge schüttelt den Kopf.

Er hatte ganz vergessen, was Speed einem Gutes tun kann. Die doppelten Konturen sind verschwunden, und auch das seekranke Gefühl. Es geht ihm gut. Besser als gut. Blendend. Aus der Trompete sprühen Funken aus goldenem Licht, während der Sänger sich durch die Menge zur Bar schiebt. Die junge Frau bedient gerade einen anderen Gast.

Hey, sagt er und lehnt sich weit über die Theke. Wie heißt du?

Rosa, antwortet sie halb über die Schulter.

Natürlich. Wie sonst. Willst du mit mir kommen, Rosa?

Wohin? Sie lächelt müde.

Irgendwohin. Nach Paris. Nach Huautla. Wir gehen zu María Sabina und lassen uns heilen.

Er sieht ihr in die Augen und sie lächelt, aber er weiß, solch ein Lächeln verschenkt eine schöne Barfrau wie sie fünfzigmal am Abend. Ein Lächeln ohne Widerhaken. Ein Lächeln, von dem er zu Boden gleitet, während sie sich abwendet und den Nächsten bedient.

Und dann hört er das vertraute Riff, gespielt auf einer Trompete, nicht auf der Orgel, er hört seinen eigenen Song, einen Song, der 1967 den ganzen Sommer über auf Platz eins war; den Song, der ihn und die Band zu Stars machte und in Mexiko wahrscheinlich bis heute die Nummer eins ist. Und er klingt gut, scheiße noch mal, er klingt großartig.

Das Publikum jubelt. Alle singen mit dem Mann auf der Bühne.

Magst du das?, ruft er Rosa zu.

Natürlich, sagt sie. Ich liebe es.

Er wartet darauf, dass der Groschen fällt. Er möchte, dass sie ihn erkennt. Er möchte zu ihr sagen: *Ich* habe das geschrieben! Ich habe diesen verdammten Hit geschrieben! 1967 war er den ganzen Sommer auf Platz eins, er lief jedes Mal, wenn ich das Radio eingeschaltet habe. Ich habe ihn auf der Straße gehört, in jeder Bar, in jedem Club und jedem Laden. Ich habe dazu gewichst und gefickt. Weißt du, wie es sich anfühlt zu kommen, wenn dein Song die Nummer eins ist und im Radio läuft?

Er möchte sehen, wie sie sich eine Hand vor den Mund schlägt und welche Art von Laut auch immer unterdrückt; er möchte wissen, ob sie einen Freund oder einen Ehemann hat oder ob ihre Schicht noch fünf Stunden dauert; er könnte ihr vorschlagen, ihn zu begleiten, und sie würde mitkommen, sie würde ihm folgen, wohin er will, in ein Taxi zurück zum Hotel, sie würde hinter ihm die Betontreppe zu seinem Zimmer hinaufsteigen, in die Hocke gehen und seine Jeans aufknöpfen, mit ihren zierlichen Fingern seine Oberschenkel kneten, seinen Schwanz hart machen und ihn in ihren schönen, nassen, heißen Mund nehmen.

Sie lächelt. Er lächelt zurück und kann nicht anders, als die Menge zu beobachten – und da überwältigt es ihn – eine Welle reinen, grenzenlosen Glücks – wie eine starke Droge. Er will aufspringen und das Mikrophon an sich reißen. Er wird es tun. Er wird sich das Mikrophon schnappen, und diese Frau wird ihn lieben. Denn es gibt nur jetzt jetzt *jetzt*. Heute könnte seine letzte Nacht auf Erden sein.

Aber davor braucht er noch einen Drink.

Hey, ruft er. Kann ich ein Bier haben?

Klar. Sie greift unter den Tresen und holt ein kaltes Pacífico herauf.

Ich mag dein Make-up, sagt sie.

Mein was?

Dein Gesicht.

Oh. Er tastet sich die Nase ab und fühlt den verkrusteten Dreck. Er hatte ihn ganz vergessen. Er muss wieder lächeln. Ich bin Tezcatlipoca. Kennst du ihn?

Sie schüttelt den Kopf.

Morgen früh werden sie mich opfern. Sie werden mir das Herz herausschneiden. Damit. Er holt die Klinge heraus und legt sie auf den Tresen.

Die Klinge liegt zwischen ihnen. Er sieht die junge Frau an, aber sie lächelt nicht. Im Gegenteil, sie wirkt beunruhigt. Es ist, als befänden sie sich durch die Klinge plötzlich in einer anderen Geschichte.

Hey. Eine schwere Hand auf seinem Rücken.

Er dreht sich um und sieht die Gringos von dem Tisch am hinteren Ende der Bar. Zwei davon. Er kneift die Augen zusammen, um sicherzugehen. Es sind eindeutig zwei, wobei einer von ihnen nur ein Auge hat.

Wir haben uns unterhalten und sind irgendwie drauf gekommen, dass es da jemanden gibt, dem Sie ziemlich ähnlich sehen.

Ach, ja?

Ja, und er ist berühmt. Das Grinsen des Typen stinkt nach Shrimps und Bier.

Ach, wirklich? Er dämpft seine Stimme zu einem Flüstern und legt seinen schwersten Bayou-Akzent darüber. Das höre ich ständig. Moment mal … Er sucht nach seinen Zigaretten. Hat einer der Herren vielleicht Feuer?

Der Einäugige lässt ein Zippo aufschnappen. Sie sind Sänger, stimmt's?

Der erste Zug beruhigt ihn ein bisschen.

Hihi, nein. Er schüttelt den Kopf. Ich bin ein ganz normaler Urlauber. Genau wie ihr.

Der Einäugige kneift sein Auge zusammen. Ich hätte geschworen, dass Sie es sind.

In dem Holster an seiner Hüfte steckt eine Waffe, ein Colt, Kaliber 45.

Der Sänger kann mit einem Colt umgehen. Die endlos langen Nachmittage auf der Ranch in Topanga; sie haben Stechapfel geraucht und auf Blechbüchsen und streunende Hunde geschossen. Sie haben versucht, sich echt zu fühlen.

Ach, *der*. Nee, *der* bin ich nicht. Er stößt ein hohes Südstaatenlachen aus. *Hihihi*. Ich bin ich! Tja, meine Herren, das hätten wir wohl geklärt, wenn Sie dann bitte …

Er berührt den Einäugigen am Arm. Aus irgendeinem Grund

kann er dieses hohe Gurren nicht ablegen, diese Blanche-Du-Bois-Stimme. Was immer es ist, es hat den Einäugigen verstört.

Eins hat er im Leben gelernt: Wenn es Probleme gibt, verhält man sich am besten ein bisschen seltsam.

Der Song geht zu Ende, der Sänger schmettert die letzten Verse des Refrains.

Hände weg, sagt der Einäugige.

Oh, äh, sorry. Ich wollte nur … Er massiert dem Mann kurz den Arm.

Sie finden das wohl witzig, Mister? Er sieht, wie der Einäugige eine Hand ans Holster legt.

Nein, Sir. Ich doch nicht. Kein bisschen. Ganz und gar nicht.

Hey, hey. Der Junge ist wie aus dem Nichts aufgetaucht und drängt sich zwischen sie. Das ist mein Cousin, sagt er zu dem Einäugigen. John.

Komm, John. Wir müssen der Familie hallo sagen.

Dann streckt der Junge noch den Arm aus, nimmt die Obsidianklinge vom Tresen und steckt sie ein.

Ja, sagt der Sänger. Zurück zur Familie. Er streicht dem Einäugigen ein letztes Mal über den Arm, dreht sich zu Rosa um und tippt sich an den unsichtbaren Hut, und dann gehen sie rückwärts hinaus. Sobald sie auf der Straße sind, fangen sie an zu rennen. Anscheinend wirken die Pillen jetzt wirklich, denn er fühlt sich, als könnte er ewig weiterrennen – immer weiter, neben dem Jungen – sein Körper bewegt sich und sie rennen, rennen, der Schweiß läuft ihm über den Rücken, ein Block, zwei Blocks und dann drei, bis ein Schmerz in seinen linken Lungenflügel fährt und er stehen bleiben und sich hustend krümmen muss.

Warte, ruft er dem Jungen nach. Warte einen Moment.

Er beugt sich vor, stemmt die Hände auf die Knie, sein Atem

rasselt. Er hört, wie der Junge zurückkommt und hinter ihn tritt, und dann spürt er einen Stich nahe der Nieren.

Hey. Er richtet sich auf, fühlt die Klinge. Sie befinden sich in einer dunklen Gasse, weit und breit keine Laternen und keine Geschäfte.

Du liebe Güte ... sagt er. Echt jetzt? Ich bitte dich.

Nein, sagt der Junge. *Ich* bitte *dich*. Du bist hier nicht der Boss.

Er hebt beide Hände. Okay, sagt er. Okay. Ich bin nicht der Boss.

Der Junge stößt noch einmal zu.

Hey!, winselt er. Pass auf! Du tust mir weh.

Ich weiß. Ich will dein Geld. Sofort.

Kannst du haben. Hier. Er leert seine Taschen. Übergibt den Hundertdollarschein.

Den anderen auch. Den anderen Hunderter.

Den habe ich der Frau auf dem Platz gegeben.

Du lügst.

Sorry, Junge.

Ich will mehr Geld.

Klar. Wie viel?

Eine Million Dollar.

Der Sänger lacht.

Was gibt es da zu lachen? Der Junge sticht wieder zu. Ich. Will. Eine. Million. Dollar.

Okay, okay. Er hebt abermals die Hände. Kein Problem. Aber um eine Million Dollar zu bekommen, müsste ich erst einmal meinem Manager in L.A. ein Telegramm schicken. Der gerade im Bett liegt und schläft. Aber wir können das gleich morgen früh machen. Versprochen. Ich gebe dir, was immer du willst.

Ich will es aber jetzt.

Hör mal, warum gehen wir nicht einfach zurück und genehmigen uns noch …

NEIN! Ich will keinen scheiß pinche DRINK und ich bin kein verdammtes KIND!

Der Junge schlitzt mit der Klinge den Ärmel des Sängers auf. Vielleicht wollte er nur das Hemd zerschneiden, aber er schneidet ihm in den Arm und das Blut verteilt sich auf dem weißen Stoff. Beide glotzen, vor ihren Augen erblüht ein roter Fleck auf der weißen Baumwolle.

Woah, sagt der Sänger. Ganz schön viel Blut.

Es ist schlimm, doch es könnte schlimmer sein. Er fühlt keinen Schmerz. Zumindest jetzt noch nicht, was vermutlich am Speed liegt.

Der Sänger sieht den Jungen an.

Gib mir die Klinge, sagt er.

Der Junge schüttelt den Kopf.

Gib mir die Klinge, Junge. Das ist mein scheiß Messer.

Der Junge ist wie gelähmt, völlig auf das Blut fixiert. Er sieht aus, als wüsste er nicht, ob er schreien oder weinen oder lachen oder sich in die Hose machen soll.

Er gibt die Klinge her. Sein Gesicht ist halb vom Trip verzerrt, halb schlaff vom Alkohol.

Na also. War doch ganz einfach, oder? Hm? Und jetzt … Der Sänger beugt sich vor, packt den Jungen von der Seite, schlingt ihm den linken Arm über die Brust und drückt ihm mit rechts die Klinge an den Hals. Du gehst jetzt da lang, sonst schneide ich dir die Kehle durch.

Der Junge beginnt zu wimmern. Es riecht nach Urin.

Glaub mir, sagt der Sänger. Ich schneide dir die Kehle durch. Ich bin Blaubart, verdammt. Hast du je von mir gehört? Ich bin der Glöckner von Notre-Dame. Ich bin Tezcatli-scheiß-poca! Ich werde dich töten und fressen und es wird mir gefallen. Und jetzt hau ab.

Er stößt den Jungen von sich.

Der Junge geht, fällt in einen Laufschritt, rennt, weint.

Der Sänger steht reglos da, das Blut tropft von seinem Hemd auf den Boden. Auf einmal spürt er die schmerzende Wunde.

Er zieht sich das Hemd aus und reißt die Ärmel ab. Er nimmt den sauberen Ärmel und bindet sich so stramm wie möglich den Arm ab. Dann dreht er sich um und geht in die andere Richtung, mit nacktem Oberkörper und immer im Schatten, er läuft zurück zu dem Platz, sucht sich eine Bank in einer unbeleuchteten Ecke und setzt sich. Sein rasselnder Atem. Der kalte Schweiß. Alles dreht sich – er weiß, er ist gefährlich betrunken – die unaufhaltsame, langsame Drehung der Welt im Vollrausch. Er torkelt durch den eigenen Verstand und versucht, irgendwo einen Halt zu finden.

Wo wollte er hin? Was war sein Ziel? Er wollte fliegen, oder? Er wollte dieses Land verlassen. Nach Paris, er war auf dem Weg nach Paris. Ein Zimmer über den Dächern der Stadt. Über dem Lärm und den Menschenmassen. Ein Ort im kalten Licht des Nordens. Er blinzelt, das Bild löst sich auf und er wird seekrank. Er dreht sich zur Seite und kotzt auf Baumwurzeln, setzt sich wieder auf und wischt sich über den Bart. Er fühlt sich schon ein bisschen besser, sein Blick ist steter.

In der Nähe tanzt ein junges Mädchen. Sie dreht sich unablässig, sie ist wie die Astronauten, die sich ebenfalls drehen und immer weiter drehen, bei ihrem Anblick wird ihm abermals schlecht und er wünscht sich, sie würde aufhören. Aber sie ist zu schön, um aufzuhören, und sie trägt einen dieser Röcke, wie ihn die Indiofrauen tragen. Sie ist schön auf eine Art, für die er keine Worte hat, denn sie besteht aus Sternenlicht und Mondschein.

Das Mädchen wird langsamer, der Rock fällt in sich zusammen, ihre Arme sinken herab.

Sie sieht ihn an, und er erwidert ihren Blick. Sie wendet sich ab und überquert die Plaza, er steht auf und geht hinterher.

Ihre Schritte sind flink und sicher, ihre nackten Füße erzeugen kein Geräusch. Sie setzt ihre Schritte gezielt auf das Kopfsteinpflaster, anscheinend kennt sie den Weg. Straßenhunde beschnuppern sie und weichen dann mit angelegten Ohren zurück. Sie wirft keinen einzigen Blick über die Schulter, aber er weiß, dass sie weiß, dass er ihr folgt. Er hat keine andere Wahl, und er ist dankbar dafür.

Er würde ihr überallhin folgen. So stellt er sich den Tod vor – vielleicht ist es das, was gerade geschieht, vielleicht hat die Klinge seine Niere durchstoßen. Vielleicht liegt er zusammengesunken in der dunklen Gasse und verblutet wie ein Straßenköter, und sie ist ein Engel, der ihn nach Hause führt.

Sie kommen am Hafen heraus – da sind Boote – und das Mädchen ist weg, anscheinend ist er wieder allein. Allein und blutverschmiert, zitternd, frierend.

Hier ist er völlig ungeschützt, aber er kann nicht zurück ins Hotel, wenigstens nicht auf dem Weg, den er gekommen ist. Zu dunkel.

Er betritt den Steg, an dem die Boote gegeneinanderstoßen. Der Mann, der die Indios zur Insel gerudert hat, liegt dösend in seinem Boot.

Hey, sagt er. Hey, aufwachen.

Der Mann öffnet ein Auge. In seinem Gesicht steht die Angst.

Bringen Sie mich zu dem Felsen, sagt der Sänger. Zum weißen Fels. Ich bezahle auch dafür. Ich bezahle, was Sie wollen.

Jetzt?

Ja, jetzt. Sofort.

Morgen in der Früh wäre besser.

Nein. Nicht morgen früh, sondern jetzt. Kommen Sie, bitte.

Schon schickt er sich an, in das Boot zu steigen. Er kann sehen, dass der Mann ihn nicht fahren will, nicht in diesem Zustand, ohne Hemd und blutverschmiert. Er steht, findet sein Gleichgewicht. Wie viele Mauersimse? Wie oft hat er die Mädchen zum Kreischen gebracht, indem er die menschliche Fliege auf dem Fensterbrett gab? Er sieht sich um. Da ist niemand – noch nicht. Aber bald werden sie hier sein, der Junge und alle Helfer, die er zusammentrommeln kann. Ihm bleibt nicht viel Zeit.

Der Schiffer lacht, zeigt die silber verkronten Zähne und wirft den Motor an, und dann sind sie unterwegs und schieben sich langsam durch den Kanal. Der Sänger kauert sich nieder und streckt sich dann aus, der Motor lässt seinen zitternden Körper noch mehr erzittern. Er riecht das Erbrochene von eben, das eigene Blut und den eigenen Schweiß. Das Boot läuft auf den Kiesstrand der Insel auf, der Schiffer springt hinaus und bindet es an einem Baum fest. Der Sänger zieht sich in die Höhe, klettert auf den steinigen Strand.

Alles ist still – die Nacht verschluckt alle Geräusche – der abnehmende Mond leuchtet hell.

Gracias, sagt er. Gracias.

Veinte pesos.

O Mann, tut mir leid. Ich habe kein Geld. Er stülpt seine Taschen um. No tengo dinero. Ich bringe es Ihnen morgen. Versprochen. Ich bringe Ihnen hundert Dollar. Cien dólares. Mañana. Versprochen, okay?

Der Mann sieht ihn skeptisch an.

Ich verspreche es, Mann. Aber, bitte – Sie dürfen niemandem erzählen, dass ich hier war. Por favor. Er legt sich einen Finger an die Lippen.

Der Mann bindet fluchend sein Boot los und fängt an zu rudern.

Hey, ruft der Sänger ihm nach. Hey, warten Sie. Wie soll ich denn zurückkommen?

Aber der Mann ignoriert ihn und wird von der seidigen Dunkelheit über dem Wasser verschluckt.

Langsam glaubt der Sänger, dass das hier ein schrecklicher Fehler war. Wenn sie zum Anleger kommen und sehen, dass ein Boot fehlt, können sie sich denken, dass er rausgefahren ist. Hier draußen können sie mit ihm machen, was sie wollen, sie könnten ihn erschießen und in einem flachen Grab verscharren.

Die Indios. Er muss die Indios finden.

Er geht landeinwärts und findet einen Felsen, auf den er sich setzt. Er würde gern eine Zigarette rauchen, die Schachtel ist noch nicht leer, aber er hat kein Feuerzeug. Sein Arm schmerzt – er löst den verknoteten Ärmel und versucht trotz der Dunkelheit, die Größe der Schnittwunde zu ertasten. Die Klinge ist etwa einen Zentimeter tief eingedrungen und er ertastet eine Menge Blut.

In der Dunkelheit ein Rascheln – irgendwo in der Nähe müssen Tiere sein. Die Insel riecht nach warmer Erde, Salzwasser und Stein. Neben seinem Fuß ein Haufen Dung. Er weiß, er sollte weitergehen, der Ort ist viel zu ungeschützt, er sollte die Indios finden oder sich bis zum Morgen verstecken.

Er läuft über einen sandigen, steinigen Pfad. Immer wieder verfangen sich Wurzeln an seiner Jeans – eine besonders große führt zu einer Bauchlandung, und als er sich auf den Rücken rollt, sieht er, dass seine Hosenbeine am Knie zerrissen und seine Handflächen aufgeschürft sind. Er möchte weinen wie früher, als seine Mutter nach einem Sturz zu ihm kam und ihm auf die Beine half …

Auf einmal will er zurück zu ihr, er kniet auf dem felsigen Untergrund und beweint sie. Sie kam ihn besuchen, sie hat sich seine Konzerte angesehen, aber sie durfte nicht hinter die Bühne – weder sie noch sein Bruder. Wofür hat er sie bestraft? Hilf mir, Mutter, halte mich, bitte.

Es sollte keine Bestrafungen mehr geben. Keine Schmerzen. Er hat den Schmerz umworben, er hat ihn gesät und schon viel zu lange mit seinen trostlosen Früchten gelebt.

Er krümmt sich zusammen und bleibt am Boden liegen.

Irgendwo in der Nähe ein Geräusch. Zweige knacken, die Angst durchfährt ihn. Er ist die Beute. Er blutet. Vielleicht gibt es hier Raubtiere, Jaguare aus dem Dschungel womöglich. Sie werden seine Witterung aufnehmen und sein Blut riechen. Er muss weiter.

Er zwingt sich, aufzustehen und so leise wie möglich weiterzugehen. Winzige Steinchen stechen in seine Fußsohlen. Zwischen den Bäumen ist es stockduster, bis der Pfad auf eine Lichtung mündet und auf einmal die Sterne und der Leuchtturm über den Klippen auftauchen. Der Lichtkegel schiebt sich über die Insel, beleuchtet den steinigen Canyon und Kakteen, die sich an die Felswände klammern. Einen ausgedehnten Moment lang steht er ungeschützt da, aber dann sieht er, dass er allein ist; keine Menschen, keine angriffslustigen Jaguare. Die Indios haben sich anscheinend schon schlafen gelegt.

Er durchquert eine Senke und findet einen flachen Stein, auf dem er sich ausstrecken kann. Er legt sich hin und betrachtet die Sterne, den weiten Himmel, und was er war, wird zu Gischt und verfliegt im Sternenlicht – der Mann, der ein Sänger war und den sie einen Star nannten. Er hatte sich für einen Alchemisten gehalten und geglaubt, er könnte sich selbst zu Gold machen, dabei war er immer nur wertlos. Nur ein Kind, das über eine Bühne stolziert. Er hat sich bemüht, aber am Ende ist auch er nur ein Tier. Er ist ein Caliban. Ein zotteliges Wesen mit Klauen. Er ist die Beute. Das hier ist echt, es ist die Realität, die er so lange gesucht hat.

Beeil dich, bitte, es wird Zeit.

Er hebt den Kopf und hört ein leises Instrument, eine Stimme, die genau an den richtigen Stellen bricht. Er steht auf und schleicht über den unebenen Boden, angelockt vom Gesang. Die Musik verhallt und ertönt wieder, lauter diesmal. Der Sänger entdeckt ein kleines Tor und dahinter Grasbüschel und eine niedrige, strohgedeckte Hütte. Ein Feuer. Um das Feuer sitzen Menschen herum. Die Indios. Es ist Tag oder Nacht, der Sänger weiß es nicht genau. Sie befinden sich irgendwo dazwischen, und das Dazwischen ist ein echter Ort. All das geschieht wirklich. All das ist ein Traum.

Er sieht die Gruppe von eben – die jungen Männer, die Frauen, den Alten. Sie bilden einen Kreis im Feuerschein und sehen ihn an, und auf einmal weiß er, was er zu tun hat. Er geht auf die Knie und kriecht auf sie zu, und währenddessen spürt er, wie die Wurzeln sich nach ihm recken und seine Haut zerkratzen. Auf diese Weise nähert er sich ihrer Runde, bäuchlings und mit nacktem Oberkörper, auf Händen und Knien. Zuletzt hält er inne und lässt den Kopf zu Boden sinken.

Die Musik hört auf und Stille breitet sich aus, nichts ist zu hören als das Feuer, das Knacken und Knistern von Holz. Er kann fühlen, wie erschreckt sie über den zerlumpten Eindringling sind, der jetzt blutend und erschöpft vor ihnen ausgestreckt liegt. Schritte – eine Hand an seiner Schulter – er wird auf den Rücken gedreht und erkennt den alten Mann, die springenden Hirsche auf dem Hosensaum.

Ich war auf der Suche, sagt er. Mein Leben lang.

Oder vielleicht denkt er es auch nur.

Der alte Mann beugt sich herunter und tastet ihn nach Verletzungen ab. Seine Hände fühlen sich rau und angenehm an. Er beugt sich vor, streicht mit dem Federstab und saugt daran, während der Sänger zuckend am Boden liegt. Dann spuckt der Mann sich in die Hand, hebt sie in den Feuerschein und sieht einen schwarzen Kristall. Der Alte beugt sich vor und saugt abermals an der Feder – noch ein Kristall – und noch einer. So geht es immer weiter, und jedes Mal zuckt der Sänger, jedes Mal wird sein Leib von Krämpfen geschüttelt. Und dann ist es vorbei. Hände schieben sich unter seine Schultern und bewegen ihn zum Feuer, der Kreis öffnet sich und nimmt ihn auf. Er krümmt sich zusammen.

Und dann bleibt die Welt eine ganze Weile dunkel.

Er schläft, oder vielleicht auch nicht. Als er die Augen öffnet, ist der Himmel marineblau und nur noch ein einziger Stern übrig.

Der alte Mann hat wieder angefangen zu singen. Er schreitet ihren Kreis ab, schwingt die Federn, hält sie gen Himmel und trägt sie zurück ans Feuer. Er besingt seine Risse und seine Wunden und verschließt sie mit Sternenlicht und Gesang.

Das Lied scheint sich ewig hinzuziehen, und da begreift der Sänger etwas: Das Lied wird erst enden, wenn die Sonne es beendet, wenn die Sonne aufgegangen ist. Er begreift auch, dass der Sonnenaufgang vom Gesang des Mannes abhängt, denn er ruft sie in die Welt zurück, lockt sie mit seinem Lob und seiner Liebe in den neuen Tag.

Der Himmel wird blau, dann grau, dann weiß. Der Sänger erschaudert und setzt sich auf. Alle anderen sind schon wach und blicken in die Flammen. Jemand legt ihm eine Decke um die Schultern.

Der Morgen dämmert. Die Sonne geht auf. Der alte Mann verstummt. Einen Augenblick lang ist alles still. Die Frau stillt ihr Baby, die Männer unterhalten sich leise und lachen wie an jedem anderen Tag.

Die Gruppe steht auf, jemand verteilt Früchte, sie schieben Erde über die Glut und sammeln ihre Sachen zusammen. Alle Farben wirken verwaschen und trotzdem lebendig – die glimmenden Scheite, die weißgraue Asche. Die Frau gibt ihrem Kind Orangenstückchen. Es ist, als sähe er zum ersten Mal im Leben eine Orange. Sie bietet ihm ein Stück an und er greift zu, lutscht daran und war nie dankbarer.

Der alte Mann nickt und bedeutet ihm mit einer Geste, ihm zu folgen. Der Sänger steht auf und läuft barfuß über einen sandigen Pfad. Auf einmal ist das Meer zu riechen, und dann steht er auf einem Strand. Die anderen gehen zum Wasser hinunter, setzen Kürbisse und Kerzen auf die Wellen. Da fällt ihm das Webkreuz in seiner Brusttasche wieder ein, das Ojo de Dios. Er holt es heraus und steckt es in den Sand, das schwarze Rautenauge schaut gen Westen.

Mit flinken Bewegungen packt die Gruppe ihre Sachen ein.

Sie kommen herüber, nicken, sagen etwas. Er bedeutet ihnen mit Gesten, dass er noch bleiben möchte. Sie verabschieden sich, und dann ist er mit der Dämmerung, dem Meer, dem Fels, den Opfergaben und dem Auge Gottes allein.

Er versteht, was er tun muss.

Er zieht sich nackt aus und legt seine Kleidung ordentlich zusammen. Er geht zum Wasser. Er steht knöcheltief, dann hüfttief darin, er schwimmt. Er schwimmt auf den Felsen zu, das kabbelige Wasser schlägt ihm ins Gesicht und er spürt das Salz in der Nase, im Schnurrbart, in seinen Wunden. Er spürt es wie Stiche, aber diese Stiche sind heilsam und gut. Und er nimmt noch etwas anderes wahr, seine tieferen Verletzungen. Er kann fühlen, wie das Meer auch sie ausspült und mit salzigen Tränen reinigt.

Er peilt den Felsen an, aber eigentlich hat er kein Ziel; er könnte sich auflösen und verflüssigen. Verrate es mir, flüstert er der Morgendämmerung zu. Zeig mir, wie ich leben soll. Die Sonne berührt seine Haut.

Kurz darauf und viel schneller als gedacht erreicht er den Felsen. Es riecht nach Schalentieren, Urin und Meerwasser, uralt, verstörend, schön. Die dunkleren Stellen unterhalb der Wasserlinie sind von Krebsen bedeckt. Der Sänger fragt sich, wie tief es dort wohl hinuntergeht, wie hoch der Fels ist, von dem er nur die Spitze sieht. Überall in den Spalten stecken Opfergaben: Kerzen, Kürbisse, Herzen. Er sucht einen Halt, klettert hinauf und hievt seinen großen, weißen Körper aus dem Wasser. Die Tropfen perlen von ihm ab, als er sich aufrichtet, einen Moment schwankt, die Arme der Sonne entgegenreckt und dann loslässt und sich wieder ins Meer fallen lässt. Er dreht sich auf den Rücken, unter sich die mächtige, wogende Flut.

Alles ist dort am Strand zurückgeblieben: der Schmerz, die Verstrickungen, der Kampf, der Hass, die Liebe, die Verletzungen, die Entscheidungen, Gewinne und Verluste. Hier draußen gibt es weder Leben noch Tod, hier draußen in der flüssigen Nähe, dem zersplitterten Silber. Im Licht der aufgehenden Sonne schimmert das Wasser wie Quecksilber, es steigt und fällt, steigt und fällt, hier im Westen, wo die Nacht dem Tag weicht. Er ist das Opfer, er ist die Gabe. Die Flöten sind zerbrochen und er ist bereit, Rechenschaft abzulegen. Es ist erfüllend zu geben. Erfüllend, ein Opfer zu bringen, so lautet die simple Wahrheit.

DIE
SCHRIFTSTELLERIN

2020

SIE HELFEN EINANDER INS Boot und stützen sich gegenseitig, bis alle einen Platz auf den Holzbänken gefunden haben. Sobald sie sitzen, werden gammelige, rote, genau abgezählte Schwimmwesten herumgereicht, die sie sich über den Kopf ziehen müssen.

Ihr Mann nimmt ihre Tochter auf den Schoß, der Schiffer wirft den Außenbordmotor an, und dann tuckern sie durch den kleinen, glatten Kanal. Die Sonne steht tief, sie sind ziemlich spät dran, viel später als geplant – sie kann sehen, wie enttäuscht der Mara'akame und sein Sohn sind. Sie haben geduldig gewartet, während die unbeholfenen Westler Sonnencreme und Mückenspray auftragen mussten, sie brauchen Hüte und lange Ärmel, und dann wollten sie noch Wasser kaufen und kurz ihre E-Mails und Facebook aufrufen, obwohl sie doch vor dem Schlafengehen die lange Rückfahrt vor sich haben.

Die Pilger diskutieren ihre Pläne, und ob es ihnen gelingen wird, Flüge nach Deutschland, Frankreich oder England zu buchen. Ob es an den Flughäfen ein Chaos geben wird. Ob die Flüge bezahlbar und die Grenzen offen sein werden. Die junge Französin will bleiben – zu Hause erwartet sie niemand, sie hat dort nichts Wichtiges zu erledigen. Die anderen nicken eifrig, ja, gute Idee, warum nicht.

Der Musikproduzent erzählt ihrem Mann, dass er so oder so nach Tijuana fliegen wird, denn dort steht sein Auto. Er wird auf dem Landweg nach Joshua Tree zurückkehren. Während die Männer sich unterhalten, spürt die Schriftstellerin, dass ihre innere Unruhe zunimmt wie ein immer stärker werdendes Rauschen.

Sie denkt an die Bilder von den leeren Supermarktregalen.

Was sollen sie tun, wenn sie einen Flug ergattern und es nach der Landung nichts zu essen gibt? Sie sollte sich im Internet informieren, und zwar so schnell wie möglich. Sie könnte versuchen, die Lebensmittel online zu bestellen oder wenigstens ein Lieferfenster zu reservieren.

Mein Gott. Habe ich das gerade wirklich gedacht?

Sie spürt, wie ihr die Wirklichkeit entgleitet und der banale Alltag ihr jetzt schon im Licht eines Traums erscheint.

Der Schwede spricht über den weißen Fels. Er hat vor hinüberzuschwimmen, angeblich ist es nicht weit, er kann es gar nicht abwarten, ins Wasser zu springen. Der Kolumbianer sagt, er sei dabei.

Wow, sagt der Produzent auf einmal. Wie schön.

Die Schriftstellerin sieht sich um. Er hat recht: die tief stehende Sonne lässt den Pazifik in all seiner spätnachmittäglichen, schläfrigen Pracht erstrahlen.

Wo war das Hotel noch mal?, fragt er sie. Das Hotel, von dem du erzählt hast? Wo er 1969 gewohnt hat und das jetzt nur noch eine Ruine ist?

Irgendwo in dieser Richtung. Die Schriftstellerin zeigt nach Süden. Am anderen Ende der Bucht. Von der Stadt aus kommt man zu Fuß hin, der Weg dauert etwa eine halbe Stunde.

Während der letzten Minuten der Überfahrt schweigen sie, gerade so, als gingen sie nun von einem Zustand in einen anderen über. Die Schriftstellerin spürt, wie verschiedene Strömungen an den Bootsinsassen zerren: drüben die lautstarke Realität mit den zu buchenden Flügen, den wartenden Familien und den vielen neuen Dringlichkeiten, das Wasser unter, die Insel vor ihnen – und dann sind sie am anderen Ufer, der Bootskiel scharrt über den grauen Strand, alle klettern hinaus, lassen die

Schwimmwesten zurück und tragen ihre Kinder an Land. Die Frau sucht nach Stichen an den Beinen ihrer Tochter. Die Sandfliegen schlagen jetzt schon zu, sie spürt die ersten juckenden Schwellungen an ihren Waden. Die Enkelin des Mara'akame lächelt ihre Tochter an, wackelt grinsend mit den Ohren. Sie ist um die neun Jahre alt und sieht aus wie eine kleinere Version ihrer Mutter: kurze Bluse, schlichter, langer Rock, offenes, langes Haar. Beim Lächeln entblößt sie die großen Schneidezähne. Die Tochter der Schriftstellerin trägt ein T-Shirt mit Regenbogen, hellblaue Shorts und dunkelblaue Sandalen. Die Schriftstellerin fragt das Mädchen nach seinem Namen, dann stellt sie sich und ihr Kind vor.

Hal-lo, sagt das Mädchen fröhlich und schürzt die Lippen um das fremde Wort. Sie kichert, winkt und hüpft dann zum Kopf der Kolonne, um sich wieder ihrer Familie anzuschließen.

Sie laufen im Schatten kleiner Bäume, die sich über ihre Köpfe neigen und das Sonnenlicht filtern. Am Boden liegt sprödes Laub verteilt.

Die Schriftstellerin hält ihr Kind an der Hand. Sie kann seine Erschöpfung spüren, sein Unbehagen. Die dunkelblauen Sandalen klatschen auf den sandigen Weg.

Möchtest du was trinken?

Ihre Tochter schüttelt den Kopf.

Hast du Hunger?

Nein, Mama.

Jetzt ist es nicht mehr weit, Schätzchen.

Ihr Mann geht voraus und bildet eine lose Reihe mit dem Mara'akame und der Französin. Während sie da so durch die Lichtsprenkel gehen, nickt der Mara'akame zur Französin hinüber und fragt den Ehemann der Schriftstellerin: Tu esposa?

Nein!, rufen ihr Mann und die Französin wie aus einem

Mund. Nein, nein, sagt ihr Mann und zeigt hinter sich: Das ist meine Frau.

Der Mara'akame schnaubt. Du solltest mehr als eine Frau haben, sagt er mit einem Blick auf die junge Französin. Du brauchst zwei.

Alle lachen, ihr Mann, der Mara'akame, die Französin. Nur die Schriftstellerin – einige Schritte dahinter, an der Hand das Kind – lacht nicht.

Sie schließt ihre Hand noch fester um die Finger ihrer Tochter.

Die andere schiebt sie in den Webbeutel. Sie berührt die Kürbisschalen; anscheinend verflüssigt die Wärme das Bienenwachs.

Der Weg endet auf einer großen Freifläche mit sonnenverbranntem Gras. Hoch oben lassen sich träge Bussarde vom Aufwind tragen. Vor ihnen erhebt sich ein kleiner, felsiger Hügel und darauf ein Leuchtturm. Die Sonne ist gnadenlos, die Schriftstellerin spürt die Risse in ihren in der Wüstenhitze aufgesprungenen Lippen, und wie ihre Haut sich im gleißenden Licht spannt.

Hastig überquert die Pilgergruppe das Feld und tritt dann durch ein Tor in einem niedrigen Holzzaun. Dahinter steht eine Hütte mit groben Mauern aus Steinen und Lehm und Palmstrohdach. Am Boden vor dem Eingang befindet sich eine mit Steinen befestigte Feuerstelle.

Sie haben sie niedergebrannt, sagt der Mexikaner und zeigt auf die Hütte. Die Außenwände sind vom Feuer geschwärzt.

Wer?, fragt ihr Mann.

Angeblich steckt der Bürgermeister dahinter. Das Grundstück ist einen Haufen Geld wert. Die würden hier gern eine Ferienanlage bauen.

Du lieber Gott, sagt ihr Mann kopfschüttelnd.

Die Schriftstellerin sieht sich um. Man könnte sich problemlos einreden, dass es hier nicht viel gibt – nur eine Hütte, eine Höhle und Bussarde, ein paar Grasbüschel und stechende Insekten. Wie viele andere heilige Stätten, die sie auf ihrer Reise besucht haben, macht auch diese Hütte einen erstaunlich provisorischen Eindruck – sie wirkt nicht einmal besonders wetterfest. Aber inzwischen hat sie gelernt, dass dies für die Wixárika Realität ist; wenn die eigene Kultur fünfhundert Jahre lang verfolgt und zerstört wurde, baut man keine Basiliken, die in der Sonne erstrahlen. Ihre größten Heiligtümer verbergen sich vor aller Augen; man muss sich bücken, um dicht am Feuer zu sein, man duckt sich in den Höhleneingang und klettert auf den Berggipfel.

Die Schriftstellerin weiß, dass dies nicht der einzige gefährdete Ort ist; auch El Quemado ist bedroht, der Berg im Norden, den die Wixárika den Geburtsort der Sonne nennen. Vor einer Woche haben sie ihn bestiegen, einige zu Fuß, andere auf Pferden; der Marsch von der alten Silberminenstadt bis zum Gipfel dauerte drei Stunden. Ihre Tochter sollte ursprünglich auf dem Pferd ihres Mannes mitreiten, aber dann hatte sie angefangen zu weinen und wollte wieder herunter, und so waren sie zusammen aufgestiegen, sie und ihre Dreijährige, Seite an Seite, während die Luft immer dünner wurde und die Aussicht immer spektakulärer. Oben auf dem Gipfel stellten die Pilger die zweite ihrer drei Kerzen zwischen die Felsen, und dann setzten sie sich hin und blickten auf die weite Wüste hinunter, Wirikuta, der Ort der heiligen Kakteen. Hier und dort schimmerten riesige hellbraune Felder wie ein Flickenteppich. Tomatenplantagen, erklärte der Mexikaner. Viele davon gehörten den Kartellen.

Er erzählte ihnen von der kanadischen Bergbaugesellschaft, die vom ehemaligen Präsidenten die Erlaubnis bekommen hatte, im heiligen Berg nach Silber zu graben. Für den Tagebau wurde der Berg von oben aufgesprengt und entstellt. Wenn man den richtigen Sprengstoff hat, sagte er, kann man einen Berg binnen Stunden abtragen, aber die Rückstände, die Xanthate und das Zyanid, bleiben natürlich jahrelang im Erdreich zurück.

Die Schriftstellerin bringt ihre Tochter zu ihrem Mann und betritt die Hütte.

Drinnen ist es stockfinster, die Luft riecht nach Tieren, Schweiß, Kerzenwachs und Fett. Sie bleibt trotzdem, weil sie etwas fühlen möchte, etwas, das sich ihr entzieht – während der Reise ist es ihr öfter so gegangen, immer wieder war da diese Ahnung, dass es hier eine Bedeutung zu finden gibt, zu der sie keinen Zugang hat, eine Sprache, die sie nicht versteht.

Sie sieht durch die enge Türöffnung nach draußen, wo die Tochter des Mara'kame winkend im diesigen Sonnenlicht steht. Die Pilger schlagen nach Mücken und Sandfliegen. Der Sohn des Mara'akame hat Zweige gesammelt, über der Feuerstelle aufgestapelt und angezündet. Sie fangen sofort Feuer, und die Pilger scharen sich in einem schiefen Kreis um die Flammen.

Sie blickt hinaus und sieht, wie ihre Gesichter in der Hitze rot und rosa leuchten. Die Familie des Mara'akame hält sich ein Stück abseits.

Sie verlässt die Hütte wieder, setzt sich zu ihrer Familie in den Kreis und ist dankbar für das Feuer, trotz des drückend heißen Nachmittags, dankbar für den Schutz, denn es hält die Insekten fern. Der Mara'akame geht schnell um sie herum, noch einmal streichen die Federn über ihre Wangen, ihre Köpfe und

Schultern. Plötzlich kann sie seine Eile spüren, vor ihm liegt eine lange Reise, sieben Stunden zurück ins Gebirge, dabei hat er kaum geschlafen und ist nicht mehr der Jüngste.

Er zeigt zu einer kleinen Höhle oberhalb der Hütte, und alle stehen vom Feuer auf und stellen sich in einer Reihe auf, um ihre Opfergaben abzulegen. Die Schriftstellerin wartet zwischen ihrem Mann und ihrer Tochter. Als sie an der Reihe sind, sieht sie, wie winzig die Höhle ist, knapp anderthalb Meter hoch und nur einen guten halben Meter tief, die Felswände darin sind rissig und vom Rauch der vielen Kerzen geschwärzt. Überall Kerzenstumpen, Kürbisschalen, Kieselsteine und geschmolzenes Wachs, und auf einmal weiß sie nicht mehr, was hier abgelegt werden soll. Die Kerze? Die Schale? Das Kreuz?

Was soll ich tun?, fragt sie ihren Mann und fühlt plötzlich Panik. Ist das der richtige Ort für einen Kürbis? Was soll hier bleiben?

Ein Kürbis, sagt ihr Mann. Stell einen der Kürbisse hinein.

Sie nimmt eines der Kürbisgefäße aus der Tasche, zögert wieder. Auf einmal erscheint es ihr unheimlich wichtig, alles richtig zu machen.

Ihre Tochter blickt zu ihr auf. Da, Mama, sagt sie sanft und zeigt auf eine kleine Lücke. Stell es da rein.

Sie folgt dem Vorschlag ihrer Tochter, bückt sich und platziert den Kürbis auf einem Stein. Für mehr ist keine Zeit, denn hinter ihnen macht sich schon die nächste Person bereit, ihre Opfergabe darzubringen. Die Sonne geht unter, die Insekten stechen und sie eilen zum Feuer und zur Hütte zurück. An dem felsigen Hang gerät ihre Tochter ins Stolpern, die Schriftstellerin stützt sie, hält ihre Hand noch fester. Sie schließen sich den Pilgern auf dem Weg an, und schon bald haben sie mehr Sand als Gras unter den Füßen und können das leise Rauschen der

Wellen hören, und dann treten sie ins Freie, ihre Füße bohren sich in den Sand und vor ihnen liegt der breite Strand und dahinter im Wasser der weiße Fels, sie beeilen sich plötzlich, ziehen sich Schuhe und Socken aus und spüren den warmen Sand an ihren Füßen, das Ziel, den Fels, der sie zu rufen scheint.

Ihre Tochter lässt ihre Hand los und überwindet eine Düne, und dann bewegt sie sich halb rennend, halb springend auf den festen, von der Ebbe freigelegten Sand zu.

Die Schriftstellerin steht am Strand und beobachtet, wie ihre kleine Tochter sich hinunterbeugt und die Hände im Sand vergräbt. Immer mehr Pilger kommen jetzt über die Düne und nähern sich dem Wasser. Sie haben ihre letzten Opfergaben dabei, Kürbisse und Kerzen, die sie in den Sand oder aufs Wasser setzen werden.

Der Schwede und der Kolumbianer sind ihre Opfergaben bereits losgeworden, und nun ziehen sie sich aus und steigen in die Badehosen. Die Schriftstellerin schirmt sich die Augen mit der Hand ab. Der Fels ist nicht weit entfernt, aber auch nicht gerade nah. Er liegt gute dreihundert Meter vor dem Strand, doch das Wasser ist unruhig und die Strecke gefährlich, außerdem gibt es hier draußen keine Rettungsschwimmer. Auch ihr Mann, der ein Stück strandaufwärts neben ihrer Tochter steht, beobachtet die Schwimmer. Sie weiß, was er jetzt denkt. Dass er ebenfalls ins Wasser springen sollte. Dass er vor zehn, selbst noch fünf Jahren seinen muskulösen Oberkörper in die Sonne gehalten hätte. Sie beobachtet, wie er die jüngeren Männer beobachtet, gefangen zwischen Jugend und Alter, dort im Windschatten der kollabierten Felsen, die einen natürlichen Windschutz bilden.

Er hat immer gesagt, sie würden zusammen alt werden und umeinander herumwachsen wie zwei Bäume. Nein, werden sie nicht. Sobald sie diesen Strand verlassen, spätestens, wenn sie dieses Land verlassen, werden sie keine Familie mehr sein, zumindest nicht mehr auf die gewohnte Weise. Kein gemeinsames Altern, kein Zusammenwachsen, stattdessen ein Bruch und ein Verlust.

Sie möchte zu ihm gehen, einmal über den Strand, und die Distanz zwischen ihnen überwinden. Sie möchte ihm die Hand an den Rücken legen und ihm sagen, dass er sich irrt, dass es ein Fehler ist, dass sie sich nicht trennen dürfen. Warum sollten sie sich trennen? Dafür lieben sie einander doch viel zu sehr. Sie lieben ihre Tochter. Sie möchte ihm sagen, dass sie zu allem bereit ist, dass sie es gemeinsam durchstehen und den Heimweg finden werden.

Aber sie bleibt, wo sie ist.

Der Schwede und der Kolumbianer rennen brüllend in die Wellen, werfen sich ins Wasser und schwimmen zum Felsen. Sie sieht, wie ihr Mann sich besinnt, sich zum Strand umdreht und die letzte der drei Kerzen aus seiner Umhängetasche holt. Die Kerze ist mit einem blauen Band geschmückt. Blau für das Meer. Blau für den Westen. Sie sieht das blaue Band in der Sonne leuchten. Er sieht zu ihr herüber und nickt, sie erwidert die Geste und er tritt ans Wasser, hebt die Kerze der Sonne entgegen und stellt sie dann auf den Sand.

Und damit ist es erledigt.

Als er sich wieder aufrichtet, wirkt seine Haltung verändert, lockerer, entspannter. Er hat etwas zu Ende gebracht. Er hat getan, was er sich vorgenommen hatte. Und danach geht er nicht zu der Schriftstellerin, zu seiner Frau, sondern zu den anderen Männern. Er stellt sich neben den Engländer, zündet sich eine Zigarette an und lacht über einen Witz.

Nun ist sie an der Reihe.

Sie geht zum Wasser, wo ihre Tochter steht. Sie kniet nieder. Was machst du da, Schätzchen?

Ihre Tochter hebt den Kopf und runzelt überrascht die Stirn. Was für eine Frage, scheint ihr Gesichtsausdruck zu sagen, das sieht man doch. Ich spiele im Sand.

Ihre Shorts sind voll davon. Sie weigert sich, Unterhosen zu tragen, sicher ist da jede Menge Sand in der Hose. Beim Gedanken daran, dass sie ihre Tochter durchnässt und mit einer Hose voller Sand in die Stadt zurückbringen muss, dass ihre Tochter sich in der sandigen, schmutzigen Kleidung unwohl fühlen wird, überkommt die Schriftstellerin Wut, oder Erschöpfung, aber im selben Moment wird ihr klar, dass es nicht so wichtig ist, es ist absolut egal – ihre Tochter war stundenlang in einem überhitzten Van eingesperrt. Sie kann es selbst nicht verstehen – diesen hässlichen Teil von ihr, diesen Kontrollwahn, die panische Angst vor dem, was danach kommt. Ihre Tochter ist drei Jahre alt. Sie saß stundenlang im Auto. Sie muss spielen.

Sie beobachtet, wie ihre Tochter die Hände in den Sand stemmt. Der Abdruck füllt sich fast sofort mit Wasser. Sie wiederholt den Vorgang wieder und wieder, und jedes Mal spielt das Wasser mit, löscht den Handabdruck aus und erzeugt eine neue glatte, glänzende Fläche, bereit für den nächsten Abdruck.

Auf einmal stürmt eine Erinnerung auf die Schriftstellerin ein. Wandmalereien in einer Höhle, eine Frankreichreise im vergangenen Sommer.

Sie waren alle zusammen in den Urlaub gefahren: sie, ihr Mann, ihre Tochter, ihr Vater und ihre Mutter. Sie hatte sich gewünscht, dass ihr Vater noch einmal verreist. Zu der Zeit konnte er noch gehen, wenn auch am Stock. Sie hatte im Internet nach Unterkünften gesucht und ein Haus mit Haltegriffen, Behindertentoilette und barrierefreier Dusche gefunden. Es gab dort einen Pool und ein Kinderzimmer voller Spielzeug. Aber dann regnete es die ganze Woche und ihre Tochter hatte niemanden zum Spielen außer die eigenen Eltern und Großeltern. Es regnete und regnete und regnete. Durch den grauen Regen fuhren sie zum Supermarkt und kauften Käse, Wein und Süßigkeiten, anschließend fuhren sie wieder nach Hause und setzten sich unter die tropfende Markise. Sie redeten sich ein, das Wetter mache ihnen nichts aus, aber sie wussten, dass das nicht stimmte.

Zu der Zeit ahnte sie noch nicht, dass ihr Leben eine Fiktion war und dass ihr Mann langgehütete Geheimnisse mit sich herumtrug, die das Fundament ihrer Ehe sprengen würden. Trotzdem war diese ganze Woche von einer eigenartigen Stimmung geprägt. Von unausgesprochenen Wahrheiten und einem gewissen Unbehagen.

Sie schliefen in getrennten Zimmern, sie bei der Tochter im Dachgeschoss, wo zwei Einzelbetten standen, und ihr Mann am anderen Ende des Hauses. Die Aufteilung sprach Bände, aber ihre Eltern waren so höflich, sie nicht zu kommentieren.

Eines Tages starteten sie bei strömendem Regen zu einem Ausflug. Ihr Mann saß am Steuer des Mietwagens, ihr Vater auf dem Beifahrersitz, sie, ihre Mutter und ihre Tochter auf der Rückbank. Eine Stunde lang fuhren sie durch eine feuchte, grüne Landschaft, vorbei an Feldern und niedrigen Hügeln, bis sie irgendwann den Höhleneingang gefunden hatten. Sie kauften Tickets für die letzte Tour des Vormittags. Ihr Vater humpelte am Stock zu der kleinen Eisenbahn und kletterte hinein. Ihre Tochter saß zwischen ihr und ihrem Mann, und dann fuhren sie mehr als drei Kilometer weit in den Kalkstein und die Dunkelheit hinein.

Der Führer machte sie auf die Nischen aufmerksam, in denen Bären überwintert hatten, leuchtete mit der Taschenlampe die Kratzspuren im Felsen aus. Irgendwann hielt der Zug in einer niedrigen Höhle, und sie stiegen aus und legten noch eine kurze Strecke auf unebenem Boden zurück. Und da waren sie dann, dicht an dicht an der Höhlendecke: Nashörner und Steinböcke, Büffel, Mammuts und Pferde. Manche überlagerten sich, als hätte der Künstler ihre Überzahl abbilden wollen.

Diese Decke, erklärte der Führer, habe jemand auf dem Rücken liegend bemalt – eine prähistorische Sixtinische Kapelle.

Da standen sie nun, sprachlos und mit dem Kopf im Nacken. Der Steinbock, der sich halb über das Pferd schiebt, seine üppigen Hörner am Bauch eines Mammuts; ein Fries mit einem Mammut, mit zwei Mammuts, die ihre Stoßzähne sanft ineinanderschieben.

Um die Tierbilder herum waren Schnörkel und Zeichen gesetzt. Spuren von Fingern, wie der Führer erklärte. Kinderfinger, unzählige davon. Viele ließen sich einem dreijährigen Mädchen zuordnen. Wissen Sie, erklärte er, bei einem Mädchen ist der Ringfinger im Verhältnis kürzer.

Das Mädchen war von seinen Eltern in die Höhe gestemmt worden, es hatte auf den Schultern seines Vaters oder seiner Mutter gesessen, die Finger durch den weichen, roten Lehm gezogen und den Kalkstein darunter freigelegt, die Mondmilch.

Mondmilch.

Wir wissen nicht, was die Zeichen bedeuten, sagte der Führer, vielleicht waren sie Teil eines Initiationsrituals oder einer Ausbildung oder – er lächelte – sie dienten einfach dem Zeitvertreib.

Ihr Ehemann zog seine Tochter heran und setzte sie sich auf die Schultern. Kannst du gut sehen, Schätzchen? Kannst du das sehen?

Die Schriftstellerin betrachtete die Linien über ihrem Kopf, die sich über den Felsen schlängelten, und stellte sich das kleine Mädchen vor, seine ausgestreckten Hände, das befriedigende Gefühl, wenn die Tonerde nachgibt und die kleinen Finger im Fackelschein ihre Spuren hinterlassen.

Sie wollte, dass all das etwas bedeutete, dass es seine Bedeutung offenbarte, aber vielleicht bedeutete es nur, dass während der Eisschmelze vor dreizehntausend Jahren, zu Beginn des Holozäns, ein dreijähriges Mädchen in die Höhe gestemmt wurde, um Spuren in der Mondmilch zu hinterlassen, und jetzt, Tausende Jahre später und zu Beginn des Anthropozäns, als die Polkappen schmelzen, ein dreijähriges Mädchen auf die Schultern ihres Vaters gehoben wird, um sich diese Spuren anzusehen.

Als sie später an dem Nachmittag nach Hause kamen, regnete es immer noch. Sie setzten sich ins Wohnzimmer. Ihre Tochter sah sich auf dem Laptop *Ein Kater macht Theater* an, ihr Mann korrigierte Klausuren. Ihre Eltern inspizierten die DVD-Sammlung und entschieden sich für *Die Stunde des Siegers*. Sie selbst war bei Twitter hängengeblieben – damals eine schlechte Angewohnheit, als würde man immer wieder auf ein Hämatom drücken – und las schlechte Nachrichten und die letzten Berechnungen der Klimawissenschaftler. Sie stieß auf den Artikel eines Journalisten, der ein Buch über das Eis geschrieben hatte. Darin stellt er klipp und klar fest, dass die Atmosphäre jetzt schon zu viel Kohlenstoff enthält, um die Erderwärmung auf einem lebensfreundlichen Niveau zu halten. Im Grunde könnten wir nicht viel mehr tun als uns auf das Ende vorzubereiten. Mit anderen Worten das Sterben zu lernen.

Während sie den Artikel las, überkam sie erneut das Grauen. Sie war wie gelähmt vor Angst um ihre Tochter. Sie begriff, wie vergeblich ihre Bemühungen waren, wie sinnlos die noch nicht lange zurückliegende Verhaftung. Es war nur ein Versuch gewesen, mit dem Schicksal zu verhandeln, nur eine weitere Zwischenetappe der Trauer.

Anscheinend hatte sie einen Laut von sich gegeben, denn ihr Vater hob den Kopf und fragte sie, was sie da lese. Er wirkte besorgt.

Es ist vorbei, sagte sie. Die Welt ist am Ende. Die Welt, die wir zu kennen glaubten. Wir haben alle Kipppunkte überschritten. Da ist kein Boden mehr unter unseren Füßen. Weißt du, was das bedeutet? Weißt du, welche Folgen eine Erderwärmung um zwei Grad hat? Um drei? Vier? Weißt du, was das für *sie* bedeutet? Sie zeigte auf ihre Tochter, die neben ihr saß und vor Freude über den Kater in die Hände klatschte.

Was kann man tun?, fragte ihr Vater. Was kann ich tun? Er riss die Augen auf und wirkte verängstigt. Schuldbewusst.

Beten, sagte sie, aber es klang grausam. Es war nicht als Bitte gemeint, sondern als Ohrfeige, und er zuckte zurück, als hätte sie ihn tatsächlich geschlagen. Mit dem Begriff hatte er in seinem ganzen Leben nichts anfangen können.

Sie hätte nachsichtiger sein sollen. Freundlicher. Sie hatte sich genauso mitschuldig gemacht wie alle anderen.

Sie muss an ihren Vater denken, der jetzt in Manchester in einem Sessel in der Ecke sitzt und das Zimmer nicht verlassen kann. Auch sein Blick ist nach Westen gerichtet. Sie weiß, wie sehr er das Ende fürchtet, wie groß seine Angst ist und wie wenig sein postirischer, postkatholischer Atheismus ihn auf diesen Moment des Übergangs vorbereitet hat. Nichts in seinem Leben hat ihn das Sterben gelehrt.

Sie wünscht sich, sie könnte ihm etwas schenken, etwas von diesem Ort, von dieser Pilgerreise, irgendetwas, das ihm den Übergang erleichtert. Ein paar Münzen für den Fährmann, diese Schattengestalt – dienstbeflissen, pragmatisch, nicht unfreundlich. Sein kleines Boot ist bereit, er hat die Hände am Ruder und wartet auf die Überfahrt. Was könnte ihrem Vater auf seinem Weg helfen? Oder, wo sie schon einmal dabei ist, ihnen allen?

Aber eigentlich empfindet sie, als sie hier auf dem Strand steht und das Kürbisgefäß umklammert hält, nichts als Verwirrung. Traurigkeit. Ein vages Gefühl von Übergriffigkeit. Ein Gefühl, als würde ein Tor sich schließen. Der überwältigende, lähmende Wunsch, dass es endlich vorbei ist. Der Eindruck, gescheitert zu sein.

Aber das Licht dort im Westen ist trotzdem wunderschön.

Alle Pilger machen Fotos davon, hantieren mit ihren iPhones und GoPros und Kameras. Der Musikproduzent hat einen kleinen Apparat dabei, eine Leica vielleicht. Sie sieht aus wie eine Kamera, die ein Fotograf in den Sechzigerjahren benutzt haben könnte. Alle treten vor und zurück, versuchen es mit diesem und jenem Bildausschnitt, um das außergewöhnliche Licht einzufangen.

Die Enkelkinder des Mara'akame haben sich von der Familie abgesetzt. Die Jüngeren ziehen sich aus, das neunjährige Mädchen hat Bluse und Rock in den Sand geworfen und trägt nur noch einen Schlüpfer, ihr Bruder Shorts. Sie springen durch die Gischt, treten in die Wellen, schlagen Schaum auf. Das Mädchen bückt sich nach einer von den Pilgerkerzen, hebt sie hoch und schleudert sie ins Meer. Ihr Bruder tut es ihr nach. Die Schriftstellerin sieht, wie die bedächtig platzierten Kerzen aufgelesen und in die Wellen geworfen werden. Die Kinder lachen und kreischen, ihre Körper glänzen vor Nässe. Sie sieht sich nach der Familie des Mara'akame um und fragt sich, ob jemand einschreiten wird oder ob es in Ordnung ist. Die Kinder nehmen die Kerzen und werfen sie, doch auch die Erwachsenen lachen, anscheinend haben sie nichts dagegen.

Das Mädchen läuft zur Tochter der Schriftstellerin und beugt sich hinunter, und die Kleine sieht zu ihr auf. Die magnetische Anziehung zwischen Kind und Kind, gleich und gleich; sie stecken die Köpfe zusammen, während sie ihre Hände in den Sand pressen, ihn greifen und schieben und formen. Ihre Silhouetten verschmelzen im diesigen Gleißen, alle Oberflächen scheinen veränderlich und biegen und brechen das Licht. Verschieben die Größenverhältnisse, spielen mit ihnen.

Sie wollte ihrer Tochter Gewissheiten, festen Boden unter den Füßen, Sicherheit und eine unbesorgte Zukunft geben. Deswegen hat sie sich verhaften lassen, das sollte der Richter verstehen: Ich habe es für meine Tochter getan.

Aber was, wenn ihre Tochter eine ganz andere Zuflucht braucht? Humor. Opfergaben. Verantwortung.

Vielleicht kann ihre Tochter ihr beibringen zu existieren, sich nicht über Sand in der Unterhose aufzuregen oder Wüstenstaub auf der Kleidung; wie man dem Leben begegnet, einfach mitgeht, sich überwältigen und verändern lässt. Was, wenn sie einige der Fähigkeiten, die sie zukünftig brauchen wird, längst besitzt? Die Absicht, dieses kurze Leben mit Ehrfurcht zu betrachten und zu genießen. Zu wissen, wo eine Lücke für den Kürbis ist. Mit gespreizten Händen den Sand zu formen. Auf der Grenze zwischen Land und Meer zu spielen.

Vielleicht, denkt sie, ist dies die heiligste Form der Liebe – eine lebendige Liebe –, nicht Eros, nicht Amor, nicht einmal Agape, sondern Ludus, die Aufforderung zum Spiel.

Jetzt sind alle mittendrin – ihre Tochter, die Kinder und die Männer, die eigentlich noch Jungs sind. Sie sind vom Fels zurück und schütteln sich lachend das Wasser aus den Haaren; die

Kerzen schmeißenden Kinder und der Mara'akame, der lächelnd über sie wacht, er mit seinen schlechten Witzen, der Trickster, der Scherzbold, dessen Aufgabe es ist, sie auf das Heiligste zu verarschen und ihr zu zeigen, wie es geht – wie man nicht nach dem Ende der Geschichte sucht, sondern sich dem Licht auf diesem Strand hingibt, dem Muster, das die Wellen im Sand hinterlassen. Wie man sich von der Sucht befreit, das Ende der Geschichte kennen zu wollen.

Sie muss loslassen. Sie muss jetzt wirklich aufhören zu grübeln und verdammt noch mal loslassen – alle anderen haben ihre Opfergabe längst aus der Hand gegeben.

Sie nähert sich dem Wasser und blickt nach Westen, Heimat der Ahnen und Ort der Toten. Der Ort des weißen Felsen. Der Ort von Tatéi Haramara, Ursprung allen Lebens. Und vielleicht sind sie wirklich alle dort – dort in dem veränderlichen Licht, alle, die vor ihr waren –, sie alle drängeln sich am Ort der Toten, vollkommen überfüllt wartet er darauf, ihren Vater zu empfangen, und auch sie selbst, wenn ihre Zeit gekommen ist, all die vielen Vorfahren mit ihren eigenen Problemen und Opfergaben, die alles gegeben, die gefeilscht und gearbeitet haben, die jeden Abend gebetet und mit den Göttern darum verhandelt haben, dass ihre Kinder überleben.

Vielleicht sind sie alle dort, zusammen mit den Steinböcken, den Mammuts und den Mastodonten warten sie auf der anderen Seite des Wassers, aus dem wir alle stammen, das Wasser, aus dem wir gekrochen kamen, um im warmen Sand in der Sonne zu liegen, damals schon unterwegs zu dem, was wir heute sind.

Sie betrachtet die Kürbisschale in ihrer Hand. Der Hirsch ist nur noch ein Klecks und auch die menschlichen Gestalten sind geschmolzen und haben ihre Umrisse verloren. Wieder ein Anfall – sie war nicht gut genug, nicht vorsichtig genug, ihr Hirschkopf war zu schlicht, der Mais sah nicht aus wie Mais und an der Familienähnlichkeit ist sie ohnehin gescheitert, vielleicht wird sich ihre Schale, sobald sie ins Wasser gesetzt wird, als unwürdig erweisen; sie wird nur eine bedingte Schutzwirkung entfalten, denn sie ist nicht überzeugend genug, um sich die Gunst der Götter zu sichern und den kommenden Stürmen zu trotzen.

Doch sie hat keine andere.

Die Schriftstellerin beugt sich vor und spürt den eigenen Puls in allen wunden Stellen pochen, in den rissigen Lippen. Am liebsten würde sie den Kürbis einfach von sich werfen und sich der Verantwortung entziehen, es richtig machen zu müssen, sie möchte weit ausholen und ihn von sich schleudern wie die Kinder, aber das wagt sie nicht – sie wagt es nicht, so frei und selbstbewusst zu handeln, sie hat viel wiedergutzumachen und viel zu bereuen und noch viel mehr, wofür sie dankbar sein muss. Deswegen bückt sie sich vorsichtig und setzt das Gefäß auf die Wellen, den schiefen Kürbis mit dem Mais, den Hirschen und der Familie. Mehr hat sie nicht zu geben.

Sie schaut zu, wie er auf dem Wasser dümpelt, von der Flut hinausgezogen und dann angehoben und ans Ufer zurückgeschoben wird, wo er kurz in Schräglage gerät und hin und her schaukelt, bis die nächste Welle ihn anhebt, mit sich reißt und einsaugt. Er verschwindet in einer Strömung, die sie weder erfassen noch kontrollieren kann.

Und aus dem Wasser steigen Erinnerungen auf:

Sie ist an einem Strand in Griechenland. Sie ist noch jung; sie und der Mann, den sie später heiraten wird, haben wenig Geld und können sich kein Hotel leisten, also schlafen sie am Strand. Sie wird in der Morgendämmerung wach, setzt sich auf und merkt, dass sie eingeschlossen, von konzentrischen Ringen umgeben ist. Einer besteht aus Kronkorken, der nächste aus Zigarettenstummeln – aus Tausenden davon –, einer aus Kieselsteinen, dann kommt Treibholz und zuletzt Tang. Von oben betrachtet ergeben sie ein riesiges Herz, und ihr Mann kauert am äußersten Rand und verleiht seinem Werk den letzten Schliff. Er war die ganze Nacht wach und hat den Strand abgesucht, und dann hat er das Treibgut in Liebe verwandelt.

Oder … Es ist der Tag ihrer Hochzeit, die Stunde, wenn der Nachmittag in den Abend übergeht. Ihr Vater steht auf der Bühne. Sie weiß nicht, wie er dort hingekommen ist, sie ist benebelt von zu viel Wein und zu wenig Essen, jedenfalls steht er dort in dem feuchten Zelt auf der Bühne, ein Pianist begleitet ihn und er singt »The Boxer« von Simon and Garfunkel, auch die zusätzlichen Verse, von denen es, sie weiß es von ihrem Vater, keine Aufnahme gibt.

Beim Singen zeigt er ins Publikum, so etwas hat er noch nie getan, noch nie stand er vor so vielen Leuten auf der Bühne, vor Menschen, nicht soweit sie weiß, aber die Menge liebt ihn und jubelt ihm zu. Er ist phantastisch. Er ist absolut frei.

After changes upon changes we are more or less the same
After changes we are more or less the same.

Oder … Sie ist in einem Haus in Mexiko. Das Haus gehört einem älteren deutschen Bekannten. Es ist schon Abend, an der Wand hängen Fotos eines Regisseurs, der fünfzehn Jahre zuvor in dem Haus gewohnt hat – er ist hinter der Kamera, blickt in die Ferne und nimmt Maß, mit hoch erhobenen Händen, die seine Augen vor der Sonne schützen. Sie sitzt draußen im kühlen Innenhof und wartet auf den Mann, den sie später heiraten wird, sie wartet auf seinen Besuch und darauf, dass sie Anspruch aufeinander erheben, dort auf dem strahlenden Scheitelpunkt ihrer Liebe.

Bald wird der Mann erscheinen, den sie heiraten wird, ganz

bald wird es so weit sein, und dann kann ihre Geschichte beginnen.

Oder … Sie sitzt in einer Londoner Gefängniszelle irgendwo in der Nähe der Victoria Station. Draußen ist es warm, viel zu warm für einen Tag im April, doch die Zelle ist kalt. In der Ecke gibt es eine Toilette, unter der Decke eine Videokamera, daneben die Nummer einer Drogenberatungsstelle. Die Tür ist geschlossen, sie ist ganz allein.

Oder … Sie ist hier am Strand, zusammen mit ihrer Tochter und ihrem Mann. Die jungen Leute sind zurück, nass vom Schwimmen, die Kinder springen durch die Gischt und alle Geister aller toten Seelen im Westen schauen zu. Und auch das Leben, das noch nicht geboren ist.

Der weiße Fels schaut zu.

Und ihr Ehemann.

Sie sieht, dass er sie sieht. Sie hebt die Hand und winkt ihm über die Distanz hinweg zu. Was hat sie diesen Mann geliebt. Sie haben sich ineinander verdreht, sind aneinander gewachsen, haben einander hervorgebracht.

Auf einmal kann sie verstehen, und sie kann ihm alles verzeihen.

Es war an der Zeit.

Es war an der Zeit, endlich auszusteigen. Für sie war es höchste Zeit, diesen Bus zu verlassen.

Ihre Tochter hingegen sollte ihn über alle Maßen lieben, diesen Mann, ihren Vater. Was für ein schönes Wort – *Vater*. Ihn und seine ungestüme Art und seine breiten Hände.

Er wendet sich wieder den anderen Männern zu, ihr Mann, sie lachen über irgendeine Bemerkung.

Und da sind auch die Kinder wieder, sie rennen über den Strand und unterbrechen alle Gedanken, das Mädchen springt –

wie hoch sie springt! So hoch! Ihr Körper schraubt sich durch den Raum. Die Schriftstellerin erinnert sich daran, wie es war, ein Kind zu sein und zu rennen, als schlüge das eigene Herz direkt an der frischen Luft und als wäre da nichts im Weg, und dahinter flattern die langen Haare.

Ihre Tochter steht auf und macht mit. Auch sie will springen. Das Mädchen ergreift ihre Hand und hilft ihr in die Höhe. Die Sonne steht jetzt tief am Himmel und scheint die Körper der Kinder zu berühren, während sie über das Wasser springen, das unendliche Wasser, das unter ihren Füßen glitzert und schimmert.

ANMERKUNG
DER AUTORIN

Hätte das Schicksal mich und meine Familie nicht dorthin geführt, hätte ich San Blas, ein verschlafenes Küstenstädtchen im Norden des mexikanischen Bundesstaates Nayarit, vielleicht nie gefunden. Doch vor meinem ersten Besuch dort bekam ich während einer kurzen Internetrecherche einen ersten Eindruck von der beeindruckenden Geschichte, der strategischen Bedeutung und der unveränderten rituellen Kraft des Ortes – und des weißen Felsens, der wenige hundert Meter vor dem Strand aus dem Wasser ragt.

Auf die Stadt und den weißen Fels bin ich über meinen Kontakt zu den Wixárika gestoßen. Wer mehr über die indigene Gruppe der Wixárika, ihre Kultur und ihre Geschichte erfahren möchte, wird hier fündig: https://wixarika.org.

Der folgende Artikel bietet einen guten Überblick über Pilgerreisen an den Pazifik und zum weißen Fels: https://wixarika.org/what-draws-native-huichol-pacific-ocean.

Für die dem Sänger gewidmeten Kapitel habe ich alle gängigen Jim-Morrison-Biographien gelesen. Die folgenden Bücher haben mir besonders wichtige Einblicke in die kreativen und juristischen Folgen seiner Mexikoreise im Juli 1969 vermittelt:

Burning the May Tree, the Sacrifice of Jim Morrison von Chris M. Balz, Bowker 2019.

Jim Morrison, Friends Gathered Together von Frank Lisciandro, Vision Words & Wonder 2014.

We Want the World: Jim Morrison, the Living Theatre, and the FBI von Daveth Milton, Bennion Kearney 2012.

Jerry Hopkins hat die Erlebnisse der Doors in Mexiko in einem Artikel mit dem Titel »The Doors in Mexico« für den *Rolling Stone* festgehalten.

Der unmittelbarste und schnellste Zugang zu Morrisons komplexem Denken eröffnet sich natürlich über seine Gedichte und Songtexte. Die meisten wurden schon zuvor veröffentlicht, liegen nun aber als Anthologie vor:

The Collected Works of Jim Morrison: Poetry, Journals, Transcripts, and Lyrics, Harper Collins 2021.

Die Figur des Kapitänleutnant basiert vage auf Juan de Ayala, der im März 1775 das Kommando auf der *San Carlos* übernahm und damit Don Manuel Manrique als Kapitän ablöste. Er und sein Steuermann waren die ersten Europäer, die die Bucht von San Francisco erkundeten und kartographierten. Zu Ayala lassen sich nur wenige biographische Angaben finden; der Kapitänleutnant aus meinem Roman ist meine Erfindung.

Die folgenden Bücher und Berichte haben mir während der Recherche sehr weitergeholfen:

Flood Tide of Empire, Spain and the Pacific North West, 1543–1819 von Warren Cook, Yale 1977.

The Naval Department of San Blas, New Spain's Bastion for Alta California and Nootka, 1767 to 1798 von Michael Thurman, The Arthur H.Clark Company 1967.

For Honor and Country, The Diary of Bruno de Hezeta, herausgegeben von H.K.Beals, Western Imprints 1985.

Juan Perez on the North West Coast, Six Documents of His Expedition in 1774 von H.K.Beals, Oregon Historical Society 1989.

Trafalgar and the Spanish Navy: The Spanish Experience of Sea Power von John D.Harbron, Naval Institute Press 1988.

In diesem Roman einem Yoeme-Mädchen eine Stimme zu geben, barg von Anfang an die Gefahr der kulturellen Projektion und Aneignung.

Gleich zu Beginn meiner Arbeit stieß ich auf die Seite *Gesturing Towards Decolonial Futures* (https://decolonialfutures.net). Die dort gestellten Fragen, Herausforderungen und Provokationen haben mir während des Schreibens als Leitfaden und Kompass gedient.

Für das Lektorat konnte ich glücklicherweise Dr. David Delgado Shorter, Professor für World Arts and Cultures an der UCLA, sowie den renommierten Yoeme-Experten Felipe Molina gewinnen. Beide haben den Roman in Auszügen gelesen, und die daraus resultierenden Gespräche und Vorschläge hatten einen tiefgreifenden und dekolonisierenden Einfluss.

Eine Anmerkung zur den Begrifflichkeiten: Mir wurde geraten, den Namen Yoeme (und nicht Yaqui) zu verwenden. Mit dieser Entscheidung schließe ich mich der Praxis zahlreicher indigener Gemeinschaften an, sich in der eigenen Sprache zu benennen.

Die folgenden Texte haben mir geholfen, einen Eindruck von der Geschichte und Kultur der Yoemem zu gewinnen:

Yaqui Deer Songs von Felipe Molina Larry Evers, University of Arizona Press 1987.

We Will Dance Our Truth, Yaqui History in Yoeme Performance von David Delgado Shorter, University of Nebraska Press 2009.

Yaqui Women: Contemporary Life Histories von Jane Holden Kelly, University of Nebraska Press 1978.

The Tall Candle, The Personal Chronicle of a Yaqui Indian von Jane Holden Kelly, William Curry Holden und Rosalio Moises, University of Nebraska Press 1971.

Throwing Fire at the Sun, Water at the Moon von Anita Endrezze, University of Arizona Press 2000.

Die Wixárika und die Yoemem kämpfen bis heute um ihr Recht auf das Wasser und das Land ihrer Ahnen. Im Juni 2020 wurden in Mexiko binnen einer Woche zwei Umweltaktivisten der Yoemem ermordet, Tomás Rojo Valencia und Luis Orbano Domínguez.

Global Witness setzt sich weltweit gegen Überfälle und Mordanschläge auf Umweltschützer ein und benennt die Ursachen dieser Übergriffe: https://www.globalwitness.org/en/.

Aktuelle Informationen und Kampagnen finden Sie auch auf meiner Website unter der Rubrik »Resources«: https://anna-hope.uk.

DANKSAGUNG

Ich danke:

meiner Familie – Pam, Dan, Emily und Sophie, deren Nachrichten und E-Mails ich in den Kapiteln der Schriftstellerin verwenden durfte.

Dem großzügigen Dr. Allan Chapman für die Lektüre einzelner Passagen und für spannende Telefonate zum Thema Navigation im 18. Jahrhundert.

Felipe S. Molina, der die im Jahr 1907 angesiedelten Kapitel gelesen und kommentiert und mir unschätzbar wertvolle Hinweise zu den kulturellen und sprachlichen Traditionen der Yoemem gegeben hat.

Dr. David Shorter, der mir durch einen mehrmonatigen fruchtbaren Austausch geholfen hat, jene historischen Kapitel zu gestalten.

Ich danke Emilia Robinson in Mexiko, die mir eine Möglichkeit gab, bei ChacaLit mit dem Schreiben anzufangen, sowie Juan M. Gonzalez, Rodrigo Barrera, Don Emilio, Mara'akame Niuwe Osaya, Don Eugenio und Mara'akame Uru Muile.

Ich danke meiner Lektorin Helen Garnons-Williams für ihre Tipps, ihr Urteilsvermögen und die Ermutigungen.

Und auch meiner unerschütterlichen Agentin Caroline Wood, die an dieses Buch geglaubt und mich von Anfang an unterstützt hat.

Ich danke Bridie, die mich zu diesem Roman inspiriert hat und die versteht, warum ich immer wieder im Schuppen verschwinde.

Und Dave, für alles (nun ja, vielleicht nicht für *alles*, aber doch für das meiste).

Und meinem außergewöhnlichen, über alles geliebten Vater Tony Hope, der während meiner Arbeit an diesem Buch gestorben ist – danke.

Narin ist neun, als in dem ezidischen Dorf am Tigris Planierraupen auftauchen. Ihre Heimat soll einem Dammbauprojekt weichen. Die Großmutter, fest entschlossen, die Enkelin an einem ungestörten Ort taufen zu lassen, bereitet alles für die Reise ins heilige Lalisch-Tal vor. Kurz vor Aufbruch stößt Narin auf das Grab eines gewissen Arthur: Wer war dieser »König der Abwasserkanäle und Elendsquartiere«, der Junge aus dem viktorianischen London? Und was hat er mit Narins eigener Vertreibung zu tun? Meisterhaft verwebt Elif Shafak Vergangenheit und Gegenwart zu einem soghaften Roman.

Ü.: Michaela Grabinger
592 Seiten mit Abbildungen
Gebunden mit Lesebändchen

HANSER

hanser-literaturverlage.de